Zum Buch:

Jederzeit würde Raine McCall die atemberaubende Schönheit der schneebedeckten Berge Montanas einem High-Society-Event wie einer Filmpremiere vorziehen. Als Mick Branson, der renommierte Filmproduzent, sie an Weihnachten zu einem schicken Abendessen einlädt, um geschäftlich etwas mit ihr zu besprechen, sagt sie trotzdem zu und ist sofort eingenommen – von dem Angebot und dem Mann. Doch Raine ist eine alleinerziehende Mutter, die am liebsten in Jeans herumläuft und nicht viel von Schminke hält. Natürlich sind Micks Küsse und verrückte Dates eine wundervolle Abwechslung für Raines Feiertage, doch sie weiß genau: Ein erfolgreicher Mann wie Mick kann niemals der Richtige für sie sein.

»Linda Lael Miller hat ihre Bestimmung gefunden. Lustig und herzerwärmend!«

Romantic Times Book Reviews

Zur Autorin:

Nach ihren ersten Erfolgen als Schriftstellerin unternahm Linda Lael Miller längere Reisen nach Russland, Hongkong und Israel und lebte einige Zeit in London und Italien. Inzwischen ist sie in ihre Heimat zurückgekehrt – in den weiten »Wilden Westen«, an den bevorzugten Schauplatz ihrer Romane.

Lieferbare Titel:

Mustang-Creek-Serie:
Mustang Creek – Sehnsucht ist mein Wort für dich
Mustang Creek – Liebe ist mein Gefühl für dich
Mustang Creek – Glück ist mein Geschenk für dich

Linda Lael Miller

Mustang Creek – Ewig ist das Glück für uns

Roman

Aus dem Amerikanischen von
Christian Trautmann

mtb

MIRA® TASCHENBUCH
Band 26173

FSC
MIX
Papier
FSC® C014496

3. Auflage: November 2018
Deutsche Erstausgabe

Originaltitel: »A Snow Country Christmas«
erschienen bei: HQN Books, Toronto

Published by arrangement with
HARLEQUIN ENTERPRISES II B.V./SARL

Leseprobe:

Originaltitel: »Forever a Hero«
erschienen bei: HQN Books, Toronto

Umschlaggestaltung: büropecher, Köln
Umschlagabbildung: Harlequin Books S.A.
Lektorat: Susann Harring
Satz: GGP Media GmbH, Pößneck
Printed in Germany
Dieses Buch wurde auf FSC®-zertifiziertem Papier gedruckt.
ISBN 978-3-95649-856-5

www.mira-taschenbuch.de

Dreiundzwanzigster Dezember

Die junge Lady hatte das Kinn in die Hand gestützt, ihr dunkles Haar schimmerte im Licht des Kaminfeuers. Sie war nachdenklich, aber nicht angespannt, sondern recht zufrieden mit ihrer Einsamkeit an diesem kalten Abend. Ein Scheit im Kamin knisterte, und in der Luft lag der Duft von Kiefernholz. Der alte Hund ihres Vaters schlief zu ihren Füßen und schnarchte leise; ein tröstliches Geräusch. Nur noch zwei Tage bis zum Weihnachtsfest, das sie zum ersten Mal in ihrem Leben allein verbringen würde.

Der Beginn von *The Aspen Trail*
Matthew Brighton, 1965

1. Kapitel

Raine McCall schaute zuerst verblüfft auf den Bildschirm, dann zur Uhr.

Ihr Computer hatte recht. Zwei Uhr morgens. Heiliger Strohsack!

Oh, sie wäre die Erste, die zugeben würde, dass sie gelegentlich während der Arbeit jedes Zeitgefühl verlor. Aber sie schaffte es immer, ihre Tochter zum Bus zu bringen, und sorgte dafür, dass Daisy die Hausaufgaben erledigte und ein gesundes Frühstück bekam.

Schon seit jeher hatte sie unter dem gelitten, was sie bei sich »KSR« nannte: komischem Schlafrhythmus. Zu allen möglichen Zeiten wach, ging ihr jedes Gefühl für Raum und Zeit abhanden, sobald die Muse sie küsste. Sie war sogar schon am Schreibtisch eingeschlafen. Daisy hatte ihr mehr als einmal mit einer für ihr Alter ungewöhnlichen Reife vorgeworfen: »Mummy, du arbeitest zu hart!« Aber Raine betrachtete das, was sie tat, gar nicht als Arbeit. Traumbilder in die Wirklichkeit zu spinnen, kam ihr vor wie aus einem einzigartigen Quell der Freude zu trinken, und sie bedauerte jeden Menschen auf dieser Welt, der einen ungeliebten Job zu verrichten hatte.

Außerdem war sie nicht allein wach. Als sie sich eine Pause gönnte und ihre Mails durchsah, erschrak sie. Mick Branson?

Der Mick Branson hatte ihr eine Nachricht geschickt? Der berühmte Hollywood-Studioboss, viel zu beschäftigt und humorlos – nun gut, wenn sie es sich genau überlegte, lächelte er doch hin und wieder. Er sah gut aus, nur tat sie sich schwer mit seiner kultivierten, aalglatten Art. Sie war ein wahres Wyoming-Girl und hatte eher wenig übrig für Typen in Tausend-Dollar-Anzügen. Sie bevorzugte echte Männer in Jeans, zerschrammten Stiefeln und Cowboyhüten.

Natürlich war sie dem Mann ein paarmal auf der Ranch begegnet, denn er galt als treibende Kraft hinter den Dokumentarfilmen, die ihr Ex-Freund und Vater ihres Kindes, Slater Carson, drehte. Doch eine E-Mail hatte sie von Branson noch nie bekommen. Vor fünf Minuten verschickt? Sie war viel zu neugierig, um diese Mail nicht zu öffnen.

Ich werde über die Weihnachtsfeiertage in Mustang Creek sein und würde mit Ihnen gern etwas Geschäftliches besprechen. Vielleicht bei einem Abendessen?

Das war wirklich interessant, nur steckte sie gerade bis zum Hals in Arbeit, denn sie musste fristgerecht die Etiketten für einige Mountain-Vineyards-Weine entwerfen. Ihr kleines Grafikdesign-Unternehmen hatte einen richtig guten Start hingelegt, deshalb war sie nicht sicher, ob sie noch ein weiteres Projekt bewältigen konnte. Und nach allem, was sie über Mick Branson wusste, würde es gewiss kein kleines Projekt sein.

Sie schrieb zurück: *Was hatten Sie sich denn vorgestellt?*

Morgen Abend? Falls Sie nichts anderes vorhaben.

Heiligabend?

Na ja, für gewöhnlich verbrachte Daisy diesen Abend mit der Familie ihres Daddys, während Raine es sich allein mit einem Glas Wein und einem Film gemütlich machte. Natürlich wurde sie stets zu dem großen, feierlichen Abendessen eingeladen, aber sie blieb lieber für sich und ging erst am nächsten Tag hin. Sie gaben ihr zwar nie das Gefühl, das fünfte Rad am Wagen zu sein; ganz im Gegenteil, doch Slater brauchte einfach Zeit mit seiner Tochter, ohne dass Raine ständig im Hintergrund umherwuselte. Also lehnte sie jedes Mal dankend ab. Als Daisy noch kleiner war, hatte Raine es nur widerwillig geschafft, diesen besonderen Abend getrennt von ihr zu verbringen. Aber Slater hatte ein Recht darauf, und er war ein wundervoller Vater.

Sie schrieb: *Ich kann Ihnen versichern, dass am 24. Dezember kein Restaurant in Mustang Creek geöffnet haben wird. Wir sind hier nicht in Kalifornien. Sie werden zu mir kommen müssen, und ich esse Heiligabend normalerweise einen Hamburger und trinke Wein.*

Er schrieb zurück: *Das hört sich doch gut an. Ich mag Burger, und Wein trinke ich auch gern. Lassen Sie mich die Getränke mitbringen. Und bitte sehen Sie es mir nach, wenn ich mich selbst einlade.*

Sie war nicht sicher, ob er sich selbst eingeladen hatte oder ob nicht sie den ausschlaggebenden Zug gemacht hatte. Sie tippte: *Wein: am besten* Mountain Vineyards.

Alles klar!

Ich wünsche einen guten Flug.

Danke, aber ich bin bereits hier. Bis morgen. Erwähnen Sie bitte niemandem gegenüber, schon gar nicht Slater, dass ich in der Stadt bin.

Raine lehnte sich zurück und atmete aus, für einige Sekunden hatte sie die Luft angehalten. Nie hätte sie gedacht, einmal einen Abend mit jemandem wie Mick Branson zu verbringen, noch dazu Heiligabend!

Glücklicherweise hatte sie am Tag zuvor das ganze Haus geputzt und irgendwann gemerkt, dass es sich bei dem Geräusch, das sie vage im Hintergrund hörte, um den Staubsauger handelte. Daisy saugte freiwillig, ohne Gemaule? Nachdem sie sich von dem Schock erholt hatte, musste Raine sich eingestehen, dass sie sich in letzter Zeit wohl tatsächlich viel zu oft in ihrem Arbeitszimmer verschanzte. Sicher, das Haus konnte es vertragen, wenn ein bisschen Staub gesaugt wurde – auf dem Küchenfußboden lagen Krümel, und die Wäschekammer hatte eine kleine Säuberung auch bitter nötig.

Gut, jemand wie Mr. Hollywood-Boss Mick Branson, der wahrscheinlich in einer Villa in Beverly Hills residierte, würde wohl kaum von ihrem originellen kleinen Häuschen beeindruckt sein, ganz gleich, wie aufgeräumt es war. Aber er sollte erst einmal ihren Weihnachtsbaum sehen.

Es gab kein bestimmtes Thema, was das Schmücken betraf; wenn ihr etwas gefiel, kaufte sie es und hängte es auf. Eulen und glitzernde Rentiere, aber auch ein Glas-Shrimp mit Flügeln und eine Boa fanden sich zwischen kunterbunten antiken englischen Glaskugeln. Sie hatte sie extra etwas höher aufgehängt wegen Mr. Bojangles, ihrer riesigen, sonst eher scheuen Maine-Coon-Katze, deren Spieltrieb beim Aufstellen des Weihnachtsbaumes geweckt wurde. Wenn man am Baum vorbeiging, riskierte man ständig eine plötzliche Attacke auf die Fußknöchel, denn im Dezember betrachtete Mr. Bojangles den Baum als sein Versteck. Daher bestand der Schmuck in der unteren Hälfte aus weichen Stoff-Eichhörnchen und -häschen sowie aus Tannenzapfen-Imitaten, mit denen er herumspielen durfte. Außerdem war da noch Daisys riesiger Hund Samson, der jedes Mal, wenn er an dem Baum vorbeilief, irgendetwas herunterriss. Keine Chance für ihren Weihnachtsbaum.

»Definitiv kein Designer-Teil, sieht eher aus wie von ’nem geistig verwirrten Kobold geschmückt«, lautete Daisys Kommentar dazu.

Raine liebte den Baum.

Er entsprach exakt ihrem Stil. Und es war überhaupt nichts an den Kuriositäten auszusetzen, die an ihm baumelten. Sie löschte die Lichter und fragte sich auf dem Weg ins Bett, wie um Himmels willen sie in diesen Schlamassel geraten war.

Hollywood-Boss Mick Branson würde Heiligabend bei ihr zu Hause Hamburger essen!

Slater Carson würde sich schlapp lachen.

Das Flugzeug setzte auf der verschneiten Landebahn auf, und Mick sprach ein stilles Dankgebet für den erfahrenen Piloten und vielleicht ein wenig jahreszeitlich bedingtes Glück, während es ununterbrochen weiterschneite. Ein unruhiger Flug, und Mick schätzte sich selbst eigentlich nicht als nervösen Passagier ein. Doch beim Flug über die Berge war ihm ein- oder zweimal mulmig geworden.

Dabei war er schon überall gewesen. Asien, Afrika, Südamerika, Australien, Europa ... Er lebte in Los Angeles, aber er mochte Wyoming. Hier fühlte es sich an wie im Urlaub, und den konnte er wirklich dringend gebrauchen.

Andererseits würde es auch nicht gerade unangenehm werden, Raine McCall wiederzusehen. Dieser Gedanke überraschte ihn, denn sie war so gar nicht sein Typ. Trug triste Röcke und hielt offenbar nicht viel von Make-up. Er wäre überrascht, wenn sie ein Paar hochhackiger Pumps besäße. Ihr künstlerisches Temperament stand in krassem Kontrast zu seiner Unternehmer-Disziplin, doch irgendwie fand er das faszinierend. Sie war eine natürliche Schönheit, ohne sonderlich darauf zu achten. Vielleicht reizte ihn gerade das. Raine hatte nichts Künstliches an sich – man bekam genau das, was man sah. Ganz abgesehen davon hatte er das Gefühl, dass es ihr vollkommen gleichgültig wäre, wie viel er verdiente. Er nahm an, dass materielle Dinge für sie nicht wirklich wichtig waren.

Wie dem auch sei, er hatte diese Reise mit einer doppelten Absicht geplant.

Er wollte Slater, der nicht bloß ein Kollege, sondern auch ein Freund war, mit der TV-Premiere von *Der Wilde Westen … Noch immer Wild* überraschen. Und er wollte Raine sehen. Zwischen beiden Vorhaben bestand eine Verbindung, da Raine und Slater eine gemeinsame Vergangenheit und eine Tochter hatten. Slater war längst glücklich mit einer anderen verheiratet, und mit ein paar beiläufig gestellten Fragen hatte Mick herausgefunden, dass Raine gerade mit niemandem zusammen war.

Die Sache konnte kompliziert werden, und er hasste Komplikationen. Geschäftliche Deals waren heikel und komplex genug, deshalb gestaltete er sein Privatleben so simpel wie möglich.

Raine war alles andere als simpel. Ihre Kunst war außergewöhnlich, und dieses wundervolle Meerjungfrauen-Etikett, das sie für den Sekt des Carson-Weingutes entworfen hatte, trug dazu bei, dass davon mittlerweile an einem einzigen Tag mehr Flaschen verkauft wurden als von allen anderen Weinen zusammen. Und das Unternehmen lief vorher schon nicht schlecht. Irgendwie bezweifelte er, dass Raine diesen Triumph überhaupt registriert hatte.

Dennoch war er an ihrem Talent nicht interessiert – zugegeben, er war durchaus beeindruckt, aber darum ging es ihm nicht in erster Linie. Vielleicht zogen Gegensätze sich wirklich an, obwohl er sicher darüber gelacht hätte, wenn man ihm das gesagt hätte, bevor er sie über die Carsons kennenlernte.

Jetzt war ihm nicht nach Lachen zumute. Klar, er hatte einen guten geschäftlichen Grund, in Wyoming zu sein, aber im Grunde war er nur wegen dieser bestimmten Frau hier, die ihm nicht mehr aus dem Kopf ging.

Grace Carson empfing ihn mit leuchtenden Augen im Speisesaal des *Bliss River Resort and Spa* und umarmte ihn zur Begrüßung. Slater bewies wirklich Geschmack bei Frauen, denn seine Ehefrau war eine atemberaubend schöne Rothaarige mit selbstbewusster Ausstrahlung. Sie schien außerdem ein gutes Erinnerungsvermögen zu besitzen, denn beinah unmittelbar darauf tauchte ein Kellner mit Kaffee und genau den Roggentoast-Kanapees auf, die er am liebsten aß.

Sie setzte sich zu ihm und schenkte für beide Kaffee ein. »Haben Sie eigentlich eine Ahnung, wie schwer es ist, Slater nichts wegen Weihnachten zu verraten?«

»Ich musste mich auch schon zurückhalten, also kann ich's vermutlich nachvollziehen.« Er genoss den Ausblick auf die schneebedeckten Berge hinter den Panoramafenstern, während er seinen Kaffee trank, und dachte an all die Beziehungen, die er hatte spielen lassen. Etliche, wenn man's genau nahm. Er sah wieder zu Grace hinüber, ebenfalls ein Vergnügen. »Das Zeitfenster war der schwierigste Teil. Aber so ziemlich alle sind zu Hause, und bis dahin wird das Weihnachtsessen hoffentlich vorbei sein und der weltweite Wunsch erwachen, mal etwas anderes im Fernsehen zu sehen als die alten Klassiker.«

Sie gab Sahne in ihren Kaffee. »Ich halte es für eine brillante Idee. Ihnen ist schon klar, dass Sie mein Geschenk damit schwer entwertet haben. Von mir sollte er einen neuen Sattel bekommen. Wahrscheinlich wird er jetzt *Sie* statt mich unter dem Mistelzweig küssen.«

Mick lachte. »Das bezweifle ich, aber falls es doch geschieht, sollten wir das lieber nicht filmen.« Nicht wissend, dass automatische Kameras ihn filmten, war Slaters jüngerer Bruder Mace bei einem romantischen Moment mit Luce erwischt worden, die inzwischen seine Ehefrau war. Beide schienen nicht allzu glücklich darüber, in dem Film aufzutauchen, hatten der Veröffentlichung jedoch zähneknirschend zugestimmt.

»Vielleicht wird Raine stattdessen ja Sie küssen.« Grace trank mit einem wissenden Ausdruck in den Augen einen Schluck aus ihrer Tasse mit Silberrand.

Er hatte nie verstanden, wieso Frauen diese magischen Kräfte besaßen, sobald es um das Erspüren von Romanzen ging. Männer stolperten da einfach hinein, ohne etwas zu merken, während Frauen sich wie Witterung aufnehmende Wölfe verhielten. Er war ein Mann, der alle Möglichkeiten ausschöpfte, daher räumte er unverbindlich ein: »Ich kann mir nicht vorstellen, welcher Mann dagegen etwas einzuwenden hätte. Wie läuft's mit dem Hotel?«

Sie registrierte mühelos seine Absicht. »Themawechsel. Verstehe. Das Geschäft läuft gut. Die Skisaison ist in vollem Gange, die Zimmerlisten sind brechend voll. Der Wellness-Bereich ist auf zwei Monate im Voraus gebucht. Den Besitzer freut das natürlich, und ich hab alle Hände voll zu tun. Und tja, ich bin wieder schwanger. Luce ist auch schon im

Babyfieber. Wir warten nur noch auf die gleiche Ankündigung von Drake und Kelly, dann können alle Cousins und Cousinen zusammen aufwachsen.«

Mick stellte sich vor, wie ein Haufen Kleinkinder über die weitläufige Carson-Ranch tobte. Zu seiner Überraschung gefiel ihm die Vorstellung. Bisher hatte er mit Babys nicht viel am Hut gehabt; sein einziger Bruder war kinderlos geblieben, obwohl er schon lange verheiratet war. Er und seine Frau wollten es nicht anders, sie verbrachten die Winter gern in Frankreich oder in ihrem Haus in der Karibik, und als Investmentbanker konnte Ran überall arbeiten. Ihre Einstellung zu Kindern resultierte aus ihrem anspruchsvollen Lebensstil.

Vor seiner geschäftlichen Verbindung zu Slater hatte Mick sich darüber eher wenig Gedanken gemacht, doch er musste sich eingestehen, dass die Art, wie er aufgewachsen war, eine Leere in seinem Leben hinterlassen hatte. Gemütliche, herzliche Familientreffen hatten nie stattgefunden. Zu Lebzeiten des Vaters waren seine Eltern viel gereist, und mittlerweile hielten sie die Tradition hoch, dass Mick sich mit seiner Mutter zum Weihnachtsessen im Country Club traf.

Elegant, ja, aber nicht sonderlich gemütlich. Er war früher schon bei Feiern auf der Carson-Ranch gewesen – jedes Mal eine ausgelassene Angelegenheit. Er sagte: »Gratuliere. Slater ist bestimmt rundum glücklich.«

»Morgen wird er das ganz bestimmt sein«, erwiderte Grace mit einem Lächeln. »Ich habe zu niemandem ein Wort gesagt. Blythe weiß es allerdings, und das wiederum bedeutet, dass Harry es auch weiß.«

»Raine weiß, dass ich in der Stadt bin.« Er zuckte möglichst gleichmütig die Schultern. »Wir treffen uns morgen Abend geschäftlich, und da sie meinte, kein Restaurant habe geöffnet, hat sie mich zu sich eingeladen.«

Grace hob die Brauen. »Ach, tatsächlich? Sie bricht mit ihrer Burger-und-Wein-Tradition?«

»Nein. Ich wurde darüber in Kenntnis gesetzt, dass ich genau dieses Menü zu erwarten habe.«

Grace gab ein fröhliches Glucksen von sich. »Nur Raine würde auf die Idee kommen, Mick Branson einen Burger zu servieren! Ich liebe Raine, aber sie ist manchmal echt schräg. Umso mehr überrascht es mich, dass Sie beide offenbar auf einer Wellenlänge sind. Übrigens hat sie recht, was Heiligabend angeht – selbst wir hier im Hotel schließen unser Restaurant. Die Gäste können allerdings Gourmet-Sandwiches und Salate vorbestellen, die wir ihnen dann aufs Zimmer servieren. Aber ganz ehrlich, ich will niemanden Weihnachten schuften lassen, der lieber daheim bei seiner Familie wäre. Einige Mitarbeiter schieben wegen des Feiertagszuschlags aber gern Dienst, deshalb ist das Hotel geöffnet. In der Stadt hat alles zu.«

Was sie über die Feiertage erzählte, nahm er nur am Rande wahr, da er bei dem hängen geblieben war, was sie über Raine und ihn gesagt hatte. Sie beide, *auf einer Wellenlänge*? Er zog es vor, das besser nicht zu kommentieren. Er konnte Geschäfte machen, bei denen es um Millionen Dollar ging, aber Gespräche über private Dinge gehörten nicht zu seinen Stärken. »In L. A. läuft das ein klein wenig anders.«

»Oh, davon bin ich überzeugt.« Grace war definitiv amüsiert. Ihr Telefon piepte, und sie stand auf. »Entschuldigen Sie mich, aber meine Aufmerksamkeit ist wohl gefordert. Wir sehen uns morgen.«

Nachdem sie abgerauscht war, beendete er seine Mahlzeit aus Kaffee und Toast, sah per Smartphone seine Mails durch und ging anschließend hinaus zu seinem Mietwagen. Es schneite leicht und war ziemlich kalt. Der Wagen war weiß gepudert, und Mick wünschte, er hätte daran gedacht, Handschuhe mitzunehmen. Als er in L. A. gepackt hatte, war ihm das natürlich nicht in den Sinn gekommen.

Das Weingeschäft lag glücklicherweise direkt in der Main Street, und jemand hatte bei der Dekoration der Schaufenster mit Schneeflocken kunstvolle Arbeit geleistet. Die Glocken an dem riesigen Kranz an der Tür bimmelten, als Mick eintrat. Im Laden befanden sich noch andere Kunden, und er erkannte Kelly Carson hinter dem alten polierten Verkaufstresen. Slaters Schwägerin sah süß aus mit ihrem weihnachtlichen Elfenhut und dem überraschten Gesichtsausdruck.

Gut, sein Glückstag.

Zumindest hoffte er das. Jedenfalls war sie eine weitere Person, die er zur Verschwiegenheit verpflichten musste. Ihre Augen hatten sich geweitet, als sie ihn wiedererkannte.

Es gab einfach keine Geheimnisse in Mustang Creek. Das hatte er bei seinem letzten Besuch hier schon gehört und es nicht glauben wollen. Allmählich fühlte er sich jedoch wie der lebende Beweis.

»Frohe Weihnachten, Mick«, rief Kelly ihm zu.

»Frohe Weihnachten«, erwiderte er. »Lassen Sie mich raten – Sie arbeiten heute selbst, weil Sie keinen Ihrer Angestellten bitten wollten, damit die bei ihren Familien sein können.«

Sie nickte, sodass der flauschige Bommel an ihrem Hut auf und ab hüpfte. »Sie haben absolut recht. Wir haben heute allerdings nur bis mittags geöffnet. Feiertagsöffnungszeiten … Wusste gar nicht, dass Sie in der Stadt sind. Niemand hat es erwähnt.«

»Niemand wusste davon.« Nun, das stimmte nicht ganz. Grace, Blythe, Harry und Raine wussten es, und jetzt gehörte auch noch Kelly zum Kreis der Eingeweihten. Er lächelte schief. »Lassen Sie's mich so formulieren: Es wäre mir mehr als lieb, wenn Slater nicht herausfinden würde, dass ich hier bin. Wenn Sie das also bis morgen für sich behalten könnten, wäre ich Ihnen sehr dankbar.«

Sie zwinkerte ihm verschwörerisch zu. »Meine Lippen sind versiegelt.«

»Ich wusste, ich kann auf Sie zählen. Und jetzt verraten Sie mir, welcher Wein wohl am besten zu Burgern passt.«

»Ich enttäusche Sie nur ungern, aber *Bad Billy's* wird nicht geöffnet haben.«

Die Biker-Bar war berühmt für ihre leckeren Burger. »Ich werde meinen Burger auch nicht dort essen.«

Sie stutzte. »Oh … oh! Raine?«

Es war verlockend, das einfach abzustreiten. Aber wozu? Anscheinend war Raines kulinarische Weihnachtstradition bestens bekannt. »Wir treffen uns heute Abend geschäftlich. Welchen Wein kauft sie denn für gewöhnlich?«

»Den Wildfire-Merlot«, antwortete Kelly, ohne zu überlegen – und offenbar sehr belustigt. »Sie mag auch den Soaring-Eagle-Chardonnay. Beide wären eine sehr gute Wahl. Mace sagt immer, am Ende des Tages soll man einen Wein trinken, den man mag, zu einem Essen, das man mag. Machen Sie sich wegen allem anderen keine Gedanken. Er hält dieses snobistische Getue um den perfekten Wein zum Essen für maßlos übertrieben.«

»In ganz Kalifornien sind die Leute wegen Ihres Kommentars gerade in Ohnmacht gefallen.«

»In ganz Kalifornien kaufen die Leute unseren Wein«, konterte sie mit einem frechen Elfengrinsen, das zu ihrem feschen Hut passte. »Er scheint also zu wissen, was er tut.«

Dagegen ließ sich schwerlich argumentieren. »Ich nehme ein paar Flaschen von jedem, plus einige fürs Fest mit der Familie morgen und von dem neuen Sekt. Am besten alles im Karton.«

2. Kapitel

Es war nicht so, dass sie sich über ihr Aussehen keine Gedanken machte, aber auf einer Skala von eins bis zehn würde sie sich selbst bei fünf sehen, wenn es um den Zeitaufwand für Klamotten ging. Aus irgendeinem Grund befand Raine sich heute Abend jedoch an einem höheren Punkt der Skala.

Das lange rote Kleid mit der engen schwarzen Bluse sah hübsch aus, passte jedoch nicht ganz zu Hamburgern, analysierte sie mit kritischem Blick, bevor sie sich für eine Jeans und einen graublauen Seidenpullover entschied. Allerdings wäre der mit ziemlicher Sicherheit hinüber, wenn sie sich mit Ketchup oder auch Wein bekleckerte. Sie hatte schon beim Kauf gewusst, wie unpraktisch dieses Kleidungsstück sein würde, aber sie war zu verliebt in es gewesen, um es nicht zu kaufen. Also zog sie sich ein drittes Mal um. Schwarze Leggins und ein gemustertes graues Strickkleid trugen den Sieg davon. Bequem, aber ganz bestimmt schicker als das, worin sie sich sonst abends zu Hause lümmelte, wenn sie allein war.

Tja, sie würde nicht allein sein. Sie hatte sogar den Tisch gedeckt – was an ihrem traditionellen Heiligabend nie vorgekommen wäre –, und zwar mit dem, was sie ihr »Dezembergeschirr« nannte, weiß mit winzigen Zuckerstangen darauf. Daisy hatte das Geschirr beim Shoppen entdeckt, als sie sechs war, und darum gebettelt, dass Raine es kaufte. Jedes Jahr, wenn diese Teller auf den Tisch kamen, signalisierten sie für ihre Tochter den Beginn der Weihnachtsfeiertage, und sie besaßen einen unbezahlbaren sentimentalen Wert. Obwohl Raine in der Startphase ihres Unternehmens ein klassisches Beispiel für eine brotlose Hungerkünstlerin gewesen war, hatte sie dazu noch Besteck gekauft, in deren Griffe Rentiere und ein Schlitten graviert waren.

Die hübsche Ironie bestand darin, dass ein erfolgreicher Mann wie Mick Branson sich geschäftlich mit ihr treffen wollte und dabei von Tellern essen würde, die sie gekauft hatte, als sie sich die eigentlich nicht leisten konnte. Inzwischen hatte sie so viel zu tun, dass sie bezweifelte, ob sie mit ihm ins Geschäft kommen würde, selbst wenn das, was er ihr vorzuschlagen hatte, sie interessierte.

Mr. Bojangles tapste mit einem Katzengähnen vorbei, auf dem Weg zu seinem Fressnapf, blieb jedoch stehen, um gestreichelt zu werden. Es hatte etwas von einem königlichen Dekret, wenn ein Kater seiner Größe danach verlangte, hinter den Ohren gekrault zu werden. Raine kraulte ihm das Kinn.

»Was hältst du vom Tisch? Vornehm genug für einen Topmanager?«

Die Katze gähnte erneut, und in seinen goldgrünen Augen schienen eindeutige Zweifel zu stehen. Raine rechtfertigte sich prompt: »Hey, ich hab immerhin zwanzig Mäuse für dieses Geschirr hingeblättert!«

Seine pelzige Miene drückte Skepsis darüber aus, ob es das überhaupt wert war. »Daisy liebt die Teller«, argumentierte Raine.

Er widersprach nicht, sondern setzte seinen Weg in die Küche fort, wo er sich geräuschvoll auf seinen Napf stürzte. Sein ausladendes Hinterteil war typisch für seine Rasse, aber sein enormer Appetit machte die Sache auch nicht gerade besser. Der Tierarzt, Jax Locke, hatte diplomatisch vorgeschlagen, doch vielleicht die Katzenleckereien ein wenig zu reduzieren.

Sie hatte ihm zugestimmt, doch Jangles, wie sie ihn bei sich nannte, verstand es, seinen Willen durchzusetzen. Von Kompromissen hielt er jedenfalls nichts.

Der Wind draußen sorgte für leichte Schneeverwehungen, und sie hatte per Knopfdruck ein Feuer im Kamin entfacht. Sie mochte die Atmosphäre und den Anblick der Flammen, aber als alleinstehende Frau wollte sie keine Holzscheite hereinschleppen müssen, deshalb hatte sie sich vor ein paar Jahren einen Gaseinsatz installieren lassen. Statt weihnachtlicher Musik legte sie sanfte klassische Rhythmen auf, und ohne das Toben des größten Hundewelpen der Welt – Samson – war es richtig ruhig und geradezu feierlich im Haus. Daisy nahm den riesigen Vierbeiner immer mit zur Ranch, denn er liebte es, mit den anderen Hunden herumzutoben. Der Garten hinter Raines Haus war für ihn nicht annähernd so aufregend wie das Rinderhüten mit Drake und den anderen Cowboys. Vielleicht würde es ihm genügen, in der Sonne zu liegen, wenn er älter war. Im Augenblick hetzte er jedenfalls für sein Leben gern wie wild durch die Gegend. Red, der Ranchhelfer, nannte den Hund einen langbeinigen Wirbelwind, und das traf es ganz gut.

Als Raine durch das große Vorderfenster draußen Scheinwerfer aufblitzen sah und daraufhin einen Blick zur Uhr mit den Märchenmotiven warf, die auf dem Kaminsims prangte, zeigte Cinderellas Glasschuh Punkt sechs an. Mick Branson war auf die Minute pünktlich.

Raine hingegen war chronisch unpünktlich. Möglicherweise bestand die einzige Gemeinsamkeit zwischen ihnen beiden darin, dass sie nachts um zwei keinen Schlaf fanden. Sie machte die Tür auf, ehe er klopfen konnte, und der Schnee wehte kapriziös in den winzigen Flur.

»Danke«, sagte Mick beim Eintreten. »Der Wind hat wirklich aufgefrischt. Ein wunderbares Weihnachtsfest, mit allen passenden Spezialeffekten.« Er betrachtete sie, während er seine Schuhe auf der Matte im Flur abstreifte. »Schön, Sie wiederzusehen.«

»Gleichfalls.« Sie schloss die Tür und spähte durch die Glasscheibe. »Es schneit ziemlich heftig, oder? Irgendwie märchenhaft.«

»Von hier drinnen aus betrachtet ist es sehr märchenhaft«, räumte er mit einem viel zu flüchtigen Lächeln ein. »Der Wein ist in dieser Tüte, wo soll ich meinen Mantel hinhängen?«

Sie erkannte den Beutel, denn sie selbst hatte den Aufdruck dafür entworfen. Das »M« für »Mountain Vineyards« wurde flankiert von Kiefern und einem Habicht, der auf einem der Äste saß. »Ich nehm Ihnen den ab, die Küche ist gleich da vorn. Es ist unmöglich, sich in diesem Haus zu verlaufen.«

»Es hat Charme.« Während er aus dem wollenen Mantel schlüpfte, schaute er sich um.

Raine war es nicht gewohnt, dass Männer in einer ganz gewöhnlichen Unterhaltung das Wort »Charme« benutzten. Aber er hatte breite Schultern, das machte die Sache wieder wett. Genau genommen fand sie alles an ihm attraktiv: das dunkle Haar, die faszinierenden dunklen Augen und sein aristokratisches Gesicht, dessen Züge auf Vorfahren aus der Alten Welt, vermutlich Portugal oder Spanien, schließen ließen. Raine interessierte sich sehr für Geschichte, deshalb brannte sie darauf, etwas über seine Herkunft zu erfahren. »Bin gleich wieder da. Auf der Arbeitsfläche finden Sie Korkenzieher und Gläser. Bedienen Sie sich.«

Er hatte sie beim Wort genommen, wie sie feststellte, nachdem sie seinen Mantel aufs Bett im Gästezimmer gelegt hatte – zu den Nachteilen ihres urigen kleinen Hauses gehörte das Fehlen einer vorzeigbaren Flurgarderobe –, und ihnen beiden ein Glas Wein eingeschenkt.

»Merlot«, erklärte er, während er die Flasche auf die Arbeitsfläche stellte. »Ich hab Kellys Rat beherzigt und die Weine gekauft, die ich gerne mag, statt Rücksicht darauf zu nehmen, ob sie zu Hamburgern passen.«

»Sie ist ziemlich gut in solchen Dingen.« Raine nahm das Glas von ihm entgegen und sah ihn an. »Ich hatte noch nie ein Business-Meeting an Heiligabend, aber Sie wahrscheinlich schon. Wie sieht der Plan aus? Mit einem Tisch in einem Konferenzraum kann ich nicht dienen, aber wir können uns ans Feuer setzen.«

»Ich bin nicht nur geschäftlich hier, damit Sie's gleich wissen. Konferenztische sind überbewertet, und am Feuer sitzen klingt doch gut.«

»Ich dachte, geschäftliche Gründe hätten Sie hergeführt.«

»Na, kommen Sie, Raine, Sie wissen, dass es nicht nur darum geht. Natürlich möchte ich etwas mit Ihnen besprechen, aber ich wollte Sie auch wiedersehen.«

Nun, zumindest war er direkt. Das gefiel ihr, obwohl sein Geständnis sie überraschte. »Dann ab mit uns ans Feuer.«

Sie ging voran, und er folgte ihr, und wie das Glück es wollte, entschied Jangles sich zu einer Attacke, als sie am Weihnachtsbaum vorbeikamen, er wollte sein Territorium verteidigen. Vielleicht hätte sie Mick warnen sollen, aber sie war an die Streiche des riesigen Katers so gewöhnt, dass sie gar nicht daran gedacht hatte.

Ihr Gast erschreckte sich zwar, schaffte es jedoch, seinen Wein nicht zu verschütten, trotz der Krallen in seiner zweifellos teuren Hose. Raine entschuldigte sich, während der Kater sich losmachte und sich wieder in seinen Schlupfwinkel zurückzog. »Darf ich Ihnen übrigens meine Katze vorstellen: Mr. Bojangles. Er hat sein Revier rund um diesen Baum abgesteckt und wacht Tag und Nacht darüber. Tut mir leid, ich hätte Sie warnen sollen.«

»Das ist eine Katze? Ich hätte eher auf einen afrikanischen Löwen getippt.«

»Sie sollten erst mal den Hund sehen, den die Carsons mir geschenkt haben. Mace beging den Fehler, Daisy vorzuschlagen, ihn doch bei der Auswahl eines Welpen zu beraten. Sie und der Hund verliebten sich auf der Stelle ineinander. Jetzt ist es ihrer. Ich glaube, eines Tages wird man ihn satteln und draußen auf den Weiden reiten können. Ich hab einen Sack voller Hundefutter in meiner Speisekammer, der ist so groß, dass ich dafür eine Sackkarre brauche.« In dem Versuch, eine gute Gastgeberin zu sein, fragte sie: »Wollen wir uns setzen?«

Und den geschäftlichen Teil hinter uns bringen, damit wir uns anschließend entspannen können? Schließlich war Heiligabend.

Mick war nicht überrascht, wie sie wohnte. Raines Geschmack zeigte sich, nun ja, überall. Ihr Haus unterschied sich so sehr von dem vornehmen Zuhause seiner Kindheit, dass er sich ein Lächeln verkneifen musste. Es gab weder Kanapees noch polierte Tische, keine importierten Teppiche oder kostbare Ölgemälde …

Über dem Kamin hing ein Poster von Weinflaschen-Etiketten, und der Sims bestand aus einem handgefertigten Holzstamm. Ein Keramikfrosch saß auf dem Sims, daneben stand ein rostiger antiker Spielzeuglastwagen. Ihr Sofa war rubinrot und passte zum dunklen Holzfußboden. Ein Couchtisch mit nicht ganz geglücktem Dekor gab dem Ganzen einen künstlerischen Touch. Auf dem Bücherregal stand eine alte Lampe im Tiffany-Stil, mit Schmetterlingen und leuchtenden Blumen. Nichts von all dem passte zusammen, und doch fügte es sich auf eigenartige Weise zu einem Gesamtbild zusammen.

Jedenfalls gefiel es Mick besser als sein eigenes perfekt eingerichtetes Haus, für das er einen teuren Profi engagiert hatte.

Raines Heim dagegen war urgemütlich und heimelig; seines wirkte vielmehr wie aus einer Zeitschrift für Wohnideen entsprungen, aber »heimelig« konnte man es wohl kaum finden.

»Hübsch haben Sie's hier.«

»Mein Haus ist wahrscheinlich nur ein Zehntel so groß wie Ihres, aber trotzdem danke«, erwiderte sie trocken. »Daisy und ich brauchen nicht mehr. Alles, was sie sonst braucht, bietet ihr die Ranch. Ich halte nicht viel von persönlichem Besitz, was ganz gut ist, seit sie diesen riesigen Welpen hat. Mein Lieblingspaar Schuhe und der Läufer in der Küche sind ihm schon zum Opfer gefallen. Ich mochte diesen Teppich, wirklich, und hatte keine Ahnung, dass er für Hunde ein Leckerbissen ist. Er hat ihn komplett zerkaut, als ich nur einmal kurz nicht aufgepasst hab!«

Lächelnd setzte er sich neben sie auf die Couch. »Slater meinte, jedes Mal, wenn Mace ein Haustier anschafft, hängt es sich an ein anderes Familienmitglied, und er muss es von Neuem versuchen.«

»Es ist wie ein Zoobesuch«, stimmte sie ihm zu. »In dem Moment, als die legendäre Mrs. Arbuckle-Calder sich einschaltete, war alles zu spät. Die Frau trifft die unumstößliche Entscheidung, ob jemand ein Haustier braucht oder nicht. Und wenn man für haustierwürdig befunden wurde, wählt sie es für einen aus, taucht einfach auf und bringt es einem auch noch vorbei. Man kann nicht Ja oder Nein sagen. Was glauben Sie wohl, wie ich zu diesem Löwen gekommen bin?«

Er mochte die Art, wie sie ihre schwarzen flachen Ballerinas abstreifte und die Füße auf den Couchtisch schwang, das Weinglas in der Hand. Ein Windstoß traf die Dachsparren, doch das Feuer glich es angenehm aus. »Als Kind durfte ich kein Haustier halten. Meine Mutter wollte auch nicht das kleinste Tierhaar im Haus haben. Außerdem reisten meine Eltern viel, deshalb hätte ein Haustier nur Unannehmlichkeiten bedeutet.«

Raine hob die Brauen. »Gar keine Haustiere?«

»Gar keine.«

»Daisy wäre verzweifelt ohne ihren Katerfreund und ihren Hund.«

Auch er hatte Augenblicke der Verzweiflung gekannt, sie aber überlebt.

»Jeder ist anders. Genau darüber wollte ich mit Ihnen sprechen. Ich kenne jemanden, der Animationsfilme produziert, und erwähnte ihm gegenüber, dass Sie Grafikdesignerin sind. Ich hab ihm Ihre Arbeiten gezeigt, und er hat Interesse signalisiert, mal mit Ihnen darüber zu sprechen. Allerdings ist er ziemlich überzeugt davon, dass Wyoming am Ende der Welt liegt. Trotzdem will er herkommen, um Sie kennenzulernen.«

Sie starrte ihn an. »Was?«

Raine hatte wirklich die ungewöhnlichsten Augen, die er je gesehen hatte. Nicht grün und nicht golden, sondern eine aufregende Mischung aus beidem. »Animationsfilme. Ich …«

»Kenn ich«, unterbrach sie ihn, stöhnte auf und schloss für einen Moment die Augen. »Oh Mann, ich hab mir echt geschworen, zu allem Nein zu sagen, was Sie mir vorschlagen. Aber das ändert natürlich alles.«

»Aha. Wirklich alles?«

»Ich verbitte mir sexuelle Anspielungen, ich überlege gerade! Eigentlich hab ich absolut keine Zeit für neue Projekte, aber diese Chance kann ich mir unmöglich entgehen lassen. Ich dachte, Sie mögen mich! Wie können Sie mir dann mit einer so verlockenden Sache kommen?« Sie schüttelte verzweifelt den Kopf. »Ich bin nicht mal annähernd talentiert für so was! Ich hab ein paar Kurse in Animationstechnik belegt, aber das ist auch schon alles.«

Er grinste sie an. »Lassen wir meine persönlichen Gefühle für Sie mal beiseite. Nach allem, was ich bisher gesehen habe, sind Sie *mehr als* talentiert. Sonst hätte ich Ihren Namen nie erwähnt. Aber ich bin froh, dass ich's getan habe, denn der Produzent ist der gleichen Ansicht wie ich: Er glaubt, Sie könnten eine wertvolle Bereicherung für das Team sein.«

In ihren lebhaften Augen stand echte Verblüffung. »Sie wussten, dass das der Traum eines jeden Grafikdesigners ist! Das haben Sie mit voller Absicht eingefädelt, geben Sie's zu!«

»Selbstverständlich. Unterschätzen Sie mich niemals.« Er hatte es gewusst. Er kannte sich mehr als gut aus mit Leuten, die vom Ehrgeiz gepackt waren. Warum sonst schrieben sie sich morgens um zwei E-Mails?

»Über welches Unternehmen reden wir?«

Sie war nicht dumm, aber das wusste er ja längst. »Belassen wir es einfach bei der Feststellung, dass Sie den Namen garantiert kennen würden.«

Heftig atmete sie aus. »Ich wusste, Sie bringen mir Scherereien. Ich hab im Augenblick derartig viel um die Ohren ...«

»Vorerst müssen Sie lediglich darüber nachdenken und mir verraten, ob Sie an einem Treffen interessiert sind. Ich bin Investor, deshalb will ich Topqualität. Es liegt in meinem finanziellen Interesse, meinen Partnern bei der Suche nach den besten Künstlern zu helfen.« Sie machte den Mund auf, offenbar, um erneut zu protestieren, daher hob er beschwichtigend die Hand. »Das ist genug Berufliches für einen Abend, noch dazu für Heiligabend. Ich erkläre den Meeting-Teil hiermit offiziell für beendet.«

Raine stutzte. »In dem Fall, denke ich, wird es Zeit fürs Dinner. Ich hoffe, Sie mögen scharfes Essen.« Sie stand auf. »Bringen Sie den Wein mit?«

»Ich dachte, wir essen Hamburger.« Er folgte ihr mit der Flasche in der Hand in die Küche. »Aber stimmt, ich mag es scharf.«

Ihre Küche war mindestens ebenso interessant wie das Wohnzimmer. Eine Reihe nicht zusammenpassender antiker Behälter stand auf der glänzenden Arbeitsfläche. Die Geräte sahen modern aus, doch die alte Kiste in der Ecke schien wunderschönes antikes Geschirr und pinkfarbene Kristallgläser zu enthalten. Ein Mobile aus angelaufenen Silbergabeln baumelte über der großen Spüle – ein weiteres Deko-Stück, das typisch Raine war und perfekt in den Raum passte.

Seine Mutter würde bei diesem Anblick zweifellos in Ohnmacht fallen, aber Mick war amüsiert und verzaubert zugleich.

»Gut.« Raine schien zwischen Kühlschrank und der Arbeitsfläche hin und her zu schweben und bugsierte dabei

Teller und verschiedene Behälter. »Heiligabend gönne ich mir Cheeseburger mit grünem Chili. Eine fragwürdige Tradition, ich weiß, aber ich liebe diese Dinger.«

Er grinste zum gefühlt bereits tausendsten Mal an diesem Abend. »Wollen Sie mich auf den Arm nehmen?«, fragte er ungläubig. »Ich stamme aus New Mexiko. Wir sind erst nach Kalifornien gezogen, da war ich fünfzehn. Meine Tante und mein Onkel leben noch immer in Las Cruces. Ich hab mich schon einer gründlichen Selbstbefragung unterzogen, um zu ergründen, ob ich ihretwegen ab und zu dort hinfliege oder wegen des Essens.«

Wieder sah sie verblüfft drein. »Im Ernst? Meine Cousine wohnt in Santa Fe. Ich liebe es dort! Jedes Jahr Ende August oder Anfang September schickt sie mir Chilischoten, die ich wie ein Geizhals horte.«

»Die echten, aus Hatch? Ohne Witz?«

»Kein Scherz«, bestätigte Raine, sichtlich belustigt über seine Miene. »Ich röste sie und friere sie ein. Zwar würde ich bei einem Feuer Daisy und die Haustiere als Erstes retten, aber dann käme ich doch in Versuchung, für meine Chilis noch mal zurückzukehren.«

Er war im Himmel gelandet. »Sie haben mir gerade ein Weihnachtsgeschenk gemacht. Sagen Sie Bescheid, wenn ich Ihnen helfen kann. Andernfalls werde ich hier rumstehen, während mir das Wasser im Mund zusammenläuft.«

Sie zog ein Schneidbrett aus einem der Küchenschränke. »Irgendwie hab ich den Verdacht, dass sich Ihre kulinarischen Fähigkeiten auf das Reservieren von Tischen in Restaurants beschränken. Aber wenn Sie eine Zwiebel schneiden könnten, wäre ich Ihnen zu tiefstem Dank verbunden.«

»Das kann ich machen.« Sie hatte recht, er kochte nicht oft. Allerdings reiste er auch viel, weshalb das mit dem Selberkochen zu Hause so eine Sache war. Vielleicht gehörte das zu den Dingen, die ihm an Mustang Creek gefielen – alles an diesem Ort wirkte einladend und heimelig. Wenn man einen Laden wie *Bad Billy's Burger Palace* betrat, wurde man per Handschlag begrüßt.

Ihm war bis vor Kurzem gar nicht klar gewesen, dass ihm das gefiel.

Vielleicht wurde er gerade ein wenig ruhelos in seinem Leben. Irgendetwas fehlte, und er wusste, dass er sich nicht nur aus beruflichen Gründen über Weihnachten in Mustang Creek aufhielt.

Während er hier in der Küche stand und heimlich Raines wohlgeformte Kurven unter dem silbrigen Strickkleid bewunderte, fragte er sich erneut, was sie nur an sich hatte, das ihn so fesselte. In der Geschäftswelt hatten ihm seine Instinkte und seine Intuition stets gute Dienste geleistet, und als er Raine zum ersten Mal sah, waren diese Instinkte sofort erwacht. Sie war keine klassische Schönheit, aber sie gehörte zu dieser Sorte Frauen, die sämtliche Blicke auf sich zogen, sobald sie einen Raum betraten. Ihre Vitalität machte einen Teil ihrer Anziehungskraft aus, und da er selbst eher der zurückhaltende Typ war, hatte sie ihn von Anfang an fasziniert.

»Messer ist in der Schublade.« Sie schaute auf und ertappte ihn dabei, wie er sie musterte. Hastig senkte sie den Blick, wischte sich die Hände an einem Geschirrtuch ab und errötete sogar ein wenig. »Was?«

»Sie sind nur so …« Er suchte nach dem richtigen Wort. »Lebendig.«

»Das hoffe ich doch, da die Alternative eher nicht wünschenswert ist.« Das Lächeln, das sie ihm schenkte, fiel diesmal eher spöttisch aus.

Er hatte nicht vor, näher darauf einzugehen. »Stimmt natürlich, Miss McCall.«

»Ein Messer finden Sie übrigens immer noch in der Schublade.«

»Das erwähnten Sie bereits.« Er zog die Lade auf und fand, was er brauchte. »Melde mich gehorsam zur Arbeit.«

Mick schnitt Zwiebeln klein, während sie die Burger in die Bratpfanne legte. Binnen einer Minute lief ihm das Wasser im Mund zusammen, so aromatisch war der Duft des brutzelnden Fleisches. Draußen schneite es immer dickere Flocken, der Schnee hüllte die Bäume und den Holzzaun in ein festliches weißes Kleid. Die ganze Atmosphäre war auf eine Weise entspannend, die er sich nicht oft gestattete, eine Atempause von der Welt, zu der nicht zuletzt die sanfte Hintergrundmusik beitrug.

Prasselndes Kaminfeuer, ein leises Concerto, dazu ein Gläschen Wein, ein selbst gekochtes Essen und eine wunderschöne Frau …

Die perfekte Art, Heiligabend zu verbringen.

3. Kapitel

»Das war wirklich köstlich. Ich kam mir vor wie damals zu Hause.«

Für jemanden, der offensichtlich im Fitnessstudio trainierte, konnte Mick beim Essen locker mit den Carson-Brüdern mithalten, und das sollte schon etwas heißen. Wie Red, der Vorarbeiter auf der Ranch, es formulieren würde: Er konnte ordentlich was wegfuttern. Raine war jedenfalls froh, dass sie drei Burger statt nur zwei gemacht hatte, denn den dritten hatte er sich ziemlich rasch geschnappt. Natürlich waren Micks Manieren tadellos, trotzdem hatte er sein Essen mit einer Begeisterung verspeist, die ihr schmeichelte.

»Ich warne Sie«, erklärte sie scherzhaft, als sie aufstand, um die Teller abzuräumen. »Ich hab die Zubereitung von Desserts von Blythe Carson drauf. Eiscreme ist alles, was Sie bekommen.«

»Klingt doch gut.«

»Sobald Sie Bad Billy's Lemon Drop Ice Cream gekostet haben, sind Sie für den Rest Ihres Lebens süchtig danach.« Das allerdings war ihr voller Ernst. »Das ist der Grund, weshalb ich's nicht ständig im Haus habe. Da würde ich mir tagtäglich meine mädchenhafte Figur zurückwünschen.«

Er musterte sie langsam von oben bis unten, während er

sich mit seinem Teller in der Hand erhob. »Also, ich würde daran nichts ändern wollen, glauben Sie mir. Lassen Sie mich beim Aufräumen helfen.«

Sie hätte sein Angebot zurückgewiesen, doch ahnte sie, dass Mick verbale Auseinandersetzungen nur selten verlor, falls überhaupt jemals. Er war der Inbegriff an Ruhe und Gelassenheit, mit einem guten Schuss männlichem Selbstbewusstsein. Es sagte schon einiges, dass sie nicht wusste, wie sie mit seinem offenkundigen Interesse an ihr umgehen sollte. Denn sie hatte vor langer Zeit beschlossen, ihr Leben so zu führen, wie sie es für richtig hielt, und ihre etwas ungewöhnliche Lebensweise tat ihr gut. Sie hatte ihrer Tochter erklärt, sie und Slater hätten nicht heiraten können, weil sie einfach grundverschieden waren und es deshalb niemals mit ihnen funktioniert hätte. Daisy schien das zu akzeptieren, denn sie sah, wie sehr ihre Eltern sie liebten und sich gegenseitig respektierten.

Aber niemand unterschied sich mehr von ihr als Mick Branson, daher musste Raine sich fragen, woher dieses Knistern kam bei der Berührung ihrer Finger, als sie ihm die Eiskelle reichte, damit er die Portionen verteilen konnte.

Er war überhaupt nicht ihr Typ.

Und sie war ganz sicher nicht sein Typ. Allerdings hatte sie keine Ahnung, was sein Typ sein könnte, doch sie stellte sich eine kühle, rausgeputzte Blondine mit Perlenkette und stilvollem schwarzen Kleid vor. Eben eine passende Begleiterin bei geschäftlichen Anlässen und in Hollywood-Kreisen.

Mick unterbrach ihre Überlegungen, als er die cremige Zitronenmischung auf zwei viktorianische Gläser verteilte, die sie von ihrer Großmutter geerbt hatte. »Daisy ist ein großartiges Kind, sofern ich das beurteilen kann. Couragiert und selbstbewusst.«

Sie lächelte. »Ja, das ist sie. Kaum zu glauben, dass sie schon bald erwachsen ist. Wo ist nur die Zeit geblieben!«

Er konzentrierte sich darauf, das Eis zu verteilen. »Haben Sie je daran gedacht, noch mehr Kinder zu bekommen?« Raines Verblüffung über diese unerwartete Frage stand ihr ins Gesicht geschrieben.

Er schaute sie an, und für einen Moment fühlte sie sich gefangen in diesen dunklen Augen.

»Ich meinte nur, Sie sind eine wundervolle Mutter, laut Slater«, beeilte er sich zu sagen. »Sie sind jung, deshalb kam ich drauf. Außerdem hab ich heute Morgen mit Grace gesprochen, und sie hat mir die Neuigkeit von ihr und Luce berichtet.« Er war nicht direkt verlegen, eher etwas verunsichert. »War nicht meine Absicht, so rasch persönlich zu werden. Ich ziehe meinen Beitrag zurück.«

Raine wollte ihn jedoch nicht so einfach davonkommen lassen. »Die Frage stört mich nicht, aber da müssen Sie sich auch die Gegenfrage gefallen lassen: Wie ist das bei Ihnen mit Kindern?« Sie schätzte ihn auf um die vierzig. In seinen sorgfältig zerzausten dunklen Haaren zeigte sich noch keine graue Strähne, aber Slater hatte einmal gesagt, er und Mick seien etwa im gleichen Alter.

»Ob ich Kinder habe? Nein. Will ich welche? Kann sein.«

»Ich hab das Gefühl, nicht allzu viel über Sie zu wissen. Sie haben Ihr Privatleben ganz gut abgeschirmt.«

»Haben Sie mich abgecheckt?« Es schien ihm nichts auszumachen, im Gegenteil. »Ich achte so gut wie möglich darauf, dass Privates privat bleibt.«

»Zugegeben, vielleicht habe ich mich nach Ihrem ersten Besuch in Mustang Creek ein wenig über Sie erkundigt. Aber Slater mag Sie, also vertraue ich Ihnen. Andernfalls würde ich Ihnen bestimmt nicht BB's Lemon Drop anbieten.«

»Dann hoffe ich mal, dass ich mich der Eiscreme auch würdig erweise. Wird sicher nicht leicht.«

Zumindest besaß er Sinn für Humor. Wieder etwas, das sie an ihm schätzte. Tatsächlich gab es einiges, was sie an ihm mochte. Eigentlich zu viel. »Glauben Sie mir, es ist mir eine Ehre, mit Ihnen mein Eis zu teilen. So freigiebig bin ich nicht dauernd.«

Prompt erwiderte er: »Das hab ich auch nicht geglaubt.«

Raine warf ihm einen tadelnden Blick zu. »Ich dachte, ich hätte Ihnen sexuelle Anspielungen untersagt.«

»Hey, diese Bemerkung können Sie interpretieren, wie Sie wollen!«

Ein Mann wie er sah nicht oft jungenhaft aus, doch dieser Dackelblick jetzt kam dem sehr nahe. *Diese Augen ...* »Dafür werd ich Sie zwingen, sich mit mir zusammen meinen Lieblingsweihnachtsfilm anzuschauen. Es sei denn, Sie haben andere dringende Pläne.«

»Ich gehöre ganz Ihnen.« Geschickt hantierte er mit der Eiskelle. »Für den Fall, dass Sie sich fragen – und ich vermute mal, das tun Sie: Mein Bruder und seine Frau verbringen Weihnachten dieses Jahr in London, meine Mutter ist mit ihrer Freundin in New York, und da ich eine kleine Überraschung für Slater habe, fand ich, Mustang Creek wäre dieses Jahr zu Weihnachten der geeignete Ort für mich. Ich hab fast Angst zu fragen, aber welcher ist Ihr Lieblingsweihnachtsfilm? Bitte sagen Sie mir nicht, dass es ein Musical wird.«

»Entspannen Sie sich. Kein Gesinge und Herumgehopse. Ich schaue mir für gewöhnlich *Big Jake* an. Sie wissen schon, John Wayne.« Sie nahm zwei langstielige Löffel aus einer Schublade. »Das ist nicht nur ein großartiger Film, sondern auch einer mit sentimentalem Wert. Mein Vater liebte ihn. Ich erinnere mich, wie wir auf der Couch saßen und den Film sahen, nachdem meine Mutter zu Bett gegangen war. Im Gegensatz zu Ihnen mochte sie Filme, in denen gesungen und getanzt wird, deshalb brauchte mein Vater anschließend eine Dosis guten alten Western. Ich durfte Heiligabend so lange aufbleiben, wie ich wollte, und das mache ich immer noch.«

»Sie sind ein großes Mädchen, Sie können tun und lassen, was Sie wollen.«

Diese Bemerkung würde sie einfach ignorieren. Er provozierte sie mit voller Absicht. »Ich hab schon immer gemacht, was ich wollte. Merken Sie sich das. Möchten Sie eine Tasse Kaffee?«

»Hört sich gut an. Das wird mich auf der Rückfahrt zum Hotel nachher wachhalten.«

Die Erinnerung daran, dass ihr gemeinsamer Abend enden würde, löste ein eigenartiges Gefühl in Raine aus, wofür sie sich sofort im Stillen tadelte. Schließlich hatte sie ganz bestimmt nicht die Absicht, ihm für die Nacht ihre Couch anzubieten – ganz egal, wie attraktiv sie ihn fand. Der sacht fallende Schnee draußen mochte zur Atmosphäre des Abends beitragen, doch sie blieb emotional auf der Hut und widerstand selbst den verlockendsten romantischen Fallen.

Sie glaubte an die Liebe. An die Liebe zu ihrem Kind, der Familie, und natürlich hatte sie vor einer Ewigkeit geglaubt, Slater zu lieben. Nur hatte es nicht funktioniert zwischen ihnen.

Es wäre ein Leichtes gewesen, seinen Heiratsantrag anzunehmen, den er ihr gemacht hatte, als er von ihrer Schwangerschaft erfuhr. Ein angenehmes Leben in der Carson-Familie hätte sie erwartet. Doch ihr war schon länger klar, dass sie beide nicht mit dem Herzen dabei gewesen wären. Sie blieben Freunde, so abgedroschen es klang – Raine mochte den Vater ihres Kindes aufrichtig und war dankbar für das gute Verhältnis zwischen ihnen. Aber das war nicht dasselbe wie Liebe.

Sie hatte nicht die geringste Ahnung, warum ausgerechnet Mick Branson mehr als nur freundschaftliche Gefühle in ihr weckte. Einen Mann, der noch gegensätzlicher war als sie, hätte sie kaum finden können.

Mit Hollywood hatte sie nichts am Hut. Sie passte dort ebenso wenig hin wie er nach Mustang Creek. Doch als er sich neben sie auf die große Couch setzte, mit dem Eis in der Hand, schien er sich trotz Designer-Hose und maßgeschneidertem Hemd wohlzufühlen.

Er kostete einen Löffel voll und sah Raine mit diesen sexy dunklen Augen erstaunt an. »Das glaub ich nicht. Der Wahnsinn!«

»Ich hab's Ihnen ja gesagt. Billy ist ein stämmiger, tätowierter kulinarischer Engel.«

»Ich muss den Kerl knutschen, wenn ich ihn das nächste Mal sehe.« Mick machte sich über das Eis her.

»Das könnte ihm möglicherweise nicht gefallen.« Sie probierte selbst. Das Eis war cremig-mild und zugleich sauer, genau wie immer. Billy stellte es nur einmal im Jahr her, deshalb musste man es frühzeitig vorbestellen. Sie schnappte sich die Fernbedienung und startete den Film. »Los geht's. Der Duke.«

»Reinster Weihnachtszauber in Form eines alten Westerns – das hört sich echt gut an. Aber jetzt wäre wohl der richtige Zeitpunkt, um zu gestehen, dass ich den Film nie gesehen hab. Sagten Sie *Big Jake*?«

»Wie bitte?« Sie sah ihn perplex an. »Noch nie? Das ist mir unbegreiflich.«

Er zuckte mit den Schultern. »Wenn Sie meine Familie kennen würden, wüssten Sie, dass die mit John Wayne nicht viel am Hut haben. Ich bin mir sicher, dass ihnen der Film gefallen würde, nur käme es ihnen einfach nicht in den Sinn, ihn sich anzuschauen. Ich glaube, als Kind wurde ich in ein Broadway-Theaterstück geschleppt, lange bevor ich meinen ersten Zeichentrickfilm im Fernsehen sah.«

Das erklärte natürlich einiges. »Tun Sie deshalb das, was Sie tun?«

»Könnte sein. Warum sind Sie Künstlerin? Ich bezweifle, dass ich darauf schon eine direkte Antwort bekommen habe. Wahrscheinlich gibt's keine.«

Sie musste einräumen, dass er recht hatte, deshalb wechselte sie das Thema. »Ich kann nicht glauben, dass Sie Ihr Eis schon verputzt haben.« Er hatte es regelrecht eingeatmet. »Haben Sie noch nie von Eiscreme-Kopfweh gehört?«

»Hatte ich noch nie, aber für dieses Zeug hier riskier ich es gern.« Er stand auf und ging in die Küche, wo Raine ihn die Schale abspülen und umsichtigerweise in die Spülmaschine räumen hörte.

Rücksichtsvoll war der Typ auch noch?

Mick Branson besaß eine enorme Ausstrahlung, genau wie Slater, was möglicherweise die Anziehung zwischen ihr und Mick erklärte. Raine fühlte sich zu charismatischen Männern hingezogen.

Sie genoss jeden Löffel Eis, während die Anfangsszene des Films begann, und fühlte sich eigenartig behaglich. Obwohl Mick kein Fremder war, hatten sie vor diesem Abend noch nie Zeit miteinander verbracht, daher war sie von der Zwanglosigkeit zwischen ihnen überrascht.

Sein gesamtes Verhalten signalisierte, dass er an ihr interessiert sein musste. Raine war sich nicht sicher, ob sie schon bereit dafür war, jemanden in ihr Leben zu lassen, das sie sich zusammen mit ihrer Tochter behutsam aufgebaut hatte. Sein Leben drehte sich darum, Signale zu deuten. Meetings, der Aktienmarkt, internationale Beziehungen, Kooperationen mit den Medien … Mick befand sich, wie es schien, ganz im Einklang mit seinen beruflichen Herausforderungen. Und mit den privaten? – Hm, wohl eher nicht.

Raine war offenbar ein Freigeist, dachte Mick, doch hatte sie eine Wachsamkeit an sich, die einem nicht entging. Es war nicht so, dass er das nicht nachvollziehen konnte; er war selbst vorsichtig geworden, sonst hätte er vermutlich mehr längere Beziehungen geführt, statt sich immer nur dann und wann auf flüchtige Geschichten einzulassen. Ihr Misstrauen einmal beiseite lassend, fragte er sich, ob sie eine Ahnung hatte, wie sexy es war, ihr beim Eisessen zuzusehen.

Er zwang sich, den Blick zum Fernseher zu richten, statt auf ihre Lippen. Keinesfalls würde er den sanft rieselnden Schnee und die ganze romantische Atmosphäre dazu nutzen, diese Frau ins Bett zu bekommen. Obwohl er von einer Nacht mit der reizenden Miss McCall begeistert wäre. Vielleicht mehr als nur einer Nacht, und das war ein Grund zum Grübeln. Er befürchtete, dass derartige Gedanken ihn noch auf andere bringen würden, und Mick war normalerweise kein Mann, der sich vor irgendetwas fürchtete.

Zum Glück retteten John Wayne und das Geschehen auf dem Bildschirm ihn. Mit analytischem Auge bewunderte er das Werk des Regisseurs. Solche Drehbücher mochte er, die Menschen zeigten, wie sie wirklich waren – nicht nur gut oder schlecht, sondern eine Kombination aus beidem. Slater zeigte die Menschen in seinen Dokumentarfilmen auf ähnliche Weise, Schurken und Helden nebeneinander. Allerdings waren seine Charaktere nicht fiktiv, aber ausgewogen, und seine fesselnden Dramen spielten oft an historischen Original-Schauplätzen.

»Guter Film, aber es gibt keine Liebesgeschichte«, stellte Mick beim Abspann fest.

Raine saß gelöst da, das eine Bein unter sich angewinkelt. Aus der zusammengerollten Matte in der Ecke hatte er bereits geschlossen, dass sie Yoga machte, daher überraschte ihn diese gelenkige Haltung bei ihr nicht. Viel mehr hatte ihn erstaunt, wie die riesige Katze aus ihrem Versteck hervorgeschlichen und mit einer für ein Tier dieser Größe erstaunlichen Anmut auf die Couch gesprungen war, wo sie es sich neben Raine bequem gemacht hatte.

»Das gefällt doch den meisten Männern, oder? Nur Action, kein Kitsch.«

Er schüttelte den Kopf, die Andeutung eines Lächelns auf den Lippen. »Ich glaube, Ihre Ansicht ist ein wenig … nun ja, rückständig. Männer sind an Liebesgeschichten viel mehr interessiert als Frauen.«

»Au contraire, Mr. Vorstandsetage.« Sie winkte ab. »Die meisten Männer sind an Sex interessiert.«

»Ich ahne da eine Diskussion auf uns zukommen. Wer kauft denn bitte schön Blumen und Pralinen und mäht pflichtbewusst den Rasen, um *die* Frau in seinem Leben zufriedenzustellen?«

Sie konterte scharfzüngig: »Ein Mann, der danach guten Sex haben will. Ich weiß eine umsichtige Geste zu schätzen wie jede andere Frau, aber machen wir uns doch über die Motivation nichts vor.«

»Sie können doch die Männer nicht alle über einen Kamm scheren, *Miss Kreativetage.* Ich kenne eine Menge anständiger Kerle, die nie und nimmer mit einer Frau ins Bett steigen würden, für die sie keinerlei romantischen Gefühle hegen.

Intelligenz und Schönheit sind ja ganz nett, aber wenn eine Frau kein angenehmer Mensch ist, sag ich lieber Nein danke. Und seien Sie sicher: In der Welt, in der ich lebe, gibt es eine Menge Frauen, die Sex benutzen, um die Karriereleiter zu erklimmen. Man könnte also durchaus darüber diskutieren, ob Ihre Annahme nicht für beide Seiten gilt.«

Raine streichelte den Kater am Kopf, was Mr. Bojangles ein heiseres Schnurren entlockte. »Ich fürchte, Sie haben recht. Ich wollte Sie nur ein bisschen provozieren. Menschen sind viel zu komplex, um sie auf Stereotypen zu reduzieren. Viele verstehe ich nicht, aber ich glaub, ich kenne mehr gute als schlechte Menschen. Ich bin jedenfalls froh darüber, dass Daisy in Mustang Creek aufwächst.«

»Ich habe mir Grundstücke in dieser Gegend angesehen«, sprudelte es aus ihm heraus. »Die richtige Kombination aus Haus und attraktivem Bauland war noch nicht dabei, aber ich habe mich umgeschaut.«

Sie hielt in der Bewegung inne. Mr. Bojangles sandte ihm einen tödlichen Blick, weil Mick für die Unterbrechung der Streicheleinheiten verantwortlich war. »Wirklich?«

»Es ist ein wunderschönes Land«, erklärte er in sachlichem Ton. »Ich besitze ein Ferienhaus auf den Bermudas. Es ist zwar nett, die Sonne und das Meer um sich zu haben, aber nach zwei Tagen fange ich an, mich zu langweilen. Ich denke daran, es zu vermieten oder zu verkaufen und mir stattdessen hier eins zu bauen oder, noch besser, eins mit einer echten Geschichte zu kaufen. In Mustang Creek gibt's deutlich mehr zu tun, als mit einem Drink in der Hand am Strand zu liegen.«

Raine wirkte nachdenklich. »Mir geht es genauso. Ich hab's ein- oder zweimal probiert, aber ich kann nicht lange still sitzen und nichts tun. Ich habe immer das Gefühl, als müsste ich *irgendetwas* tun.«

»Dann haben wohl etwas gemeinsam.«

»Warum werd ich das Gefühl nicht los, dass es auch schon die einzige Gemeinsamkeit ist? Abgesehen von der Liebe zu grünen Chilischoten natürlich.«

»Das ist nicht wahr«, widersprach er gespielt entrüstet und zeigte auf den Fernseher. »Wir mögen beide den John-Wayne-Film. Ich jedenfalls ab sofort. Wir mögen beide den Mountain-Vineyards-Merlot. Und wir würden beide für Bad Billy's Zitroneneis töten. Mr. Bojangles mag uns ganz offensichtlich auch alle beide … die Liste ließe sich beliebig fortsetzen.«

»Bis zu der Stelle mit Jangles waren Sie gar nicht schlecht. Aber er ist wirklich wählerisch. Ich merke, dass er noch unentschlossen ist. Er traut Männern nicht so leicht über den Weg.«

Sie redeten jetzt nicht mehr nur über ihr Haustier, und das war ihm klar. »Er muss mich nur besser kennenlernen. Lassen Sie mich beweisen, dass ich ein vertrauenswürdiger Kerl bin.«

»Sie wollen sich einer Katze beweisen?«

»Na ja, er ist ein wirklich großer Kater. Ich fürchte mich ein bisschen vor ihm.«

In Raines Augen lag Belustigung. »Sein Leibesumfang ist Teil seines Charmes, zumindest erkläre ich das jedes Mal dem

Tierarzt, wenn der mir wieder wegen Jangles' Ernährung in den Ohren liegt. Glücklicherweise füttere ich ihn, also, den Kater, deshalb liebt er mich.«

»Er hat einen ausgezeichneten Geschmack.«

»Ich bezweifle, dass Sie wirklich Angst vor ihm haben. Und ich vermute, dass er Sie mag, sonst wäre er nicht unter dem Baum hervorgekommen und würde nicht so nah bei Ihnen liegen.«

»Ich respektiere seine Meinung, von Mann zu Mann.«

»Eine gute Einstellung ihm gegenüber. Andernfalls lässt Jangles einen nämlich ganz fix nach seinem Willen tanzen.«

Mick hob die Brauen. »Wie seine Besitzerin.«

»Ach, kommen Sie, niemand *besitzt* ein Haustier. Hatten Sie wirklich noch nie eins?«

»Ich wollte immer einen Hund haben, aber es hat nie geklappt.«

Sie glaubte ihm nur – davon war er überzeugt – wegen seines beiläufigen Tons. Er war nicht oberflächlich genug, um über seine privilegierte Kindheit zu jammern. Aber seine Mutter hatte keine Tiere im Haus geduldet, und deshalb hatten sie nie welche gehabt. Das war schon die ganze Geschichte. Er hatte um einen Hund gebettelt, und die Antwort war »Nein!« gewesen.

»Zu schade. Da haben Sie was verpasst. Aber es ist nicht zu spät, sich jetzt einen anzuschaffen.«

»*Jetzt* ist Zeit das Problem. Nach dem College fing ich gleich bei einem Unternehmen an, das mich für drei Jahre nach Japan geschickt hat. Als ich nach Kalifornien zurückkam, gründete ich meine eigene Firma. Bei meinem Arbeitspensum hatte und habe ich einfach keine Zeit für einen Hund.«

»Sie brauchen aber einen.« Raine sagte das mit einer Bestimmtheit, als sei die ganze Angelegenheit bereits entschieden. »Kaufen Sie das Land, bauen Sie Ihr Haus, und Sie werden keinen Mangel an Hundesittern haben, die gerne einspringen, wenn Sie unterwegs sind. Ich biete mich freiwillig dafür an. Daisy wäre begeistert, und Samson ist von seinen ständigen Besuchen auf der Ranch an andere Hunde gewöhnt. Was das Bauland angeht – wollen Sie das echte Wyoming?«

Das mit dem Hund war ein großzügiges Angebot, ein spontanes noch dazu, doch hatte er bereits den Eindruck, dass Raine trotz der Wachsamkeit ihm gegenüber meistens den eigenen Instinkten vertraute und der Stimme ihres Herzens folgte. »Ja, das ist der Plan. *Echtes Wyoming.* Einsamkeit und eine atemberaubende Aussicht. Ein Stückchen Geschichte, ein Ort, an dem ich sitzen und lesen kann. Vielleicht auch etwas schreiben, was kein Memo ist, sondern einfach mal zur Abwechslung. Und auf der Veranda entspannen, mit einem Glas Wein oder einem Bier in der Hand den Sonnenuntergang betrachten. Ich bin an einem Punkt in meinem Leben, an dem mir bewusst wird, dass Besessenheit in gewisser Hinsicht zwar etwas Gutes hat, es aber nicht unbedingt sinnvoll ist, während jeder Sekunde des Tages zu arbeiten.«

»Etwas schreiben? Wie den großen amerikanischen Roman?« Sie sah ihn völlig verblüfft an.

»Ob Sie es glauben oder nicht, *Miss Kreativ*, ich besitze tatsächlich Fantasie.« Er verschwieg ihr lieber, dass er sich in seiner Fantasie auch sehr gut vorstellen konnte, wie sie warm, weich und nackt in seinen Armen lag. Es wurde immer schwerer, solche Bilder aus seinem Kopf zu verbannen.

»Ehrlich gesagt, habe ich gar keine Probleme, das zu glauben. Entschuldige mich, Jangles«, sie sah ihren Kater an, »dein neuer Freund und ich müssen mal weg.« Vorsichtig rutschte sie von der Katze weg und stand auf. »Ich werde Ihren Mantel holen, Mr. Vorstandsetage. Zeit für einen Weihnachtsausflug durch die Landschaft.«

»Jetzt?« Er schaute zur Uhr, die Zauberstäbe als Zeiger hatte und Glasschuhe in verschiedenen Farben als Ziffern. Was Mick vermuten ließ, dass Raine die Uhr entworfen hatte. Wenn er richtig sah, war es fast elf.

»Warum nicht? Es schneit, man sieht die Berge im Hintergrund, ein Winterzauber liegt in der Luft … Ich will Ihnen etwas zeigen. Nein, jetzt *muss* ich Ihnen etwas zeigen.«

Er hatte absolut keine Ahnung, wovon sie sprach, doch er würde mitspielen. »Na schön, ich bin bereit.«

»Das werden Sie womöglich sein, wenn Sie sehen, was ich Ihnen zeigen will. Ich fahre.«

»Fahren? Wohin …«

»Kommen Sie.« Sie öffnete den kleinen Flurschrank und nahm einen Mantel heraus. Dann verschwand sie und kehrte mit seinem Mantel zurück. Während Mick seine Knöpfe zumachte, zog sie flauschige weiße Handschuhe an. »Das ist der perfekte Zeitpunkt.«

Immer noch ahnungslos, gab er zurück: »Ich verlass mich drauf. Können Sie mir nicht wenigstens einen Tipp geben, wohin wir fahren?«

»Ich zeige es Ihnen lieber. Warten Sie's ab.«

Zwei Minuten später saßen sie im Wagen, auf dem Weg zu einem ihm unbekannten Ziel.

Es sah noch genauso aus wie an dem Tag, als sie es zum Verkauf angeboten hatte. Mondlicht erhellte das Gemäuer, da die Wolken sich durch den kalten Dezemberwind allmählich verzogen. Mittlerweile funkelte der ein oder andere Stern am Himmel, und der Schneefall hatte deutlich nachgelassen.

Vielleicht hatte ihr das Schicksal an diesem Abend zweimal zugelächelt.

Raine betrachtete das verwitterte Haus vor ihnen und verspürte einen Stich angesichts der Aussicht, dass es abgerissen werden könnte. Sie warnte sich im Stillen, ein Mann wie Mick Branson würde dieses verfallene Gebäude sowieso nicht haben wollen. Das konnte sie ihm dann kaum verdenken. Aber die Umgebung war unglaublich.

»Wenn Sie Wyoming wollen, ist das hier genau das Richtige«, sagte sie und parkte den SUV. »Hinter dem Haus liegt ein kleiner, durch eine Quelle gespeister See. Der ist so kristallklar, dass Angeln ein Verbrechen wäre, da man den Haken direkt vor einem Fisch platzieren kann. Ich weiß, dass der See jetzt zugefroren ist, aber wenn's wärmer ist, eignet er sich hervorragend zum Schwimmen. Und eine so spektakuläre

Aussicht wie die von der hinteren Veranda bei Sonnenaufgang haben Sie auch noch nie gesehen.«

Er reagierte zunächst diplomatisch, womit sie gerechnet hatte. »Diese … Hütte … sieht ziemlich alt aus.«

»Das ist eine gewaltige Untertreibung. Das Haus ist eine Ruine.« Sie stellte den Motor aus. »Ursprünglich bestand es nur aus einem Raum, doch im vergangenen Jahrhundert wurde immer wieder angebaut. Bedenken Sie, wo wir uns befinden. Es gehört nicht viel Land dazu, nur etwa fünfzig Hektar. Aber Sie wollen ja auch nicht Rinder züchten, oder? Kommen Sie, ich zeig Ihnen das Haus von innen.«

»Fünfzig Hektar sind in L. A. völlig ausgeschlossen. Und dass ich Rinder halte auch. Ich verstehe nichts davon. Ich brauche einfach einen Ort, an den ich mich zurückziehen kann. Warum haben Sie überhaupt einen Schlüssel dafür?«

»Sie könnten es natürlich abreißen, obwohl ich mir wünschte, Sie würden es nicht tun. Das Grundstück ist jedenfalls wirklich schön.«

»Das beantwortet meine Frage nicht.«

Seufzend drehte sie sich zu ihm um. »Es gehörte meinem Großvater.«

Er wartete. »Okay …«

»Und davor dessen Großvater.«

Jetzt staunte er. »Sie machen Witze, oder?«

Machte sie nicht. »Es wurde offensichtlich vor sehr langer Zeit erbaut. Klingelt es nicht bei den alten Fotos, die Sie gesehen haben? Slater hatte doch Davor- und Danach-Bilder in seiner Dokumentation. Ein toller Beitrag zur Kontinuität über Generationen hinweg. Daran hat sich nichts geändert.«

Noch immer schneite es ganz leicht, während Raine dort stand und über Slaters Film redete. Mick sagte: »Ich erinnere mich. Er hat mir gar nicht erzählt, dass das Haus Ihrer Familie gehörte.«

Trocken bemerkte sie: »Wenn Slater sich im Arbeitsmodus befindet, nimmt er vom Rest der Welt nicht mehr viel wahr. Außerdem hat er vermutlich nicht gedacht, dass es für Sie von Bedeutung sein könnte. Warten Sie, bis Sie das Innere der *Hütte* gesehen haben.« Sie zog eine Taschenlampe hervor und leuchtete über die bröckelnde Fassade. »Kein Strom. Das Wasser wird direkt vom See reingepumpt, ohne Filtersystem. Aber mein Großvater trank es von klein auf und schwor, es wäre besser als jedes in der Stadt verfügbare Wasser. Passen Sie bei der obersten Stufe auf – bei meinem letzten Besuch hier war sie morsch, und ich bezweifle, dass sich ihr Zustand seitdem gebessert hat.«

Mick sah ein wenig durcheinander aus. »Das ist wirklich ein interessantes erstes Date. Gehen Sie nur voran.«

Sie warf ihm einen Blick von der Seite zu und hüpfte über die morsche Stufe. Die ganze Veranda knarrte, aber das tat sie schon, seit Raine denken konnte. »Date, was? Ich dachte, wir hätten ein Business-Meeting.«

»Ich schätze, jetzt ist der richtige Zeitpunkt, um zu gestehen, dass das nur ein Vorwand war, damit Sie mit mir zu Abend essen. Meine Gründe, Geschäftliches mit Ihnen zu besprechen, waren allerdings echt. Aber in der Minute, als dieses Arbeitsgespräch endete, wurde es ein Date.« Er war groß genug, um elegant über die morsche Stufe zu steigen. »Da sehen Sie mal, dass ich's faustdick hinter den Ohren hab. Sie sind mir glatt in meine hinterhältige Falle getappt.«

»Oder Sie in meine.« Sie schob den Schlüssel in das alte Schloss. Es war eine Kunst, diese Tür aufzubekommen. »Hab ich schon erwähnt, dass es hier spukt?«

»Nein, aber was wäre Weihnachten ohne ein verschneites altes Spukhaus? Ich wäre sonst auch echt enttäuscht gewesen.«

Trotz des trockenen Humors schien er fasziniert zu sein. Sie mochte seine lockere Art. Für sie war das viel wichtiger als gutes Aussehen oder eine Menge Kohle. Endlich beschloss die Tür, dass sie eintreten durften, knarrend ließ sie sich öffnen. »Hier ist Ihr Stückchen Geschichte.«

4. Kapitel

Das Innere des Hauses war wie eine Zeitkapsel.

Mick konnte kaum glauben, was er sah. Alte Lehnstühle aus Holz um einen Tisch gruppiert, der aussah wie aus einem umgedrehten Trog hergestellt, ein antiker Waschzuber in einer Ecke, ein sehr altes Gewehr über dem Kamin, der einst die einzige Wärmequelle gewesen sein musste. Auf dem Tisch stand ein Zinnbecher, wie eben erst zurückgelassen.

Und überall erblickte er Bücher. In selbst gezimmerten Regalen an den Wänden und auf dem Fußboden gestapelt. Eine antike Spüle gehörte zum Küchenbereich, ebenso wie ein Arbeitstisch aus Metall und mehrere Borde mit Geschirr aus vergangenen Zeiten. Daneben, in einer anderen Ecke, stand ein Holzeimer, in dem wohl früher das Geschirr abgewaschen wurde.

Raine neben ihm vergrub die noch in den Handschuhen steckenden Hände in den Taschen und sagte nüchtern: »Kein Strom, keine Heizung, und das Badezimmer ist draußen hinterm Haus. Mein Großvater war Minimalist. Er las Walden und schaute nie zurück. Vielleicht haben Sie von ihm gehört. Matthew Brighton.«

Mick war perplex. »Der Autor?« Das erklärte natürlich die vielen Bücher … *Im Ernst?*

»Genau der.«

»*Der* war Ihr Großvater?«

»Ja.« Sie hatte diese süße weiße Wollmütze aufgesetzt, bevor sie das Haus verlassen hatten, die perfekt ihre dunklen Haare betonte. Ihre Nasenspitze war pink von der Kälte.

Mick konnte es noch nicht ganz glauben. »Mein Vater besaß einige seiner Bücher. Ich hab sie als Kind gelesen. Das weckte meine Begeisterung für Western. Ist das wirklich wahr?«

»Würde ich Sie anlügen?«

Er glaubte nicht, dass sie das je tun würde. Seiner Einschätzung nach war sie ein so aufrichtiger Mensch, wie man es sich nur erhoffen konnte.

Er grinste. »Ich liebte diese Bücher. Mein Lieblingsbuch war *Paintbrush Pass*.«

Sie lächelte. »Meins auch. Ist Ihnen klar, dass dieses Haus hier der Schauplatz war?«

»Tatsächlich? Dieses Grundstück?«

»Jepp.«

Wow, das Ganze faszinierte ihn immer mehr. »Ich wusste, dass in Slaters Film das Vermächtnis eines legendären Western-Schriftstellers namens Brighton erwähnt wird. Es gefiel mir, die Stadt unter dem Aspekt von Wild-Wild-West-Feeling zu sehen.«

Ihre Augen wurden glänzend. »Genau hier hat mein Großvater geschrieben. Er saß dort, an diesem Schreibtisch.« Sie deutete darauf. »Beeindruckend, nicht wahr?«

Aber nicht nach modernen Kriterien. Allerdings war es

perfekt – ein altes Planwagenrad auf einem Pfosten, auf das verschiedene kleine, per Hand gehobelte Bretter genagelt waren, die irgendwer einigermaßen glatt geschmirgelt hatte. Brightons Schreibmaschine war noch da und gehörte wahrscheinlich in ein Museum.

»Er hat mir mal erzählt, mehr erwarte er nicht vom Leben. Einsamkeit und einen Ort zum Schreiben, das genügte ihm völlig. Über eine Klimaanlage musste er sich jedenfalls keine Gedanken machen, er öffnete einfach weit die Fenster, um klar denken zu können. Einen Geschirrspüler brauchte er auch nicht, da er zwei gesunde Hände und diesen alten Eimer da hatte.«

Mick trat näher und strich behutsam über die Schreibmaschine. Danach waren seine Fingerspitzen mit Staub bedeckt. »Ich kann's nicht fassen!«

Raine vermisste ihren Großvater immer noch, die Sehnsucht lag in ihrer Stimme. »Er war ein ziemlich verschrobener alter Mann, aber alles in allem glücklich.«

»Kann ich mir vorstellen. Dank ihm schrieb ich auf dem College ein paar Kurzgeschichten, die tatsächlich veröffentlicht wurden. Mein Hauptfach war Wirtschaft, aber im Nebenfach studierte ich Englisch. Ich fing einen Roman an, aber dann bekam ich gleich nach dem Studium diesen hochkarätigen Job.« Er tat es mit einem Schulterzucken ab; das Leben war voller Was-wäre-Wenn. »Damals erschien es mir definitiv sinnvoller, diese Richtung einzuschlagen.«

»Das Grundstück wäre großartig dazu geeignet, ein Haus darauf zu bauen.« Sie sah ihm in die Augen. »Ich schwöre,

Sie würden ein gutes Angebot bekommen, wenn Sie versprechen, die Hütte stehen zu lassen. Es gibt genug Platz zum Bauen. Ich habe bei der Bliss County Historical Society angefragt, aber die meinen, es ist zu abgelegen, um ein touristischer Anziehungspunkt zu werden. Deshalb gibt es keinen Grund, eine Straße hierher zu bauen, und vielleicht haben die ja recht. Nicht mal Mrs. Arbuckle-Calder konnte Befürworter finden. Ich möchte jemanden, der diesen Ort mag und die Hütte nicht abreißt. Wenn Sie einen Platz mit schöner Aussicht wollen, ist es genau der richtige. Versprechen Sie mir, das Haus nicht abzureißen, und Sie bekommen das Grundstück von mir praktisch geschenkt.«

Deshalb also hatte sie ihn mitten in einer verschneiten Nacht in ihrem Wagen einen Berg hinaufgeschleppt. Ihrem Blick nach zu urteilen, war sie sich irgendwie sicher, dass er der geeignete Mann sein musste, um das Vermächtnis anzutreten, das ihr so viel bedeutete.

Mick musste zugeben, dass er sich geschmeichelt fühlte – und beschämt. Ihm bedeutete es auch etwas. Er hatte Brightons Bücher verschlungen, viele in einem Rutsch gelesen. Natürlich war auch er der Ansicht, dass dieses Haus erhalten bleiben sollte.

»Ich bin noch nicht bereit, einen Vertrag zu unterschreiben, aber mein Interesse ist eindeutig geweckt. Zweites Date? Dann können wir noch mal hierherfahren, und Sie zeigen mir alles bei Tageslicht.« Es fiel ihm schwer, ihr nicht zu gestehen, dass er sich morgen Filmmaterial darüber ansehen würde, doch gerade jetzt wollte er sie mit dem Sendetermin der Dokumentation genauso überraschen wie Slater und den Rest der Familie.

»Zweites Date.« Ihr Lächeln wirkte ein wenig unsicher, und er bezweifelte, dass das häufig bei ihr vorkam. »Eigentlich wollte ich es nie verkaufen, aber die Steuern sind dermaßen hoch … Daisy und ich kommen zwar hin und wieder für ein Picknick her, aber ich habe den Eindruck, dieses Haus ist allmählich deprimiert, weil es so verlassen hier steht. Ich weiß, das klingt albern. Ich will jemanden, der die Geschichte wertschätzt und nicht bloß ein verfallenes Haus sieht. Aber ich weiß: Wenn Sie keine Vorstellungskraft hätten, würden Sie und Slater sich nicht verstehen.«

Er musste unbedingt etwas klarstellen. »Wenn er kein brillanter Filmemacher wäre, hätten wir in beruflicher Hinsicht nichts miteinander zu tun. Aber das ist er nun mal, und überdies auch privat jemand, den ich sehr mag. Seine Arbeit hat gar nicht viel mit mir zu tun, nur dass ich andere Leute dazu bringe, an das zu glauben, was ihm vorschwebt.«

Ihr Atem dampfte in der frostkalten Luft, als sie laut auflachte. »Da wäre er so was von anderer Meinung. Ich glaube, er nennt Sie ›die treibende Kraft‹.«

»Möglicherweise bin ich das, was die Finanzierung der Produktionen angeht. Aber er ist der Inspirierte. Es ist Zusammenarbeit, eine Summe aus verschiedenen Teilen.«

»Slater Carson arbeitet nicht mit jedem *zusammen*, glauben Sie mir. Ich kenne ihn schon eine ganze Weile.«

Plötzlich legte sie ihm ihre in diesen flauschigen Handschuhen steckenden Hände auf die Schultern und gab ihm einen sanften Kuss – was nicht annähernd so viel war, wie er gern bekommen hätte. Ihre Lippen fühlten sich warm und weich an.

Sie flüsterte: »Ich bin froh, dass Sie hier sind. Fröhliche Weihnachten.«

In diesem Moment fuhr ein leichter Windstoß in den Papierstapel auf dem Schreibtisch. Erschrocken drehte Mick sich um, doch die Tür war fest verschlossen, genau wie die Fenster.

»Ich hab Ihnen doch gesagt, dass es hier spukt«, meinte sie unbekümmert. »Ich glaube, er mag Sie. Machen wir uns auf den Rückweg.«

Eins der Blätter war sacht zu Boden gesegelt, und sie hob es auf.

Keine Frage, sie war ein absoluter Idiot.

Ein sentimentaler Idiot, aber so war es nun mal. Kaum hatte Raine erfahren, dass Mick Branson ein Grundstück in Wyoming suchte, war ihr das Vermächtnis ihrer Familie in den Sinn gekommen. Dass ihm sogar der Name ihres Großvaters etwas sagte, hatte sie umgehauen. Dass er seine Bücher gelesen hatte, machte die Begegnung noch mehr zu etwas Besonderem.

Schicksal, schlicht und ergreifend.

Sie glaubte an spirituelle Zeichen, egal ob man es »Schicksal« nannte oder »göttliche Fügung«. Wenn Mick das Grundstück kaufte, würde er die Hütte ja vielleicht wirklich stehen lassen. Sie hatte sich bereits damit abgefunden, sich eines

Tages davon verabschieden zu müssen, und Blythe hatte großzügig angeboten, dass die Carson-Ranch für die Steuern aufkäme. Aber Raine wollte, dass jemand das Land nutzte, die atemberaubende Aussicht genoss und sich daran erfreute, wie ihr Großvater es sein Leben lang getan hatte. Sie hatte überlegt, eines Tages selbst ein Haus auf dem Grundstück bauen zu lassen, aber erst, nachdem Daisy mit der Schule fertig war. Ihr bescheidenes kleines Häuschen reichte für sie zwei im Augenblick vollkommen.

»Zwei Leute haben sich in den letzten drei Jahren das Grundstück angesehen«, erklärte sie Mick, als sie wieder im Auto saßen und über das holperten, was einer Zufahrt nicht einmal entfernt ähnelte. »Beide fanden, es sei zu abgelegen und viel zu kostenaufwendig, eine Stromleitung zu legen und eine anständige Zufahrt zu bauen. Das müsste man aber, um Baumaterial und Brennstoff herzutransportieren. Ich würde einen Generator hinstellen, und fertig. Mit der Internetanbindung könnte es allerdings Probleme geben.«

Mick hielt sich am Gurt auf der Beifahrerseite fest. »Wie hat Ihr Großvater das gemacht? Jeder braucht doch Lebensmittel.«

»Er ist auf dem Pferd in die Stadt geritten und benutzte Satteltaschen.«

»Natürlich«, murmelte Mick. »Ich nehme lieber die Autobahn oder setze mich ins Flugzeug. Manchmal vergesse ich sogar, wo ich gerade bin. Er schrieb also nicht nur darüber, er führte auch selbst dieses Leben.«

»Annehmlichkeiten haben etwas für sich, aber dafür ist

es in der freien Natur so friedlich wie nirgends sonst. Die Münze hat immer zwei Seiten.«

»Es ist schwer, zu bekommen, was man will, ohne dafür Opfer zu bringen«, stimmte er ihr leise zu. »Ich bin der lebende Beweis dafür. Ich hab sehr hart gearbeitet, um es meinen Eltern recht zu machen, obwohl ich viel lieber einer dieser draufgängerischen Cowboys in den Romanen Ihres Großvaters gewesen wäre.«

»Diese fiktiven ungehobelten Kerle hätten Sie für glamourös gehalten. Das Leben auf einer Ranch ist kalt und einsam, und ein Dankeschön bekommt man von den Rindern auch nicht. In Ihrem Job kriegt man wenigstens eine Einladung zu den Oscars.«

Mick lachte. »Na ja, ›glamourös‹ würde ich mein Leben nicht gerade nennen. Aber ich kann nachvollziehen, was Sie meinen.«

»Hätte nie gedacht, dass ich das mal sagen würde, aber ich verstehe langsam, weshalb Slater Sie mag. Sie sind sehr bodenständig.«

»Im Gegensatz zu ›abgehoben‹?«

»Sie sind kein Snob, obwohl Sie Anzüge besitzen, die wahrscheinlich mehr gekostet haben als einige der Pick-ups, die die Leute hier fahren. Ich bin erstaunt, dass die Hütte nicht gleich ganz in sich zusammengefallen ist, als Sie in Ihrem Kaschmir-Mantel und Halbschuhen statt in Stiefeln hereinkamen.«

»Insgeheim würde ich viel lieber in ausgewaschener Jeans und Flanellhemd rumlaufen. Es läuft alles darauf hinaus, dass wir das tun, woran wir gewöhnt sind und was für uns gut funktioniert.« Er atmete tief ein beim Blick aus dem Wagenfenster. »Mann, die Gegend ist wirklich wunderschön. Zitterpappeln im Schneekleid, wenn das mal nicht weihnachtlich ist.«

Raine lächelte still in sich hinein. Er hatte die Zitterpappeln erwähnt. Ein gutes Zeichen.

Tatsächlich sah es draußen aus wie in einer winterlichen Märchenlandschaft. Der Mond schien auf die schneebedeckten Bäume und Berggipfel. Irgendetwas schlich am Fenster vorbei und war im Schatten der Bäume verschwunden, ehe Raine mehr erkennen konnte als das Augenpaar irgendeines größeren Wildtiers. *Großer Wolf oder kleiner Berglöwe?* Hier draußen war beides möglich.

Mick sah es auch. »Was war das?«

»Bin mir nicht sicher.« Der auffrischende Wind wirbelte Schnee gegen die Frontscheibe. »Ich weiß nur, dass wir Tieren wie diesem lieber aus dem Weg gehen sollten.«

»Ja, vermutlich«, räumte er ein. »Ich versteh nicht, wie die Rancher das machen. Drake Carson vor allem, der reitet jeden Abend nach Einbruch der Dunkelheit die Zäune ab.«

»Ich hab es ihn zwar noch nie benutzen sehen, aber er hat immer ein Gewehr bei sich, und ein echt großes Pferd. Und ich bin mir ziemlich sicher, dass er nicht verstehen kann, wie Sie jeden Tag auf diesen überfüllten Highways rund um L. A. herumkurven und täglich einen Drei-Martini-Lunch in einem dieser Nobelrestaurants genießen können.«

Mick erwiderte leichthin: »Ehrlich gesagt halte ich mich an Mineralwasser. Ich hab lange Arbeitstage. Wenn ich da mittags einen Martini in mich reinschütte, ganz zu schweigen von dreien, würde meine Produktivität darunter leiden.«

»Ich entwerfe zwar auch für ein Weingut, aber ich stimme Ihnen zu.«

»Sehen Sie? Da haben wir eine weitere Gemeinsamkeit. Um wie viel Uhr fahren Sie morgen zur Ranch raus?«

Sie bog auf die Landstraße ein, die einem im Vergleich zu dem mit Schlaglöchern übersäten, zugewucherten und ewig unbenutzten Zufahrtsweg völlig eben vorkam. »Gegen zehn. Wir machen die Geschenke erst auf, nachdem die Vormittagsarbeiten erledigt und alle wieder zurückgeritten sind. Die Rinder müssen ja trotzdem gefüttert und die Pferde versorgt werden, auch wenn Weihnachten ist.«

»Man sagte mir, das Mittagessen findet um Punkt eins statt.«

»Ich rate Ihnen, nicht zu spät zu erscheinen. Sie haben Harry ja kennengelernt.« Die Haushälterin der Carsons, Harriet Armstrong, war eine legendäre Köchin, allerdings auch eine unaufhaltsame Naturgewalt. Alle drei Carson-Söhne betrachteten sie als zweite Mutter. »Wenn Sie zu spät kommen, müssen Sie den ganzen Abwasch machen. Nehmen Sie diesen Rat an von jemandem, der diesen unglücklichen Fehler schon begangen hat. Ich komme chronisch zu spät, aber niemals mehr bei Harry.«

»Keine Sorge, ich werde pünktlich sein. Ich freu mich schon auf morgen.«

Sie schaute auf die Zeitanzeige. »Heute, genau genommen. Ich würde mich ja dafür entschuldigen, Sie so spät noch durch die Gegend geschleppt zu haben, aber zufällig weiß ich, dass Sie auch eine Nachteule sind. Ich hab einfach die Zeit vergessen. Kleiner persönlicher Makel.«

»Man kann gut arbeiten, wenn's still ist, das Telefon nicht ständig klingelt und niemand Mails an einen versendet.«

»*Sie* haben mir um zwei Uhr morgens eine geschickt!«

»Ich hab nicht damit gerechnet, dass Sie wach sind.«

»Und ich hab nicht damit gerechnet, eine E-Mail von Ihnen zu erhalten. Das ist auf Slaters Mist gewachsen, oder? Schließlich weiß ich genau, dass Sie *mich* nicht nach meiner Mail-Adresse gefragt haben.«

»Ich habe ihn gefragt, ob er glaubt, dass Sie interessiert sein könnten. Er meinte, Sie wären definitiv eine Frau, die ihre eigenen Entscheidungen trifft. Bei der Chance, an einem Animationsfilm mitzuwirken, würden Sie aber mit ziemlicher Sicherheit zugreifen.«

»Verstehe.«

»Es gibt eine feste Regel im Geschäftsleben: Ein Vorschlag kann nie schaden.«

»Gilt das nur fürs Geschäft?« Sie warf ihm einen fragenden Blick zu, wohl wissend, dass es vermutlich nicht nur ein bisschen gefährlich war, mit diesem Mann zu flirten. Doch irgendwie gelang es ihr nicht, sich zurückzuhalten.

»Timing ist alles.«

Zumindest deutete er die Signale treffsicher. Sie war nicht bereit für eine Weihnachtsromanze, wenn er gleich danach ins Flugzeug steigen und nach Kalifornien zurückfliegen würde.

Er konnte es sowieso nicht ernst meinen, sagte sie sich; gewiss war er nur an einem kurzen Abenteuer interessiert. Das kannte sie allerdings schon zur Genüge. Leichtfertige Junggesellen baggerten sie an und machten einen Rückzieher, sobald sie von Raines Tochter erfuhren. Mick wusste allerdings schon von Daisy, daher konnte sie nicht genau sagen, was er eigentlich wollte.

Mustang Creek sah wirklich beschaulich aus. Die Straßenlaternen waren mit Kränzen geschmückt, die Schaufenster der längst geschlossenen Geschäfte mit Weihnachtsbeleuchtung. Die Straßen lagen verlassen da, denn die Leute schlummerten um diese Zeit längst alle in ihren Betten. Raines geschmückter Baum – die täuschend echt aussehenden LED-Kerzen brannten noch – machte sich gut von der Straße aus, fand sie, als sie in die Auffahrt einbog.

Beim Motorengeräusch des Wagens erschien hinter dem Fenster das empörte Gesicht einer Katze. Mr. Bojangles überwachte wie immer jeden ihrer Schritte. Man musste diesen Kater einfach lieben. Er war verwöhnt, da Raine zu Hause arbeitete, aber sie waren definitiv gute Stubengenossen.

»Ich glaube, da findet jemand, dass Sie zu lange weg waren«, bemerkte Mick amüsiert. »Wahrscheinlich hat er dem Weihnachtsmann einen Heidenschrecken eingejagt, als der während unserer Abwesenheit versucht hat, Geschenke unter den Tannenbaum zu legen.«

»Jangles würde keiner Fliege etwas zuleide tun. Er sieht

nur furchterregend aus.« Sie hätte ihren Begleiter noch mit hereingebeten, aber es war wirklich schon spät, und er musste gleich noch zum Hotel zurückfahren.

»Ganz meine Meinung.« Mick betrachtete sie für einen Moment, als läse er ihre Gedanken. »Ich hab den Abend sehr genossen. Noch mal danke für die Burger und das Eis, und dass Sie mich mit *Big Jake* bekannt gemacht haben. Wir sehen uns dann später im Lauf des Tages.«

Er brachte sie zur Haustür, und dort änderte sich alles.

»Der Kuss vorhin war wirklich ganz nett, aber ich glaube, das kriegen wir besser hin.«

Seine dunklen Augen konnten tatsächlich glühen. Dabei hatte sie das für einen Mythos gehalten. Es war unausweichlich, dass dieser Kuss erinnerungswürdiger wurde als das flüchtige Wangenküsschen in der verfallenen Hütte. Mick küsste richtig gut, aber vermutlich war er in allem ziemlich gut.

Dennoch schien er verwirrter zu sein als sie, als er sie schließlich wieder losließ. Er ging ohne ein weiteres Wort, stieg rasch in seinen Mietwagen und setzte rückwärts aus der Einfahrt.

Raine schaute ihm beinah amüsiert hinterher. Dann ging sie hinein und ließ sich, wie sie war, auf die Couch fallen. Sofort schmiegte Jangles sich an sie. Sie erinnerte sich an das Blatt Papier, das sie gedankenverloren in der Hütte vom Fußboden aufgehoben hatte, und zog es aus der Manteltasche, neugierig, was wohl darauf geschrieben stand.

Offenbar der Schluss eines Buchkapitels.

Vorläufig akzeptierte der alte Mann das Greenhorn, obwohl er bezweifelte, dass Leute aus der Stadt wirklich hierher passten. Doch vielleicht gab es ja Hoffnung.

Raine lachte und kraulte den Kater unterm Kinn. »Siehst du«, flüsterte sie. »Ich wusste, dass Grandpa ihn mag.«

5. Kapitel

Was Geschenke betraf, war Ryder ein leichter Fall. Mick war schließlich selbst mal ein Teenager gewesen und hatte daher noch eine ganz gute Vorstellung davon, was einem Jungen in diesem Alter gefiel. Allerdings hatten sich die Zeiten geändert, deshalb entschied er sich letztlich für einen Geschenkgutschein eines sehr populären Online-Versandhandels.

Bei Daisy hatte die Sache schon schwieriger ausgesehen.

Er wusste im Grunde nichts über ein Mädchen in ihrem Alter, und seine kinderlose Schwägerin konnte ihm da auch nicht weiterhelfen. Am Ende hatte er seine Mutter um Rat gebeten.

»Eine Handtasche«, lautete ihre prompte Antwort. »Ich hab viele Freundinnen mit Enkelinnen, auch wenn ich selbst noch keine habe. Ich kann sie ja mal fragen, welche Marken gerade angesagt sind.«

Er ignorierte die mitschwingende Kritik. »Dafür wäre ich dir sehr dankbar. Wie zur Hölle soll *ich* eine Handtasche aussuchen?«

»Du schaffst das schon. Du hast einen wundervollen Geschmack.«

Na ja, dachte er, nachdem das Telefonat beendet war, wenigstens hab ich gefragt. Diese Idee war besser als nichts, also besser als das, was er vorher im Kopf gehabt hatte. Also ging er in den nächstbesten angesagten Laden und fragte die junge Verkäuferin, welche Handtasche ihr gefallen würde, wenn sie in Daisys Alter wäre.

Die Verkäuferin steuerte direkt auf ein Regal zu und wählte eine Handtasche aus, für die er sich in einer Million Jahren nicht entschieden hätte, und überreichte sie ihm. »Die wird sie umhauen«, informierte die Frau ihn. »Hätten wir heute nicht gerade eine Lieferung bekommen, stünde sie schon gar nicht mehr im Regal.«

Er verließ sich auf ihr Wort und ließ die Tasche als Geschenk einpacken, zusammen mit einem Nagellack, den die offenbar in Sachen Trends bestens informierte Verkäuferin ihm mit einem Grübchenlächeln als »der Kracher bei Mädchen in Daisys Alter« anpries. Für Blythe besorgte er ein kleines viktorianisches Tischgewächshaus, weil sie die ultimative Gärtnerin war, und für Harry, die, soweit er wusste, stets eine Tasse in Reichweite hatte, erstand er ein antikes englisches Teeservice. Grace und Luce bekamen Bademäntel, auf dringende Empfehlung seiner Schwägerin, und die Carson-Männer handgenähte Lederhandschuhe.

Raine hatte ihn einige Überlegungen gekostet. Er versuchte nicht, sie zu beeindrucken; er versuchte vielmehr, ihr zu zeigen, dass er umsichtig genug war, zu verstehen, was ihr vielleicht gefallen könnte. Am Ende stolperte er zufällig über das perfekte Geschenk für sie – zumindest hoffte er, dass es das sein würde. Bei einem Aufenthalt vor Kurzem in Athen hatte er einen obskuren, aber originalen Druck der berühmten Sirenen gefunden, die Seeleute in den Untergang lockten. Die Farben waren schon verblasst, denn das Bild war wer weiß wie alt. Doch die Details waren so hingebungsvoll gemalt, dass er glaubte, es könnte ihr gefallen. Er hatte es rahmen lassen, und nachdem er Raines Haus gesehen hatte, war er überzeugt davon, dass es gut hineinpasste. Er mochte ihren Einfallsreichtum, was die Einrichtung anging.

Er lud die Geschenke, die er ans Hotel hatte liefern lassen, in den Mietwagen, schaute ein letztes Mal aufs Handy und schaltete es aus. Heute war Weihnachten. London lag in einer anderen Zeitzone, seine Mutter hielt sich in New York auf, und niemand sonst musste in Wyoming mit ihm sprechen.

Das Hotel war wirklich gediegen, doch im Vorbeigehen registrierte Mick, dass die Bar rappelvoll war. In der Lobby standen zahlreiche Skier an die Wand gelehnt, während in dem großen Kamin ein Feuer vor sich hin prasselte. Das veranlasste ihn, darüber nachzudenken, wie man wohl am allerbesten die Feiertage beging. Der eine wollte vielleicht am Kaminfeuer sitzen, der andere lieber auf die Piste, weil der Schnee perfekt war – jedem das Seine. Er fand beide Möglichkeiten verlockend, es kam ganz auf die Gesellschaft an. Mit sechzehn waren die Alpen zu Weihnachten eine tolle Erfahrung gewesen, aber eigentlich gefiel ihm diese heimelige Atmosphäre hier besser.

Jedenfalls freute er sich heute sehr auf Gesellschaft. *Diese ganz spezielle Gesellschaft …*

Die Carson-Ranch sah festlich aus, als er vorfuhr. Die Veranda des großen Hauses war mit blinkenden Lichterketten und einer Girlande dekoriert, und zwei geschmückte Weihnachtsbäume umrahmten die Tür. Die Reihe der geparkten Wagen zeugte davon, dass die Feier bereits im Gange sein musste.

Der Himmel war bedeckt, ein paar Schneeflocken landeten auf Micks Schultern und Haaren, als er voll bepackt die Stufen hinauftappte.

Blythe öffnete die Tür und lächelte ihn freundlich an. »Mick, frohe Weihnachten! Schön, Sie zu sehen.«

»Gleichfalls. Ich hoffe, ich bin nicht zu spät.«

»Die Angst vor Harry scheint sich ja überall zu verbreiten.« Blythe nahm ihm den Mantel ab, während er ablud. »Sie sind mit Geschenken gekommen, wie nett von Ihnen. Wir wollten gerade mit der Bescherung beginnen. Wappnen Sie sich lieber für den üblichen Carson-Wettstreit. Dabei geht's gar nicht ums Geld, es liegt einfach in ihrer Natur, sich bei jeder Gelegenheit gegenseitig übertrumpfen zu wollen, sei es nun beim Lassowerfen oder beim Kauf eines Geschenks für ein Kind.«

»Hoffentlich kann ich da mithalten, denn ich hab mir ein paar Gedanken gemacht wegen der Geschenke.« Er betrat das Foyer. »Versprechen kann ich aber nichts.«

Wie sich herausstellte, gewann er den Wettbewerb.

Zumindest, was Daisy betraf. Die Handtasche war ein Volltreffer, vor Freude sprang das Mädchen durch den ganzen Raum. Nach dem Öffnen des Geschenks hatte sie nach Luft geschnappt und war zu ihm gelaufen, um ihn ausgiebig zu umarmen, wobei sie die Handtasche fest umklammert hielt, als bestünde die aus purem Gold.

Mick nahm sich vor, seiner Mutter später zu danken.

Grace pikste ihn vorwurfsvoll gegen die Schulter. »Wie haben Sie's geschafft, die aufzutreiben? Ich hab vor drei Monaten versucht, online eine zu bestellen. Ich stehe immer noch auf einer Warteliste.«

Raine beobachtete ihn, offenbar zu gleichen Teilen fasziniert und verärgert. »Bei mir ist es vier Monate her. Hören Sie auf mit der Angeberei, Branson.« Sie trug eine dunkle Jeans und dazu ein Top, das den Goldschimmer in ihren Augen hervorhob und einen wundervollen Kontrast mit den offen über ihre Schulten fallenden Haaren bildete.

»Ich sollte Ihnen wahrscheinlich nicht erzählen, dass ich bloß in einen einzigen Laden gehen musste, und da war sie schon.« Er grinste, lehnte sich in dem gemütlichen Sessel zurück und trank einen Schluck von dem samtigen Merlot, den Blythe ihm eingeschenkt hatte. Er musste zugeben, dass diese lebhafte Bescherung viel besser war als der steife Country Club, in dem er üblicherweise seine Weihnachten verbrachte.

Die beiden Frauenzimmer starrten ihn ungläubig an.

Slater verkündete rundheraus, dass sie fortan Freunde fürs Leben seien, wenn Mick ihm sein Shopping-Geheimnis verraten würde. »Ich glaub nicht, dass ihr erstes Auto sie so glücklich machen wird wie diese Handtasche.«

»Ich dachte, wir wären längst Freunde fürs Leben!« Mick nahm sich fest vor, noch einmal in den Laden zu gehen und der Verkäuferin das Trinkgeld ihres Lebens zu geben. Daisys strahlendes Gesicht war ein Paradebeispiel für die Freude, die man beim Schenken bereiten konnte.

Slater nickte anerkennend. »Wenigstens hast du meine Brüder geschlagen. Dafür werde ich dir verzeihen. Die würden sich glatt selbst einen Lieblingsonkel-Anhänger schenken und damit bis nächstes Jahr angeben, was das Zeug hält. Jungs sind simpel gestrickt. Gib ihnen ein Videospiel oder Sportausrüstung, und du hast gewonnen. Wenn Grace diesmal ein Mädchen bekommt, geht das Spiel von vorne los. Und wenn Luce ein Mädchen kriegt, steht irgendwann ein Freizeitpark mit Karussell und Achterbahn vor dem Haus.«

Mick sah es bildhaft vor sich. »Wäre eine einzigartige Ergänzung zur Ranch und möglicherweise einen ganz neuen Dokumentarfilm wert darüber, wie Vaterschaft selbst den härtesten Cowboy weich klopft.«

»Tja, was soll ich sagen? Wir machen's unseren Frauen eben gern recht.«

»Da ich eure Ladys jetzt kennengelernt habe, kann ich das gut nachvollziehen.«

Slater ertappte ihn dabei, wie er zu Raine sah und meinte in neutralem Ton: »Meine Frau hat mir erst heute Morgen erzählt, dass du hier sein würdest. Aber von deinen Plänen für dein Essen an Heiligabend hat sie mir begeistert berichtet. Wie lief's denn gestern Abend?«

»Gut. Ich hab Raine von dem Animationsfilm erzählt. Sie scheint interessiert zu sein.«

Slater rieb sich das Kinn und lachte. »Darauf zielte meine Frage nicht ab, aber das klingt trotzdem gut.«

»Sie hat mir die Hütte ihres Großvaters gezeigt. Ich kann immer noch nicht glauben, dass sie mit Matthew Brighton verwandt ist. Ich hab überlegt, mir hier ein Grundstück zu kaufen, aber es war stockdunkel, deshalb konnte ich weder die Aussicht noch sonst etwas beurteilen. Du kennst die Gegend doch. Was denkst du?«

»Typisch Raine. Sie ist mit dir an einem verschneiten Heiligabend dorthin gefahren, obwohl's nicht mal eine richtige Straße zum Haus gibt? Ihr zwei hättet dort leicht stecken bleiben können, herrje!«

Mick konnte sich nicht verkneifen zu erwidern: »Ach, das hätte mir nicht das Geringste ausgemacht.«

»Dacht ich mir«, bemerkte Slater trocken. »Was das Grundstück angeht: ein wundervolles Stück Land. Nur kann man dort keine Rinder halten, und es braucht eine richtige Zufahrt. Es gibt auch keinen Strom, und angeblich spukt es jetzt in der alten Hütte. Das ist Unfug, an den ich normalerweise nicht glaube, aber ich war ein Mal dort, weil Raine mich gebeten hat nachzuschauen. Ich will verdammt sein, wenn da nicht jemand mit tiefer Männerstimme zu mir gesagt hat: *Tagchen, Slater*. Ich war ganz allein dort, deshalb hab ich einen ziemlichen Schreck bekommen.« Er schüttelte den Kopf und lachte in sich hinein. »Auf der positiven Seite ist da der See, so idyllisch, dass du ein Vermögen mit Ansichtskarten von ihm verdienen könntest. Die Aussicht auf die Berge ist auch kaum zu übertreffen. Morgens wandern Bären und Elche vor deiner Veranda vorbei. Wenn du Ruhe und Abgeschiedenheit suchst, kriegst du davon dort reichlich.«

Mick verschwieg den plötzlichen Windstoß, der vergangene Nacht durch die Hütte gefegt war. Auch er bezeichnete sich eher als Skeptiker, was Aberglauben und solche Sachen betraf, aber das war schon ein eigenartiger Moment gewesen. Er nippte am Wein und betrachtete nachdenklich sein Glas. »Ich glaub nicht, dass es mir etwas ausmachen würde, morgens mit einer Tasse Kaffee auf der Veranda zu sitzen und einem Bären zuzuwinken. Ich würde mir ein Haus bauen, mit all dem modernen Schnickschnack, und die Hütte einfach so stehen lassen.«

»Das würde Raine garantiert glücklich machen. Aber ich glaube, das ist dir ohnehin schon gelungen.« Slater nickte in ihre Richtung.

Sie hatte soeben das Bild ausgepackt und strich begeistert und ehrfürchtig über die Konturen einer der Figuren unter dem Glas. Raine saß im Schneidersitz auf dem Fußboden neben dem riesigen Weihnachtsbaum und schaute zu Mick. »Wo haben Sie das denn her?«

»Santorin. Ich hatte geschäftlich in Athen zu tun, und da ich schon mal in Griechenland war, musste ich einen Ausflug zur Insel machen.«

»Es ist wunderschön!«

Sie sahen einander für einen Moment in die Augen.

»Vielleicht hab ich gerade deshalb dabei an Sie gedacht.«

Holla, die Waldfee.

Raine war sich ziemlich sicher, dass fast jeder im Raum dieses – zugegeben mehr als gelungene – Kompliment gehört hatte. Mick Branson besaß jedenfalls Stil, das musste man ihm lassen.

Trotzdem war es ihr unangenehm, in diesem Moment im Zentrum der Aufmerksamkeit der Carsons zu stehen. Für sich und ihre Tochter war sie froh über diese große Familie, aber die Neugier bei allem, was sie tat oder dachte, kam ihr manchmal ein bisschen viel vor. Slater war schon in Ordnung; sie hatten vor langer Zeit eine Übereinkunft getroffen, und sie freute sich aufrichtig für ihn und Grace. Sie mochte Drake, Mace und deren Frauen genauso, wünschte sich jedoch gerade in diesem Augenblick, sie würden sich alle mit ihren eigenen Geschenken beschäftigen.

Stattdessen waren sämtliche Augen auf sie und Mick gerichtet.

Dessen war sie sich nur allzu bewusst, und seiner Miene nach zu urteilen, ging es ihm genauso. Der gerahmte Druck, den er ihr geschenkt hatte, war einfach wundervoll. Abgesehen von dem, was es ihn gekostet haben mochte – sie wollte lieber nicht darüber nachdenken –, zählte für sie vor allem die Tatsache, dass er genau zu wissen schien, was ihr gefiel und sie am tiefsten bewegte. Da konnte sie ihm den Handtaschen-Triumph wohl vergeben. Sie war gerührt, dass er überhaupt an Daisy gedacht hatte. Beide Geschenke waren die perfekte Wahl. Das galt auch für das, was er für Ryder und für alle anderen ausgesucht hatte; offenbar hatte er eine Menge Zeit investiert und sich reichlich Gedanken gemacht.

Niemandem war es bisher gelungen, derartig Raines Aufmerksamkeit zu gewinnen. Mit seinem Geld hatte es nichts zu tun. Sie kam gut allein zurecht. Hätte finanzielle Absicherung für sie eine Rolle gespielt, hätte sie damals Slater heiraten können.

Mick hingegen hatte die Bücher ihres Großvaters gelesen. Sein Lieblingsbuch war zufällig auch ihres … Eine leise Stimme in ihrem Kopf sagte: *Nimm dich in Acht, McCall.*

»Und jetzt Ihr Geschenk.« Sie zog ein Päckchen unter dem Baum hervor, rappelte sich auf und watete durch das Meer aus Geschenkpapier. Drake und Mace sollten das abgerissene bunte Paper eigentlich einsammeln und in Tüten stopfen, doch da immer noch so viele Leute mit Auspacken beschäftigt waren und es nach wie vor einen Berg an Geschenken gab, erklärten sie mit einem Schulterzucken, sie würden es nachher einsammeln.

»Meins?« Mick sah erstaunt aus. »Sie hatten aber nicht viel Zeit zum Einkaufen.«

»Die brauchte ich auch nicht.« Sie setzte sich auf die Lehne seines Sessels, denn sie wollte sein Gesicht sehen, wenn er es auspackte.

Delilah, Ryders kleiner langhaariger Mischling, hatte Gefallen an dem neuen Gast gefunden und es sich auf seinen teuren Schuhen bequem gemacht. Micks sanfte Versuche, die Kleine loszuwerden, lösten bei ihr lediglich ein schlaffes Schwanzwedeln aus, weshalb er sich mit ihrer Zuneigung und den Hundehaaren auf seiner maßgeschneiderten Hose einfach irgendwann abgefunden hatte. Samson amüsierte sich prächtig damit, zusammengeknülltes Geschenkpapier zu attackieren, während Drakes wohlerzogene zwei Schäferhunde die Szenerie mit einer gewissen überlegenen

Resignation beobachteten, als schüttelten sie im Stillen die Köpfe. Blythes Katze war an den Tumult gewöhnt und döste auf der Couch. Ein Mann wie Mick wähnte sich vermutlich in einer Art Weihnachtszoo, dachte Raine.

Er nahm das Päckchen mit einer Miene offenen Protests entgegen. »Sie müssen mir doch nichts …«

»Schenken? Keiner von uns muss, aber wir wollen. Und jetzt machen Sie schon auf, los!«

Gehorsam riss er das Papier ab und hob den Deckel einer Schachtel an. Sein Gesichtsausdruck wechselte von Neugier zu Verblüffung. »Das ist nicht Ihr Ernst. Ein Original-Manuskript? Der Titel sagt mir gar nichts.«

»Es wurde nie veröffentlicht«, erklärte sie, während er den Blätterstapel betrachtete und ehrfürchtig das Titelblatt berührte. »Grandpa begann es kurz vor seinem Tod. *The Aspen Trail* war ein Projekt, über das er lange nachgedacht hat. Eins von den Büchern, die einem im Kopf herumspuken, sagte er mir einmal. Er benutzte immer noch die alte Schreibmaschine, deshalb werden Sie Bleistiftkorrekturen auf den Blättern finden.«

Er riss sich von dem Anblick los und sah Raine direkt in die Augen. »Das … das können Sie mir nicht schenken! Es ist sicher ein kleines Vermögen wert.«

»Ich hab's gerade getan. Na ja, eine Bedingung ist schon daran geknüpft.«

»Welche?« Er klang verständlicherweise misstrauisch.

»Könnten Sie es vielleicht beenden?«

»Wie bitte?«

»Lesen Sie's. Ich will wissen, wie's weitergeht.«

»Ich kann doch unmöglich …«

»Ach, kommen Sie. Nutzen Sie Ihr Wissen aus dem Nebenfach vom Studium. Sie haben gesagt, Sie besäßen Fantasie. Beweisen Sie's!«

In diesem Moment kam Harry aus der Küche und rettete Mick mit der Ankündigung: »Okay, Ladys and Gentlemen, es ist Zeit.«

Die Männer beeilten sich, ihr beim Servieren zu helfen, was nicht überraschend war, da sie ohnehin das meiste davon in sich hineinschaufeln würden. Und Harry hatte nicht bloß einen Truthahn, sondern auch saftigen Rinderbraten zubereitet, außerdem schwedische Fleischbällchen, Rippchen, Fisch, dazu verschiedene Beilagen, damit für jeden etwas dabei war. Blythe hatte ihre legendären Brötchen gebacken, sodass es ein abwechslungsreiches Festessen wurde, genau wie Raine es inzwischen kannte. Das war das ganz spezielle Harry-Geschenk.

Der Nachtisch war ebenfalls ein Wunder, mit jedermanns Lieblingsdessert auf dem Tisch. Bei all den Resten, die noch übrig bleiben würden, konnte Harry als Ausgleich für diesen Koch- und Backmarathon sicher gut und gern ein paar Tage freimachen.

Heute bekam sie jedoch noch ein ganz besonderes Geschenk.

Als Harry sich mit ihrer unvermeidlichen Tasse Tee setzen wollte, erblickte sie den Umschlag, der mysteriöserweise während ihres letzten Ausflugs in die Küche auf ihrem Set erschienen war. »Was ist das?« Sie schnappte ihn sich.

Ihr dabei zuzuschauen, wie sie den Umschlag öffnete, war beinah ein solches Vergnügen, wie Daisy mit ihrer kostbaren Handtasche am Tisch sitzen zu sehen, während sie einhändig zu essen versuchte, weil sie die Tasche selbst dabei nicht loslassen wollte.

Harrys Augen weiteten sich. »Eine Europa-Kreuzfahrt? Mit Flugtickets?«

»Für dich und deine Schwester.« Blythe lächelte. »Das ist von uns allen, also danke nicht nur mir. Du hast immer gesagt, du willst mal eine Kreuzfahrt machen. Für zwei Wochen kann ich auch allein das Haus versorgen. Raine wird das Mittagessen für die Ranchhelfer zubereiten. Alle helfen mit, also kannst du dich erholen und den Urlaub vollauf genießen. Und mach ja Fotos von den Schlössern.«

»Stephano hat angeboten zu kochen«, fügte Grace hinzu, da Harry weiterhin nur verblüfft dreinschaute. »Ich bringe jeden Abend das Essen aus dem Hotelrestaurant mit. Dir ist klar, dass er versuchen wird, dich zu übertrumpfen, oder?«

»An den Wochenenden mache ich mein berühmtes Chili«, meldete Luce sich zu Wort. »Im Tausch für Fluss-Fotos. Ich hoffe, du fotografierst für Mace auch ein paar Weingüter.«

Kelly rief: »Au ja! Ich würde gern eins in den Laden hängen. Ich übernehme übrigens das Dessert und wäre dir daher dankbar, wenn du mir ein paar Rezepte hierlassen könntest.«

»Herrje, das mach ich. Ihr seid verrückt!« Fast zu Tränen gerührt klappte Harry die Broschüre auf. »Meine Schwester wird begeistert sein!«

Übersetzt hieß das, dass auch sie begeistert war. Raine vermutete, dass Harriet Armstrong die sentimentalste Frau auf Erden sein konnte, nur war sie viel zu stur, das zuzugeben.

Neben ihr flüsterte Mick: »Ist sie eine Magierin oder so was? Wie viele Leute sind denn nötig, um sie zu ersetzen?«

Raine flüsterte zurück: »Eine tyrannische Magierin. Ich glaub, das ist ihre offizielle Arbeitsbeschreibung. Sie haben ihr Essen gekostet, also wissen Sie jetzt auch, dass sie magische Kräfte hat.«

Er sah viel zu gut aus, besonders wenn er lächelte. Wahrscheinlich löste er überall in Kalifornien Herzklopfen aus, und in fremden Ländern gewiss auch, da er seine Geschäfte sicher nicht nur in Kalifornien tätigte.

Aber immerhin hatte er auf seinen Reisen an sie gedacht.

»Da stimme ich Ihnen zu.«

»Warum schauen Sie immerzu auf die Uhr?« Sie musste fragen, denn es war ihr aufgefallen. Nicht, dass sie ihn beobachtete … nein, absolut nicht.

Ähm …

Mick antwortete in neutralem Ton: »Dafür gibt es einen guten Grund. Und nein, ich werde es Ihnen nicht erklären. Vertrauen Sie mir, es lohnt sich.«

»Versprochen?«

»Ja, und ich halte meine Versprechen immer. Warten Sie einfach ab.«

6. Kapitel

Wenn es eines gab, was Mick wusste, dann, dass Überraschungen nicht immer nach Plan verliefen. Dennoch konnte er ganz zufrieden sein, wie sich seine entwickelte.

Das Essen war vorbei, der Tisch abgeräumt, und die Erwachsenen tranken Wein. Es hatte erneut angefangen zu schneien, daher sah die Ranch aus wie auf einem idyllischen Cowboyposter.

»Slater!« Ryder kam hereingerauscht und wedelte mit den Händen. »Alter, dein Film läuft gleich!«

Mick lächelte. Er hätte Spaß dabei gehabt, seinem Freund die Nachricht selbst zu überbringen, doch die aufgeregte Ankündigung des Teenagers machte die Sache noch einen Tick dramatischer.

Slater hingegen erwiderte völlig gelassen: »Sag nicht *Alter* zu mir, Ryder. Ich spiele nicht in deinem Basketballteam und hab den Spind neben dir. Welchen Film meinst du überhaupt?«

»*Wild West … Still Wild.* Deine Doku! Eben lief die Werbung dafür!«

Mace horchte auf. »Wirklich?«

Mick hoffte, dass er sich freute. Zu Beginn des Films gab es einen kurzen Trailer für das Weingut und auch einen für das Wellness-Resort, das Grace leitete.

»Ja, Al…, ich meine, Onkel Mace – wirklich!«

»Aber der erscheint doch erst in einem Monat.«

Mick räusperte sich. Die Katze war aus dem Sack. »Genau genommen, hat er in … oh, achtundzwanzig Minuten Premiere.«

Slater war perplex. »Deswegen bist du hier, Mick?« Er wandte sich an seine Frau, die zufrieden grinste. »Du wusstest es, nicht wahr? Und hast mir nichts gesagt!«

Grace hob ohne eine Spur von Reue die anmutigen Schultern. »Du glaubst doch nicht im Ernst, dass ich eine große Überraschung verrate!«

»Am ersten Weihnachtstag läuft das Ding?« Slater sah Mick verblüfft an: »Wie hast du das denn geschafft?«

»Na ja, gelegentlich lasse ich ein paar Beziehungen spielen.« Mick hatte nicht vor, in der Hinsicht zu schwindeln. Solche Ereignisse waren häufig genug das Ergebnis harten Tauziehens.

»Das ist nicht möglich! Nicht bei einem Dokumentarfilm.«

»Sag mir das in siebenundzwanzig Minuten noch mal.«

»Ich hab doch gerade den Trailer gesehen. Wie ein echter Blockbuster!« Ryder strahlte vor Begeisterung. Mick hätte schwören können, dass der Junge seit seinem letzten Besuch in Bliss County fast zehn Zentimeter gewachsen war. Eines Tages würde der Kleine ein großes breitschultriges Mannsbild sein. »Ich hab gerade Football geschaut.«

Bisher hatten alle Filme guten Gewinn abgeworfen, weshalb es Mick nach wie vor gelang, Investoren zu finden.

Der Trailer hatte jedoch eine Stange Geld gekostet, und es war einiges an Verhandlungsgeschick nötig gewesen. Alle Beteiligten waren sich einig darüber gewesen, dass es an der Zeit war, noch mehr ins Marketing zu stecken, besonders, nachdem sie den Film gesehen hatten. Und sie rechneten fest damit, dass sich die Investitionen auszahlen würden.

»Während eines Footballspiels? Also bei einem der großen Sender?« Drake war kein Weintrinker, daher hob er seine Bierflasche zum Salut. »Schau an, schau an, das nenn ich Showbiz.«

»Die Leute werden vor allem Sie anschauen«, informierte Mick ihn und genoss diesen Augenblick. »Erinnern Sie sich an die Anfangsszene? Ich glaube, Millionen werden zusehen können, wie Sie Ihre reizende Frau küssen.«

»Oh, verdammt«, murmelte Drake zerknirscht. »Entweder hatte ich das vergessen oder verdrängt. Sagen Sie mir, dass das nicht Ihr Ernst ist.«

Luce lachte. »Entspann dich, du wirst deswegen nicht gleich zum Star. Außerdem kann in der kurzen Sequenz niemand erkennen, dass wir's sind, und das Publikum wird auch viel mehr auf den wilden Hengst im Hintergrund achten. Tut mir leid, aber ich fürchte, Smoke wird uns die Show stehlen.«

»Kann er gerne machen«, erwiderte ihr Mann düster.

Vielleicht lag Hollywood ihm im Blut, jedenfalls hatte Mick immer schon gefunden, dass jeder der Carson-Brüder auf seine ganz eigene Weise einen klasse Hauptdarsteller abgeben könnte. Alle drei besaßen eine starke Ausstrahlung.

Slater würde er als den Künstler beschreiben, Drake als stillen Cowboy und Mace als den Joker.

Und sich selbst?

Als fokussiert vielleicht. Jedenfalls nicht als Künstler, das war mal sicher. Obwohl er alle Arten von Kunst schätzte, konnte Mick nicht mal ein Quadrat zeichnen. »Die Handschuhe waren nur als Ablenkung gedacht«, wandte er sich wieder an Slater. »Dein wahres Geschenk werden die nächsten zwei Stunden sein. Ich hab keine Ahnung, wie du das übertreffen willst, aber du solltest die Gelegenheit bekommen, wenn die Dokumentation so gut läuft, wie ich vermute. Die Investoren waren begeistert genug, um den Trailer abzunicken.«

»Sag bloß, die mochten den Film?«

»Natürlich. Ich hab eine Vorführung für sie organisiert. Es ist ein Geschäft, Slater. Schau nicht so überrascht drein, weil er ihnen gefallen hat.«

Raine stieß Mick mit dem Ellbogen an. »Ich bin auf Slaters Seite. Es ist, als würde jemand anderes beurteilen, ob Ihr Kind hübsch oder hässlich ist, Branson. Ziemlich zermürbend.«

Das hatte er verstanden. Er konnte das nachvollziehen, zumindest auf gedanklichem Level. Um sich einigermaßen zu rechtfertigen, sagte er: »Slater dreht keine Filme aus reinem Vergnügen. Er will auch ein spezielles Publikum erreichen. Slater weiß, was er tut.«

»Ja und nein«, korrigierte sie ihn. »Er dreht Filme, weil er es liebt. Dass Leute sie sich ansehen und Gefallen daran finden, ist ein Bonus. Doch ohne jemanden wie Sie könnte er das auf diesem Niveau nie verwirklichen.«

Raine stellte manchmal eine echte intellektuelle Herausforderung dar. Vielleicht mochte er sie deswegen so sehr. »Worin läge denn der Sinn, wenn niemand sich den Film ansähe?«

»In der reinen Freude, etwas zu erschaffen. Ich hab Sachen gemacht, die ich selbst für ein Vermögen nicht verkaufen würde.«

»Eine private Vorführung dieser Stücke würde mich sehr interessieren.« Er legte absichtlich einen vieldeutigen Unterton in seine Stimme.

Raine sah belustigt aus. »Bitte sagen Sie mir, dass Sie normalerweise raffinierter flirten, Branson.«

»Es ist schwerer, mit Ihnen zu flirten, als mit den meisten anderen Frauen, Miss Kreativ.«

»Ich bilde mir gern ein, dass ich nicht bin wie die meisten Frauen.«

»Da geb ich Ihnen recht.«

Ihr Blick wurde sanfter. »Na, das klingt schon besser. Ich helfe, den Tisch abzuräumen, schließlich müssen wir uns alle gleich einen Wahnsinns-Film ansehen.«

Der Film war brillant, aber das hatte Raine auch erwartet.

Obwohl sie und Slater nicht zusammenlebten, verstanden sie sich doch in vieler Hinsicht sehr gut. Einer dieser Punkte war das gegenseitige Verständnis für die emotionale Bedeutung einer Vision.

Die Dokumentation war eine einzige Liebeserklärung an Mustang Creek, die die Zuschauer mitnahm auf eine Reise durch eine bewegte Vergangenheit des Ortes. Es gab Bilder des alten Hotels, das an der Stelle des heutigen Resorts stand, ein Video eines Snowboarders, der einen olympiareifen Flip vollführte, dann noch Fotos von Cowboys, die einen Pfad für ihre Pferde durch den Schnee schaufelten. Ranchhelfer in Chaps an einem Tisch, Kaffee aus Blechbechern trinkend, und der gleiche Tisch hundert Jahre später, die gleichen Becher, andere Männer. Die Main Street von Mustang Creek damals, und die Ähnlichkeit mit der modernisierten Version, einschließlich des Weinladens, ebenfalls im Vorher-Nachher-Vergleich. Elche, die zusammen mit den Rindern grasten, Wildpferde in vollem Galopp, ein am Himmel kreisender Adler, ein Berglöwe, der auf einen Wanderpfad hinunterschaute …

Und die Hütte ihres Großvaters aus der Zeit ihrer Erbauung. Raine sog die Luft ein, als sie ihren Großvater als Jungen glücklich auf den Stufen vor dem Haus spielen sah. Ein späteres Foto, das sie selbst beigesteuert hatte, zeigte ihn als alten Mann, Pfeife rauchend auf der Veranda – das Kind war erwachsen geworden, das Gesicht wettergegerbt –, doch er strahlte noch die gleiche Zufriedenheit wie einst aus. Auf dem letzten Foto lag ein Buch auf einem schlichten Tisch neben ihm; eines seiner Bücher natürlich.

Ihre Mutter hatte das Foto gemacht, und Raine war von dem nostalgischen Moment berührt. Es sagte viel über den Film aus, dass nicht einmal die Kinder unruhig wurden, sondern gebannt zuschauten.

Als der Abspann lief, herrschte beeindruckte Stille.

Dann begann Blythe zu klatschen, Daisy sprang auf, um zu ihrem Dad zu laufen und ihn zu küssen, und alle schnatterten gleichzeitig drauflos.

Der Anfang des Films war fantastisch gewesen, mit der unbeabsichtigten Aufnahme Drakes, der seine Liebste leidenschaftlich küsste, zufällig aufgenommen von einer automatischen Kamera. Zum Glück für das Paar war es jedoch nur als Silhouette zu erkennen.

Luce hatte recht, die Landschaft dominierte im Film. Doch das Ende war erstaunlich: Die Wildpferde wurden weggetrieben, und Slater hatte dabei wundervolle Szenen des kriegerischen Hengstes gedreht, der einmal anhielt, um an einem staksigen Fohlen zu schnuppern und es sanft drängte, sich wieder der Herde anzuschließen.

Der Film hatte auf wunderbare Weise den ewigen Kreislauf des Lebens eingefangen.

»Hoffen wir mal, dass die Quote die Qualität der Arbeit widerspiegelt.« Mick klang optimistisch. Er hatte die langen Beine ausgestreckt, und Delilah lagerte erneut zu seinen Füßen.

»Wird sie.« Raine war in der Lage, das mit tiefster Überzeugung auszusprechen.

Mick zögerte nicht. »Ich war ja begeistert von der Idee, aber erst recht von der ganzen Ausführung. Slaters Stil und sein Timing sind unverwechselbar. Ich könnte auf den ersten Blick erkennen, wer den Film produziert hat. Das hat man nicht oft.«

»Er ist halt ein gescheiter Kerl«, meldete Grace sich zu Wort und schmiegte sich an ihren Mann, der grinste und Daisy übers Haar strich.

»Er hat einen ausgezeichneten Geschmack«, pflichtete Raine ihr bei und schaute auf Micks Füße. »Und ein gewisser kleiner schlapper Hund offenbar auch.«

»Danke.« Mick betrachtete seinen dösenden neuen besten Freund und den schlafenden Riesen zu *ihren* Füßen. »Raine, Ihnen ist hoffentlich klar, dass Sie für diese Bestie einen größeren Garten brauchen werden.« Samson war während des Films zu ihr herübergetrottet, hatte sich vor ihre Füße gelegt und schnarchte jetzt, trotz seiner Jugend.

Sie erwiderte: »Falls Sie sich dazu entscheiden, das Grundstück meines Großvaters zu kaufen, bekommen Sie den kostenlos mit dazu. Schon ist das Problem gelöst. Da gibt's einen sehr großen Garten.«

Mick lachte. »Oh ja, ich wette, Ihre Tochter will da auch noch ein Wörtchen mitreden. Ich hab mir zwar immer einen Hund gewünscht, aber keinen, der groß ist wie ein Pferd.«

»Tja, schätze, den werde ich nicht los. Aber ich kann Ihnen etwas anderes geben.« Sie agierte impulsiv, klar. Aber so funktionierte ihre Welt nun einmal. *Folge deinem Herzen.* Wenn sie ein Motto hatte, dann dieses. Raine holte Luft und platzte heraus: »Was, wenn ich Ihnen das Grundstück einfach so überließe, unter der Bedingung, dass Sie die Hütte belassen, wie sie ist?«

Mick wirkte perplex und sah sie an, als hätte sie den Verstand verloren. »Das ist das Verrückteste, was ich je gehört hab!«

Sie blieb dabei. »Finde ich nicht. Ich finde es im Gegenteil sehr vernünftig.«

»Raine … das Grundstück ist genau das, was ich gesucht habe, und ich kann es mir leisten, es zu *kaufen.*«

»Ich glaube, ich habe Ihnen bereits erklärt, dass ich jemanden will, der es auch zu schätzen weiß. Wenn Sie es sich leisten können, es zu kaufen, können Sie sich die Steuern dafür leisten und auch, eine Straße dorthin zu bauen. Reparieren Sie auch die kaputte Treppenstufe. Und sagen Sie, dass Sie die Hütte erhalten werden. Dann haben wir einen Deal.«

Er rang nach den richtigen Worten. »Sie … Sie können doch fünfzig Hektar Land und ein historisches Häuschen nicht einfach so verschenken!«

Je mehr sie darüber nachdachte, desto besser kam ihr die Idee vor. »Sie wollen Land in dieser Gegend, und das bekommen Sie.« Sie musste ihren Standpunkt deutlich machen, daher wählte sie ihre Worte mit Bedacht. »Ich bin da keineswegs uneigennützig. Ich will das Land nicht verkaufen. Aber ich kann es auch nicht behalten und die Hütte verfallen lassen. So kommt es mir einfach *richtig* vor. Sie würden mir einen riesigen Gefallen tun. Ich hab schon die ganze Zeit Schuldgefühle, weil ich's online zum Verkauf angeboten habe. Angesichts Ihrer Freundschaft mit Slater nehme ich mal an, dass Daisy die Hütte hin und wieder besuchen könnte. Dieses Arrangement wäre viel besser, als wenn ein Fremder alles kaufen würde, dem es egal ist, dass Matthew Brighton, der Autor, dort gelebt hat, und der die Hütte abreißt.«

»Wenn Sie das Angebot für den Animationsfilm annehmen, von dem ich Ihnen erzählt habe, könnten Sie sich das alles leisten.«

»Das ist ein großes Wenn. Außerdem brauchen diese Dinge vermutlich Zeit. Ich hätte es ja der Carson-Familie geschenkt, aber die brauchen wirklich nicht noch mehr Land. Für die würde es nur zusätzliche Steuern kosten und einen Haufen Arbeit machen. Sie würden sich drum kümmern, aber ich würde ihnen damit eine Menge aufbürden.«

»Aber Sie sind Teil der Carson-Familie!«

Einerseits hatte er recht, andererseits lag er falsch. »Meine Tochter gehört zur Carson-Familie. Ich bin willkommen, keine Frage, aber es gibt einen Grund, weshalb ich Heiligabend allein zu Hause verbringe.«

»In diesem Jahr nicht.«

Sie sah ihm in die Augen und erinnerte sich an den Kuss vor ihrem Haus, der ein Kribbeln in ihr ausgelöst hatte. »Stimmt. Sie sollten wissen, dass ich meine grünen Chilis nicht mit jedem teile.«

»Das war ein ganz besonderes Weihnachtsgeschenk. Wäre mir ein Flaschengeist erschienen und hätte mich gefragt, was ich mir zu essen wünsche, wäre das meine Wahl gewesen.«

Dieses umwerfende, Herzklopfen verursachende Lächeln erhellte sein Gesicht. Raine nutzte diesen Moment. »Haben wir also einen Deal? Nehmen Sie das Land, behalten Sie die Hütte, und ich werd Ihnen jedes Jahr Heiligabend Cheeseburger mit grünem Chili machen, wenn Sie wollen.«

»Okay, damit haben wir ein Dauerdate.«

»Mom! *Mom!*« Daisy kam hereingerauscht und sank neben Samson zu Boden, der sich prompt auf den Rücken wälzte, damit ihm der Bauch gekrault wurde. Ihre blauen Augen leuchteten. »Dad und Onkel Mace wollen mit mir und Ryder einen Mitternachtsausritt im Schnee machen. Darf ich? Bitte! Ich kann hier übernachten, wenn du nichts dagegen hast.«

Immerhin hatten sie den Tag zusammen verbracht, außerdem war Weihnachten. »Nein, ich hab nichts dagegen.« Trotzdem musste Raine fragen: »Nimmst du deine Handtasche mit auf den Ausritt?«

Daisy reagierte entsetzt. »Nein! Was denkst du denn! Was, wenn sie Schnee abbekommt?«

»Oh, daran habe ich nicht gedacht. Das wäre ja eine Tragödie.« Sie hauchte ihrer Tochter einen Kuss aufs Haar. »Geh, und amüsier dich.«

»Danke, Mom.« Daisy sprang auf und rannte davon. Samson spürte, dass irgendetwas im Gange war, und folgte ihr tapsig. Trotz seiner Größe hatte er etwas Gemütliches an sich.

»Machen Sie nicht so ein zufriedenes Gesicht«, wandte Raine sich an Mick. »Mein Geschenk mochte sie auch.«

»Ich würde ja gern das Lob einstreichen, aber das kann ich nicht.« Er ignorierte ihre Aufforderung und schaute zufrieden drein. »Es gab da eine sehr effiziente Verkäuferin, die sowohl etwas vom Verkaufen als auch von jungen Mädchen verstand. Sie hat einen sehr guten Job gemacht. Der, nicht mir sollte Daisy für die Handtasche danken. Sind Sie jetzt frei für den restlichen Abend?«

Was sie als Nächstes sagte, konnte lebensverändernd sein. Raine dachte darüber nach – damit er merkte, dass sie nicht immer so impulsiv war wie in der Hütte. Was das Grundstück ihres Großvaters betraf, vertraute sie ihm vollkommen. Bei ihrem Herzen sah die Sache schon anders aus, denn das schloss ihr Kind mit ein. Daher sagte sie vorsichtig: »Scheint ganz so.«

»Können wir ihn nicht zusammen verbringen?«

»Reden? Die ganze Nacht?« Sie sah ihm in die Augen.

Er hielt ihrem Blick stand. »Zurückhaltung ist nichts für Sie, was? Von mir aus reden wir die ganze Nacht. Worüber auch immer Sie wollen.«

»Ich hoffe, Sie können akzeptieren, dass ich mir nicht ganz sicher bin bei der ganzen Sache.«

»Mir ist die vorsichtige Seite an Ihnen durchaus aufgefallen. Erinnert mich ein bisschen an einen Feigenkaktus.«

»Hey, die haben wunderschöne Blüten, also nehm ich das mal als Kompliment.« Sie schenkte ihm ihr süßestes Lächeln.

»So war's auch gemeint«, bestätigte er. »Ich weiß, dass Sie Grund zur Vorsicht haben und Ihre Unabhängigkeit gewohnt sind.«

»Ich halte es für sehr wichtig, alleine klarzukommen. Ich erinnere mich, wie ich als Kind einmal meinen Großvater fragte, ob er manchmal nicht einsam wäre, so allein an einem so abgeschiedenen Ort. Und er antwortete mir, das sei noch nie vorgekommen. Er war von Kopf bis Fuß zufrieden mit sich selbst und kam klar, aber er mochte Gesellschaft. Ich glaube, mir geht's genauso.«

Mick betrachtete sie eingehend. »Hat ganz den Anschein.«

Vielleicht lag es an den Feiertagen, denn für gewöhnlich sprach sie nicht so offen über ihre Gefühle. »Ich bin nicht sehr … angepasst. Ich habe attraktive Männer kennengelernt, die ich keines zweiten Blickes würdigte, weil sie einfach nicht mein Typ waren. Ich mag keine oberflächlichen Kerle, und Arroganz mag ich schon gar nicht. Ich stehe nicht auf Cocktailpartys und Maniküre. Da mähe ich lieber meinen Rasen oder repariere einen tropfenden Wasserhahn. Gut, wohl nicht besonders feminin. Wenn Sie eine Frau suchen, die ihr kleines Schwarzes anzieht und auf Hollywood-Partys an Ihrem Arm hängt, sollten Sie sich lieber anderswo umschauen.«

Er wirkte amüsiert. »Wenn Sie glauben, dass mir das nicht längst klar ist, unterschätzen Sie mich aber. Ich nehme Ihnen nur ungern die Vorstellung, dass ich ausschließlich in elitären Kreisen verkehre, aber ich bevorzuge tatsächlich ruhige Abende.«

»Wie wär's dann mit einem Feuer und einem Gläschen Wein?« Sie war sich wirklich nicht sicher, worauf sie sich da einließ, doch sie spürte, dass sie schon längst mittendrin steckte. »Vielleicht auch mit einer philosophischen Unterhaltung über das Leben, zu der Jangles bestimmt auch etwas beitragen möchte? Möglicherweise zieht er sogar in Erwägung, auf Ihrem Schoß zu sitzen.«

Mick machte ein gespielt alarmiertes Gesicht. »Ich glaube, für heute haben genug Tiere auf mir gesessen.« Dann fügte er hinzu: »Abgesehen davon klingt es perfekt.«

7. Kapitel

Er konnte ihr schlecht die Wahrheit sagen, daher meinte Mick: »Es war eine interessante Reise bis jetzt. Wie ist es in New York?«

Seine Mutter antwortete: »Voll, brillant, definitiv alle in Festtagsstimmung. Ein wirklich einmaliges Erlebnis, den *Nussknacker* in der Rockefeller Hall zu sehen. Was ist denn so interessant an der Wildnis Wyomings?«

Er hätte wissen müssen, dass sie ihn nicht so leicht davonkommen lassen würde. Mick beschloss, ehrlich zu sein. »Eine ganz bestimmte Frau, von der ich eigenartigerweise glaube, dass Sie dir gefallen würde.«

»Warum wäre das eigenartig?«

»Sie ist eindeutig eine Frau aus der Kleinstadt, eine Künstlerin. Und obwohl ich glaube, dass sie sich problemlos eine Forelle angeln könnte, bezweifle ich doch, dass sie das entsprechende Fischbesteck dafür besitzt. Danke übrigens für den Tipp mit der Handtasche. Ihre Tochter ist jetzt mein größter Fan.«

»Sie hat eine Tochter?«

»Ja, hat sie.«

»Dann ist sie geschieden.«

»Nein.«

Es entstand eine wertende Pause. Nichts anderes hatte er erwartet. Es war besser, gleich offen darüber zu sprechen.

»Ich verstehe.«

»Nein, tust du nicht. Raine hat damals Slaters Heiratsantrag abgelehnt, weil sie glaubte, eine Ehe mit ihm würde nicht halten. Sie wurden Eltern eines Kindes und blieben befreundet. Es scheint ein vernünftiges Arrangement zu sein, und Daisy ist ein glückliches, ausgeglichenes Kind.«

»Slater … etwa Slater Carson?«

»Er ist Daisys Vater, ja.«

»Das hört sich kompliziert an, Michael. Kümmerst du dich nicht um Unterstützung für seine Filme?«

Für seine Freunde war er Mick, doch für seine Mutter würde er stets Michael sein. So geduldig wie möglich erklärte er: »Er ist glücklich verheiratet, hat ein weiteres Kind, und ein drittes ist unterwegs. Raine steht ihm als Mutter seiner Tochter nahe, aber er hat keine Probleme damit, dass ich sie … äh, attraktiv finde.«

»Klingt, als hättest du dich festgelegt«, bemerkte sie wenig begeistert. »Ich werde deinem Urteil also vertrauen müssen.«

Angesichts der Tatsache, dass er seit über zwei Jahrzehnten ein erwachsener Mann war, hätte er sie darauf aufmerksam machen können, dass sie keinerlei Mitspracherecht in Bezug auf die Wahl seiner Frauen hatte – andererseits hatte er es immer für einen Fehler gehalten, sich mit jemandem einzulassen, den seine Familie nicht mochte. Eine Beziehung, die eigentlich das Leben bereichern und einen glücklich machen sollte, konnte das auf Dauer ganz schön belasten.

Es erstaunte ihn, dass er so eine Sympathie für die große, bisweilen laute Carson-Familie hegte, obwohl er ganz anders aufgewachsen war. Es überraschte ihn auch, dass er sich derartig zu Raine hingezogen fühlte, wo sie doch das Gegenteil der Frauen verkörperte, mit denen er früher zusammen gewesen war. Und noch mehr überraschte ihn, dass sie das Gleiche für ihn zu empfinden schien. Er war weder freier Künstler noch ein waschechter Cowboy.

»Sie ist …« Er suchte nach den geeigneten Worten, um sie zu beschreiben. »… wie eine warme Brise an einem sonnigen Nachmittag.«

»Oh nein, jetzt wirst du auch noch poetisch? Dich hat es offenbar ganz schön erwischt. Darling, ich wünsch dir einen wundervollen Abend. Ich brauche jetzt einen Martini. Fröhliche Weihnachten, mein Sohn.«

Mick musste den ganzen verschneiten Weg zur Tür lachen, fand jedoch, dass seine Mutter es ganz treffend formuliert hatte.

Als Raine ihm auf sein Klopfen hin die Tür geöffnet hatte, musterte sie ihn verwirrt. »Was ist so lustig?«

»Sagen wir mal, ich glaube, meine Mutter mag Sie.«

»Hm, ich würde ja fragen, warum Sie mit Ihrer Mutter über mich gesprochen haben, aber irgendetwas sagt mir, dass ich das lieber nicht wissen will. Kommen Sie rein. Feuer und Wein sind bereit. Falls ich in diesem Leben je wieder etwas essen sollte, würde es mich überraschen, aber Harry hat mir Kekse und Truthahn-Sandwiches mitgegeben. Falls Sie Hunger bekommen, sagen Sie einfach Bescheid.«

»Mach ich.« Er spürte tatsächlich eine Art Hunger, aber nicht nach etwas Essbarem, und er hatte das vage Gefühl, dass sie das wusste. Normalerweise verhielt er sich im Umgang mit Frauen nicht so und war eher der Verfolgte denn der Verfolger. Doch er fühlte sich ziemlich stark zu ihr hingezogen.

Er konnte von Glück sagen, dass der Löwe nicht mit seinem Rudel auf ihn wartete. Mr. Bojangles ließ ihn kaum eintreten, ehe er aus seinem nicht sehr geheimen Versteck schoss und Micks Knöchel erneut attackierte. Es hatte etwas Komisches, wie das Tier wieder unter dem Baum verschwand, sein buschiger Schwanz aber unter den Zweigen hinausragte. »Der hat anscheinend mit einer Sondereinheit trainiert. Der Angriff war perfekt, aber mit dem Verstecken hapert's noch.«

Raine bemerkte trocken: »Er scheint noch nicht dahintergekommen zu sein, dass seine Größe ein Problem ist. Ich hab schon überlegt, einen größeren Weihnachtsbaum zu kaufen, damit er nicht verunsichert wird, was seine Fähigkeit betrifft, sich unsichtbar zu machen.«

»Das wäre ja mehr als mitfühlend.«

Sie trug jetzt eine Art Schlafanzughose mit Kordelzug, ein weites Oberteil mit dem gleichen Muster und plüschige Hausschuhe mit Waschbärengesichtern. Wie dieses Outfit aufregender sein konnte als ein elegantes Negligé, war ihm ein Rätsel, aber genau diese Wirkung hatte es auf ihn. Ein angenehmes Feuer brannte, und auf dem Couchtisch standen zwei Gläser Wein.

Die widersprüchlichen Signale, die sie aussandte, machten ihn wahnsinnig. Er war eingeladen – oder vielleicht hatte er sich auch mehr oder weniger selbst eingeladen mit seinem Vorschlag, den Abend miteinander zu verbringen –, und doch war sie angezogen, als ginge sie gleich zu einer Pyjamaparty ihrer Studentenverbindung. Sie hatte ihm rundheraus gestanden, sie sei unsicher, wie sie die Dinge zwischen ihnen sah. Andererseits empfing sie ihn jetzt ein weiteres Mal bei sich zu Hause, und zwar in einem sehr persönlichen Outfit.

Das war doch ein Anfang, oder? Alles Weitere würde sich zeigen.

»Was duftet so gut hier?«

»Die Kerze, die Grace mir geschenkt hat. Sie weiß, dass ich Vanille liebe.« Raine setzte sich und entspannte sich sichtlich. Sie hielt ihr Weinglas mit ihren schmalen Fingern, schwang die Beine auf den Couchtisch und wackelte in diesen albernen Hausschuhen mit den Zehen. »Ich liebe Weihnachten auf der Ranch, aber ein bisschen Ruhe und Frieden hinterher ist auch nicht schlecht. Ich vergesse immer, wie anstrengend viele Leute auf einem Haufen sein können. Hin und wieder gehe ich mit Freunden essen, aber meistens ziehe ich es vor, allein zu sein, zumindest während des Schuljahres.« Sie lächelte. »Ich liebe meine Tochter, das versteht sich von selbst, aber die Ruhe ist *so* angenehm. Sie können übrigens gern Ihre italienischen Schuhe ausziehen und auch die Füße hochlegen. *Förmlichkeit* ist fast ein Schimpfwort in diesem Haus.«

»Meine Mutter würde in Ohnmacht fallen, wenn ich meine Füße auf Ihren Tisch legen würde. Aber die Schuhe ausziehen klingt gut.« Er streifte sie ab, entspannte sich dann ebenfalls und genoss die Aussicht – dabei sah er weder den funkelnden Baum noch das Feuer an. »Ist das der Beginn unserer tiefschürfenden philosophischen Unterhaltung?«

»Vielleicht sind wir gerade auch einfach nur zwei Menschen, die sich miteinander unterhalten. Machen Sie sich immer noch Sorgen darüber, was Ihre Mutter von Ihnen denkt?«

»Sorgen würde ich es nicht nennen. Aber ich versuche schon, mir nicht ihren Unmut zuzuziehen.«

»Gute Einstellung«, meinte sie anerkennend. »Gefällt mir.«

»Hoffentlich ist es nicht das Einzige, was Ihnen an mir gefällt.«

»Nein.« Sie grinste keck. »Ihre Haare gefallen mir auch.«

Er warf ihr einen tadelnden Blick zu. »Das war nicht gerade das Kompliment, das ich mir erhofft hatte. Ich dachte, ich würde etwas darüber hören, wie beeindruckt Sie von meinem Intellekt sind und dass mein Charme unübertroffen ist.«

»Beides könnte den Nagel auf den Kopf treffen, aber über Ihre Frisur kann ich nicht hinwegsehen. Haben Sie einen Stylisten?«

»Sie halten sich wirklich für komisch, was?«

Sie lachte und hielt sich dabei die Hand vor den Mund. »Ja, ein bisschen.«

»Nein, ich habe keinen Stylisten. Ich lasse mein Haar nur ab und zu schneiden, und ich wasche es selbst und kämme es. Vielleicht gibt's noch etwas anderes, das Ihnen gefällt?«

Sie tat, als müsse sie darüber nachdenken. »Ich nehme an, jetzt muss ich wohl diese wundervollen Filmstar-Augen und die hohen Wangenknochen erwähnen. Die Schultern sind auch ganz hübsch, es sei denn, das sind Polster in Ihren Hemden.«

»Und ich dachte, ich bin nicht in Hollywood ... Mann, geben Sie mir eine Chance!« Auch er lachte, wurde aber gleich wieder ernst.

Ihr Lächeln erstarb, während sie ihm in die Augen sah. »Ich glaube, Sie sind ein guter Kerl. Wäre ich nicht dieser Ansicht, würden Sie jetzt hier nicht sitzen.«

Das war exakt die Sorte Kompliment, die er von Raine erwartet hätte – frei heraus und direkt. Nur wusste er, dass sie es auch so meinte. »Und Sie würden mir nicht das Grundstück Ihres Großvaters geben. Darüber müssen wir uns später noch mal unterhalten. Sie können das wirklich nicht machen.«

»Ich hab mit Slater gesprochen. Er fand, es ist eine gute Idee. Drake und Mace fanden das auch. Einer der Gründe, weshalb ich Sie so gerne mag, ist, dass alle Ihnen vertrauen. Das sind ziemlich starrköpfige Männer, aber ich kenne kaum jemanden, der den Charakter eines anderen Menschen derartig gut einschätzen kann. Und – Glück für mich – die verschwenden nicht mal einen Gedanken an Ihre Haare.«

»Sie aber schon?«

»Zumindest stelle ich mir vor, mit den Fingern hindurchzufahren.«

»Tun Sie sich keinen Zwang an.« Das meinte er aus ehrlichem Herzen. *Zeit, über deine nächsten Worte nachzudenken, Branson.* Er starrte einen Moment lang in die Flammen im Kamin, und beschloss dann, so direkt wie sie zu sein. »Es ist wohl kein Geheimnis, dass ich gern eine ganze Nacht lang wilden, leidenschaftlichen Sex mit Ihnen hätte. Aber die Entscheidung liegt ganz bei Ihnen.«

»Sind Sie denn wild und leidenschaftlich, Mr. Vorstandsetage?«

»Ich dachte eher daran, dass *Sie* es sind. Ich hab ehrlich gesagt ziemlich viel daran gedacht. Nachdem wir nun Ihre charakterlichen Vorzüge mit meinen verglichen haben, komme ich zu dem Ergebnis, dass Sie in einigen Bereichen vorne liegen.«

Fast hätte sie den Schluck Wein wieder ausgespuckt und wischte sich mit dem Handrücken lachend den Mund ab. »Verdammt, Branson, mach so was nicht.«

»Was denn?« Er machte ein unschuldiges Gesicht.

»Wir könnten das unwahrscheinlichste Paar der Welt abgeben.«

»Möglich«, räumte er ein. »Aber es hat mir noch nie gefallen, das Vorhersehbare zu tun.«

Sie stellte ihren Wein ab. »Ich glaube, dein Haar könnte morgen früh ganz schon zerwühlt sein.«

Was um Himmels willen tat sie da?

Es konnte töricht sein, aber so kam es ihr nicht vor. Vielleicht würde sie es morgen früh bereuen, aber Raine wollte unbedingt in seinen Armen liegen, während es draußen schneite. Und sich Hals über Kopf verlieben. Das war doch nicht zu viel verlangt, oder?

Vielleicht war das schon passiert.

Sie musste zugeben, dass Mick sehr männlich und sexy dort auf ihrer Couch aussah. Noch nie war sie versucht gewesen, ihre selbst gezogene Grenze zu überschreiten.

Keine flüchtige Affäre.

Keine Männer, die mit ihr schliefen und sie anschließend sitzen ließen. Das war wichtig für ihr Seelenheil.

Keine Beziehung über weite Entfernungen. Soweit sie das beurteilen konnte, funktionierten die nicht.

Niemand würde ihrer Tochter das Herz brechen, indem er beschloss, sich aus dem Staub zu machen. Natürlich war Daisy allein durch ihr Umfeld geerdet, aber sie hatte auch getrennt lebende Eltern, und Mick in diese Konstellation einzuführen, bedeutete ein Risiko. Mick konnte alles sein – einer, der nur an einem schnellen Abenteuer interessiert war, ein Pantoffelheld, ein Greenhorn, wie ihr Großvater gesagt hätte. Aber er könnte auch ganz anders sein …

»Hast du das Manuskript dabei, das ich dir gegeben hab?«

»Selbstverständlich.« Er machte ein Gesicht wie Daisy, als Raine sie gefragt hatte, ob sie die tolle Handtasche auf den Ausritt im Schnee mitnehmen würde. »Warum?«

»Ich muss es sehen.«

»Klar, kein Problem, wenn du deine Meinung geändert hast und es zurückhaben möchtest …«

»Nein, ich habe meine Meinung nicht geändert. Ich muss nur einen Blick hineinwerfen.«

Mick schien verwirrt über diese Bitte zu sein, kam ihr aber trotzdem nach. Er stand auf, ging kurz nach draußen in den Schnee zu seinem Wagen und kehrte kurz darauf mit der

Schachtel zurück. Schneeflocken glitzerten in seinen Haaren und bedeckten seine Schultern. Er legte das Manuskript auf den Tisch. »Es schneit immer noch ein bisschen, und es weht nicht der leiseste Wind. Trotzdem werd ich das Gefühl nicht los, dass uns noch mehr Schnee bevorsteht. Ich glaube, die werden Spaß haben bei ihrer mitternächtlichen Exkursion.«

Daisy würde begeistert sein, dachte Raine. Ihre Tochter war schon als kleines Kind abenteuerlustig gewesen, doch Raine war genauso begeisterungsfähig, deshalb konnte sie gut nachvollziehen, dass ihre Tochter gern Neues ausprobierte und manchmal auch etwas riskierte. »Darauf könnt ich wetten. Sie ist ein ziemlich glückliches Mädchen, und Slater ein wundervoller Vater.« Sie deutete auf die Schachtel auf dem Tisch. »Wähl irgendeine Seite aus.«

»Was?«

»Such eine beliebige Seite raus und gib sie mir.«

»Raine. Warum?«

»Weil ich dich darum bitte?«

»Na gut.« Er wühlte in den Seiten, wählte eines der Blätter aus und überreichte es ihr schulterzuckend. »Hier.«

Sie pflückte ihm die Seite aus den Fingern und las die erste Zeile vor: *»Er behielt seine Gefühle für sich, wie eine geliebte Jacke, oft getragen und abgenutzt, eine, die man draußen im Sturm tragen würde. Er war kein leicht durchschaubarer Mann, und doch vertraute sie ihm. Das sollte sie auch.«*

Dann gab sie ihm die Seite zurück. »Das wollte ich sehen.«

»Eine zufällig ausgewählte Seite?«

»Kommt einem so vor, oder? Küss mich.«

Er war mitten in einem Traum gelandet. Da war Raine, an ihn geschmiegt, ihre Lippen weich auf den seinen, die warmen Arme um seinen Nacken gelegt. Dieser war ganz anders als der kurze Kuss in der Hütte oder der etwas aufregendere zum Abschied am Abend zuvor. Dieser hier war ungestüm und wild. Mehr Ermutigung brauchte er nicht.

Absolut nicht.

Er war sich nicht sicher, was sie veranlasst hatte, ihre Vorsicht aufzugeben und der Leidenschaft freien Lauf zu lassen. Aber beschweren würde er sich darüber ganz bestimmt nicht. Sie erwiderte den Kuss voll sinnlicher Verheißung, und ihm entging ihr Verlangen nicht.

Er umschlang ihre Taille und zog sie fester an sich, um jede ihrer Rundungen zu spüren. Offenbar mochte sie wirklich Vanille, denn ihr Haar verströmte einen dezenten Duft danach. Sie fühlte sich an wie edle Seide. »Schlafzimmer?«, flüsterte er, als sie den Kuss unterbrachen, um Luft zu holen.

Sie flüsterte zurück: »Ich finde, das ist die beste Idee, die du heute hattest.«

»Du … voran.«

Es war ihre Entscheidung, die ganze Zeit. So wollte er es. Aber sie sollte sich sicher sein.

Das war sie. Sie fuhr mit den Fingern durch sein Haar. »Äh, wir haben allerdings ein kleines Problem. Ich verhüte nicht und hab nichts hier. Ich glaub, ich hab erwähnt, dass ich die meiste Zeit wie ein Einsiedler lebe.«

Er strich zart über ihre Wange und fand, er könnte ihr ebenso gut ein Geständnis machen. »Ich hab Kondome dabei.

Ich will nicht behaupten, dass ich mir meiner Sache sicher war, aber sagen wir, ich hegte die Hoffnung. Vorstandsmitglieder sind Meister der Planung und erwarten egoistisch stets das beste Ergebnis. Ich hab zwei Flüge genommen und einen vierstündigen Zwischenaufenthalt ertragen, weil ich auf den Kuss meines Lebens gehofft habe. Hab ihn bekommen.«

Oh, wow, hab ich das gerade gesagt?

»Den Kuss deines Lebens? Nur kein Druck.« In ihren Augen lag wieder dieser ganz bestimmte Glanz, als sie lächelte.

Er war es gewohnt, das Kommando zu haben, aber in diesem Fall hatte sie das Sagen. »Glaub mir, du enttäuschst mich garantiert nicht.«

»Zum Schlafzimmer immer hier entlang …«, raunte sie.

Er folgte ihr. Sie hätte ihn an den Rand einer Klippe führen können, und er hätte wahrscheinlich nichts wahrgenommen außer ihrem Hüftschwung und ihrem nahezu schwebenden Gang.

Während sie vor ihm herging, zog sie das viel zu weite Pyjamaoberteil aus, das er unerklärlich aufregend gefunden hatte, und ließ es auf den Flurboden gleiten. Der Anblick ihres anmutigen Rückens war schon fast zu viel.

»Raine …« Das entwich ihm zusammen mit einem Seufzer.

Sie sah über die Schulter. »Lass dir bloß nicht zu viel Zeit.«

»Soll das ein Witz sein? Ich folge dir in Lichtgeschwindigkeit.«

Ihr Lachen war warm und ansteckend, und unwillkürlich kam ihm der Gedanke, dass es nichts Schöneres im Leben gab, als sich in Gegenwart eines anderen so wohlzufühlen und die Magie ihres Lachens aufzusaugen.

Raines Schlafzimmer spiegelte ihren Charakter wider, von den bunten Kunstwerken an den Wänden bis zur ungewöhnlichen schwarzen Tagesdecke mit den hellroten Mohnblumen darauf. Das Kopfteil des Bettes sah antik aus und war mit kunstvollen Schnitzereien verziert. Die würde er sich später genauer anschauen, denn im Augenblick fesselte etwas anderes seine Aufmerksamkeit.

Raine streifte gerade ihre Pyjamahose ab. »Du kommst mir jetzt ziemlich overdressed vor, Branson.«

Angezogen war sie schon umwerfend, aber nackt … Er hatte von diesem Anblick geträumt. Lange Beine, feste Brüste, flacher Bauch … himmlisch!

Seine Hände hatten vergessen, den Signalen des Gehirns Folge zu leisten. Mick fummelte an seinen Hemdknöpfen herum, bis er das Hemd ausziehen konnte. Allerdings war dabei mindestens ein Knopf abgerissen. Als Nächstes folgten die Socken und dann die Hose. Inzwischen hatte Raine die ausgefallene Decke zurückgeschlagen, und ihr dunkles Haar war wie ein Fächer um ihren Kopf herum auf dem Kissen ausgebreitet, als sie sich auf dem Bett rekelte.

Er war von sich selbst erstaunt, als er zu ihr glitt und murmelte: »So sollte es sein, wenn man sich verliebt.«

Sie strich ihm die Haare zurück. »Das hast du gerade nicht gesagt.«

»Oh doch.«

»Ich bin so was von nicht bereit für so viel Direktheit.«

Er schmiegte das Gesicht an ihren Hals. »Du bist nicht bereit für uns, und das bin ich auch nicht. Nur bin ich dir ein wenig voraus, weil ich schon seit einer Weile über meine Optionen nachgedacht habe. Ich könnte so tun, als würdest du mich nicht mehr interessieren, als je eine Frau zuvor mich interessiert hat. Aber das funktioniert nicht. Als ich dich zum ersten Mal sah, war ich wieder sechzehn, mit einem Spind neben dem des schönsten Mädchens der Schule.«

»Sagst du das zu allen …«

Er brachte sie zum Schweigen, indem er ihr zärtlich den Zeigefinger auf die Lippen legte. »Du irrst dich gewaltig, Raine. So viele gab's da gar nicht. Ich bin wählerisch. War ich schon immer. Sex sollte eine intime und besondere Bedeutung für zwei Menschen haben. Wenn du das anders siehst, dann bist du nicht der Mensch, für den ich dich halte. Aber für gewöhnlich hab ich eine ganz gute Menschenkenntnis.«

»Du verstehst es, die richtigen Dinge zu sagen, was?«

»Ich sag nur, was ich wirklich denke.«

Sie biss ihn zärtlich in die Schulter. »Dann schlaf endlich mit mir, sonst schlag ich um mich und vergess mich. Keine Ahnung, was die Zukunft bringt, aber jetzt, in diesem wahnsinnig knisternden Moment, jetzt will ich dich.«

»Ist Schlagen legal in Wyoming?«

»Wahrscheinlich nicht, aber wir machen hier draußen gern unsere eigenen Gesetze.«

»Ich glaube, ich hab gerade erst einen Film über den Wilden Westen gesehen, deshalb nehm ich Sie beim Wort, Ma'am.«

»Wart mal kurz.« Ihre Augen glänzten, als sie die Finger in seinem Haar vergrub.

Er war sich nicht sicher, warum ihn das dermaßen erregte, aber genau das tat es, obwohl er wusste, dass sie ihn nur neckte.

Aber er beherrschte dieses Spielchen auch.

Er widmete sich ihren Brüsten, sie waren fest und prall, die Brustwarzen bereits hart, und als er einen der steifen Nippel mit den Lippen umschloss, gab Raine ein leises lustvolles Stöhnen von sich. Er erkundete das Tal zwischen ihren Brüsten mit seiner Zunge und widmete sich der anderen Brustwarze. Anschließend hinterließ er eine brennende Spur kurzer heißer Küsse und glitt abwärts.

Auch das gefiel ihr, und sie machte keinen Hehl daraus.

Mick stellte fest, dass sie in keiner Hinsicht zurückhaltend oder scheu war, und das fachte seine Erregung zusätzlich an. Sie zu lieben, war einzigartig – sie war wunderschön; wenn er sich bewegte, tat Raine es auch, bis die Leidenschaft eine ungeahnte Intensität erreichte.

Es gelang ihm gerade noch, an die Kondome zu denken, die er vorsichtshalber gekauft hatte. Nachdem er sich eins übergestreift hatte, folgten pure Sinnlichkeit und Befriedigung, nachdem er tief in sie eingedrungen war. Ihr Orgasmus gipfelte in einem kurzen Schrei, und er folgte wenig später mit derselben Glut.

Die ganzen letzten Jahre hatte er auf sie gewartet. Er wusste es längst, tief in seinem Herzen.

8. Kapitel

Sie lag in seinen Armen, seine gebräunte Brust hob und senkte sich unter der schneeweißen Bettwäsche. Jangles hatte irgendwann beschlossen, ihnen Gesellschaft zu leisten, und schlief friedlich, zu einem Fellknäuel zusammengerollt, am Fußende, wo er ziemlich viel Platz einnahm. Draußen hatte der Wind aufgefrischt; Raine konnte ihn unter den Dachgiebeln pfeifen hören.

Körperlich war sie rundum befriedigt, daran gab es keinen Zweifel. Doch emotional nicht, obwohl sie die richtige Entscheidung getroffen hatte. Mick war in einen tiefen Schlaf gefallen und atmete gleichmäßig neben ihr.

Auf keinen Fall betrachtete sie ihre Beziehung zu Slater als Fehler, denn Daisy war daraus hervorgegangen. Trotzdem war sie danach bei der Wahl ihrer Partner stets vorsichtig gewesen. Dieser Mann war noch viel gefährlicher als die bisherigen, denn er wohnte nicht in der Nähe, und sie mochte ihn viel zu sehr. Ihm das Grundstück zu überlassen, war vielleicht weniger ein Akt der Nächstenliebe, sondern ein egoistischer Zug gewesen. Denn auf diese Weise gab sie ihm einen Grund, sich in Wyoming aufzuhalten.

Diese Beziehung entwickelte sich für ihren Geschmack viel zu schnell. Mick Branson war ein Joker, den sie noch gar nicht auf der Hand gehabt hatte. Die Frage war nur, wie sie diese Karte ausspielen sollte. Ablegen? Nein, das hatte er nicht verdient. Den Einsatz erhöhen? Definitiv eine Möglichkeit.

Er war in vielerlei Hinsicht einschüchternd, allerdings war sie solche Männer gewöhnt. Alle Carson-Männer waren selbstbewusst, geradeheraus und von Ehrgeiz getrieben, und Raine hatte häufig mit ihnen zu tun. Mick gab sich zurückhaltender, doch er bekam ebenso wirkungsvoll seinen Willen, auch wenn er das auf eher clevere Weise erreichte, statt mit dem Lasso. Es gab mehr als eine Art von Cowboy in dieser Welt.

Sie sah zu Jangles, der ihre Unsicherheit spürte und den Kopf hob. »Was soll ich tun?«, flüsterte sie.

Er gab ihr eine eindeutige Antwort, indem er den Kopf wieder hinlegte und die Augen schloss: *Schlaf.*

Ein weiser Rat. Sie beherzigte ihn, indem sie sich neben Mick entspannte und sich an ihn schmiegte.

Der Schnee fiel über Nacht. Fast ein halber Meter. Offenbar hatte Mick den falschen Wagen gemietet. Er musste zugeben, dass er in L. A. nicht ans Schneeschaufeln gewöhnt war, deshalb kam ihm die hüfthohe Schneeverwehung neben seinem Luxuswagen nicht gerade wie eine angenehme Überraschung vor. Er war sich nicht einmal sicher, ob ein großer Pick-up-Truck da so einfach durchkam.

Dankend nahm er einen Becher Kaffee entgegen, als er wieder in Raines gemütlicher Küche saß – Raine informierte ihn, es sei etwas namens *Chocolate Peppermint Blend* von einer Rösterei namens *Snake River*. Aber es schmeckte nach Kaffee, also war es ihm ganz recht. Er setzte sich an den Tisch und trank einen Schluck.

»Ich könnte für eine ganze Weile eingeschneit sein.«

»Ach Quatsch.« Sie sah kuschlig aus in ihrem langen pinkfarbenen Kaschmir-Pullover und der verwaschenen Jeans. Ihre Augen leuchteten. »Ich bin entsprechend ausgestattet. Ich will unbedingt, dass du die Hütte in tiefem Schnee siehst. Wir lassen uns von ein bisschen Schnee doch nicht aufhalten.«

»Ein *bisschen* Schnee?«

»Hey, das kommt hin und wieder vor.«

Draußen sah es tatsächlich aus wie im märchenhaften Winterwunderland. Der Baum in ihrem Garten ragte auf wie eine weiße Riesenskulptur. »Dein Ernst?«

»Und ob. Wenn's dich nicht bewegt, diesen Ort frisch eingeschneit zu sehen, dann bist du nicht der Mann, für den ich dich halte.«

»Was glaubst du denn, was für ein Mann ich bin?«

Sie stützte beide Ellbogen auf den Tisch. »Ich hab dir ja bereits erklärt, dass ich dir vertraue. Wäre das nicht der Fall, wäre das zwischen uns gestern Nacht nicht passiert.«

»Dann bin ich aber froh.«

»Ich auch.«

Das war die Erwiderung, auf die er gehofft hatte. Verdammt, dieses Snake-River-Chocolate-Zeug war wirklich gut. Er war zuerst aufgewacht, Raine hatte sich an seine Brust geschmiegt, wundervoll nackt und zerzaust. Der Löwe lag zusammengerollt am Fußende des Bettes und warf ihm wie üblich einen finsteren Blick zu. Mick hatte jedoch beschlossen, diesen Blick als Zustimmung zu interpretieren, sodass ihn ein vielsagendes Gefühl der Zufriedenheit überrollte. Er lächelte träge bei der Erinnerung an den Morgen. »Und – was schlägst du vor, wie wir zu einem Haus kommen, zu dem es nicht mal eine richtige Zufahrt gibt?«

»Ich besitze Alice nicht ohne Grund.«

»Will ich überhaupt wissen, wer Alice ist?«

»Eher *was* als *wer*. Mein Schneemobil. Äußerst praktisch in dieser Gegend.« Sie trank anmutig einen Schluck ihres Pfefferminzkaffees.

»Du hast ihm einen Namen gegeben?« Er war amüsiert, aber nicht überrascht. Ja, das passte zu Raine.

»Selbstverständlich. Wir werden uns das Grundstück bei Tageslicht ansehen, und anschließend holen wir Daisy ab.«

Es war nicht sein üblicher Reisestil, er verfügte aber glücklicherweise auch über ein gewisses Maß an Abenteuerlust. »Ich nehme an, du weißt, wie man ein solches Ding fährt. Ich weiß es nämlich nicht.«

»Ich wurde praktisch auf einem geboren, ich bin ein Dezember-Baby. Mein Vater brachte meine Mutter auf einem Schneemobil ins Krankenhaus. So ein Ding fahr ich im Schlaf.«

Zumindest befand er sich in guten Händen. »Ich wette, deine Ma hat die außergewöhnliche Fahrt genossen.«

»Na ja, sie war sicherlich froh, ins Krankenhaus zu kommen, auf welche Weise auch immer.«

»Berechtigter Einwand.«

»Woher willst du das wissen? Du bist ein Mann.«

Auf keinen Fall würde er sie damit durchkommen lassen. »Hey! Ich hab auch Gefühle! Männer reagieren bei Geburten deshalb oft hilflos, weil sie keine Kontrolle über die Situation haben, und das macht uns wahnsinnig.«

»Ihr seid doch ohnehin alle verrückt. Und was weißt du überhaupt von Geburten?«

»Ich hab mal ein Kind verloren.« Das war die Wahrheit, nur sprach er äußerst selten darüber. »Das war hart. Genau wie du und Slater waren wir anscheinend nicht auf Dauer füreinander bestimmt. Sie wurde schwanger und hatte eine Fehlgeburt. Unsere Beziehung überstand diesen Sturm nicht. Das Kind war nicht geplant, aber ich hatte mich schon mit dem Gedanken der Vaterschaft angefreundet und bin damals zu den ersten Arztterminen mitgegangen. Ich hab sogar den Herzschlag gehört. Umso schmerzlicher empfand ich den Verlust.«

In ihren Augen las er Mitgefühl, und sie ergriff über den Tisch hinweg seine Hand. »Ich hatte keine Ahnung. Tut mir ehrlich leid.«

»Ich erzähl's sonst eigentlich niemandem. Aber du bist ja nicht irgendwer. Ich fand, du solltest es vielleicht wissen.«

Raine reagierte mit der zu erwartenden Direktheit. »Hast du mich deshalb gefragt, ob ich daran gedacht habe, noch mehr Kinder zu bekommen?«

Gute Frage. Hatte er?

Er war sich immer noch nicht sicher, warum er ihr aus

heiterem Himmel diese sehr persönliche Frage gestellt hatte. Deshalb tat er, was er am besten konnte, und antwortete zweideutig: »Ich hab danach gefragt, weil du und Daisy eine wunderbare Beziehung zu haben scheint. Gegen einen zweiten Becher Kaffee hätte ich übrigens nichts einzuwenden, aber ich kann ihn mir selbst eingießen.« Er stand mit dem Becher in der Hand auf. »Wann hast du Geburtstag?«

Ihr war natürlich klar, dass er ihrer Frage auswich, aber sie spielte mit. »Am dreißigsten.«

Er hatte nicht vorgehabt, so lange zu bleiben, aber vielleicht sollte er seine Meinung ändern. »Dann müssen wir an dem Tag etwas Besonderes unternehmen.«

»Was denn zum Beispiel?« Sie sah ihn skeptisch an.

»Nach Paris? Rom? Wie wär's mit Key West? Wir könnten uns den berühmten Sonnenuntergang über dem Meer anschauen und dem Schnee entfliehen. Such dir was aus.«

Niemand sollte morgens früh mit vom Schlaf zerwühlten Haaren so gut aussehen.

Mick hätte so für ein Zeitschriftencover posieren können, nur in Boxershorts, und es würde einschlagen wie eine Bombe. Raine würde als Erste in der Schlange stehen, um eine Ausgabe zu kaufen.

Sie wartete, bis er mit seinem Kaffee zurückkam, ehe sie ihre Antwort formulierte. »Das sind ja alles wirklich tolle Optionen, aber ich kann nicht einfach mit dir wegfliegen. Hier zu feiern, würde mir also besser passen. Wenn du Zeit hast.«

Sie war gerührt.

Und nicht ganz bei Trost.

Verlieb dich nicht in diesen Mann.

Zu spät!

»Lässt sich einrichten.« Er lehnte sich mit einem jungenhaften Grinsen zurück. »Dass ich mein eigener Chef bin, hilft natürlich.«

»Ich arbeite härter als die meisten Leute, die ich kenne, und ich bin ebenfalls mein eigener Boss. Ich hingegen könnte mir nicht einfach mal eben so freinehmen.«

»Süße, wenn du glaubst, ich schufte nicht hart, irrst du dich gewaltig.«

Es war nicht so, als wüsste sie nicht, dass er hart arbeitete. Dies war eine sinnlose Diskussion, die sie wahrscheinlich nur deshalb anzettelte, um sich von ihren beunruhigenden Gedanken über die Liebe und die Zukunft abzulenken. Sie strich über die Fransen des Tischsets vor sich. »Ich weiß doch, dass du das tust. Was ich jedoch nicht weiß, ist, was du von unserer … äh, Freundschaft erwartest.« Sie hatte nach einem Wort gesucht und dieses gewählt. Doch kaum hatte sie es ausgesprochen, wusste sie, dass selbst einem Kindergartenkind etwas Besseres eingefallen wäre.

Anscheinend fand er das auch, denn er grinste. »Ich finde, nach der vergangenen Nacht sind wir ein bisschen mehr als Freunde, oder? Ich bin mir auch nicht sicher, was du willst, also werden wir's wohl gemeinsam herausfinden müssen.«

Was das Reden betraf, hatte er sich deutlich besser angestellt als sie.

Jangles kam in die Küche getrottet und gab einen vertrauten Laut von sich, etwas zwischen einem Knurren und einem Kreischen. Mick sah erschrocken auf, ein bisschen so, als fürchte er um das Leben des Vierbeiners. »Was war das? Ist er etwa krank?«

»Er will gefüttert werden. Da macht er sich unmissverständlich bemerkbar, indem er diesen erschreckenden Laut von sich gibt. Falls es dich tröstet, ich hab das Gleiche gedacht, als ich es zum ersten Mal hörte. Ich nehm an, Sie können mit einem Dosenöffner umgehen, Mr. Vorstandsetage? Während du die Ehre hast, die Katze zu füttern, mach ich Alice fahrbereit. Das Futter ist in der Speisekammer, der Dosenöffner liegt in der Schublade hier.« Sie zeigte darauf und stand auf. »An deiner Stelle würde ich mich beeilen. Er wird knatschig, wenn's zu lange dauert. Ich geh mir noch schnell meinen Mantel anziehen. Wenn du fertig bist, zieh dir was Warmes an und komm mit nach draußen.«

»Knatschig?«

»Sehr.«

Der elegante Stadtmensch Mick Branson konnte mit erstaunlicher Geschwindigkeit in der Küche aktiv werden angesichts der großen fordernden Katze. Jangles hockte bereits erwartungsvoll vor dem Napf.

Raine lachte immer noch, während sie ihren Lieblingsparka anzog und nach draußen ging, wo sie durch den Schnee stapfte.

Das schnittige Schneemobil sprang problemlos an. Sie hatte es von einer Freundin von Blythe bekommen, deren

Mann unerwartet verstorben war. Die Frau hatte es mit dem Schneemobil wie Raine mit dem Grundstück ihres Großvaters getroffen – sie benutzte es nicht, wollte den geliebten Besitz jedoch auch nicht verkaufen. Als Raine ihr gegenüber erwähnte, sie überlege, sich einen Schlitten anzuschaffen – ihr Vater hatte seinen stets »mein Schneemobil« genannt –, bekam sie plötzlich einen. Die Frau wollte partout kein Geld dafür, deshalb zeichnete Raine ihr kurzerhand ein Bild von dem Fahrzeug und rahmte es als Geschenk.

Sie verstand vollkommen, dass jemand kein Geld wollte für etwas, das einem geliebten Menschen so nah und wichtig gewesen war. Aber es jemandem zu schenken, der es zu schätzen wusste, war etwas völlig anderes.

Mick würde das Grundstück mit der Hütte zu schätzen wissen, besonders an einem Tag wie diesem, den Mutter Natur für eine Präsentation geradezu geschaffen hatte. Strahlend blauer Himmel, tiefer Schnee, und die Berge sahen unwirklich aus wie im Märchen. Die Skifahrer würden glücklich sein über den Puderschnee und Grace viel zu tun haben in den nächsten Tagen, da das Hotel zwischen den Feiertagen bei diesem Wetter ausgebucht war.

Als Raine sich umdrehte, stand Mick bereits auf dem Gehsteig – wahrscheinlich, um Jangles zu entkommen –, und als sie bei ihm hielt, stieg er hinter ihr auf.

»Warum ahne ich schon, dass ich mich an dir festklammern muss, wenn mir mein Leben lieb ist?«, fragte er.

»Ich leg eben gern ein gutes Tempo vor«, erwiderte sie. »Erinnerst du dich an die vergangene Nacht?«

Er schlang die Arme um ihre Taille und antwortete genau das Richtige. »Oh ja. Die werd ich nie und nimmer vergessen. Ich vertraue dir, also fahr.«

Sie hatte das Gleiche zu ihm gesagt: Vertrauen war ihr überaus wichtig. Er strich ihr die Haare aus dem Nacken und küsste sie dort, genau in dem Moment, als sie Gas gab. Er besaß eine gute Technik und ein gutes Timing, das musste sie ihm lassen.

Eine exzellente Technik sogar, dachte sie bei der Erinnerung an die letzte Nacht. Die Kälte tat gut auf den glühenden Wangen, während sie losbrausten. Die Straßen in der Gegend wurden geräumt, allerdings nicht mit großen Schneepflügen, sondern von Ranchern mit Pick-ups und Schneeräumschilden.

Die zwei waren nicht die Einzigen, die auf einem Schneemobil unterwegs waren. Sobald sie aus dem Ort heraus waren, fuhren sie auf der verschneiten Landstraße. Natürlich fing Raines Handy an zu vibrieren. Sie bremste etwas ab, zog es aus der Tasche und hielt es über die Schulter. »Gehst du mal ran?«, rief sie.

Mick protestierte: »Es ist dein Telefon!«

»Ich hab nicht viele Geheimnisse, und es könnte meine Tochter sein. Du hast meine volle Erlaubnis!«

Er ging ran. Raine bekam von dem Gespräch nicht viel mit, aber es hörte sich so an, als hätte er gerade ihre Großmutter kennengelernt.

Clara war kein Fan von Slater Carson gewesen, was mehr auf ihre altmodischen Werte zurückzuführen war als auf den

Mann selbst. Raine hatte ihr immer wieder geduldig erklärt, dass Slater ihr einen Antrag gemacht hatte. Die starrsinnige Frau störte sich an der Tatsache, dass die beiden miteinander geschlafen hatten, bevor Raine in einem bauschigen weißen Kleid vor dem Altar gestanden hätte, mit weißem Spitzenschleier, flankiert von sechs Brautjungfern, während der Pfarrer sie aufforderte, das Ehegelübde zu wiederholen.

In Wahrheit hatte Raine nie das Verlangen nach einem solchen Szenario verspürt. Plötzlich sah sie im Geiste Mick im Smoking, ein Bild, das sie jedoch so rasch wieder verdrängte, wie es aufgetaucht war.

»Sag Gran, ich klingel später an.« Sie musste fast schreien, um den Motorenlärm des Schneemobils zu übertönen.

Kurz darauf gab er ihr das Telefon zurück. »Sie meinte, ihr gefällt meine Stimme!«

»Im Ernst?«

»Was denn? Hab ich etwa keine angenehme Stimme? Sie bat mich, dir frohe Weihnachten von ihr zu wünschen.«

Dies war nicht der geeignete Moment für eine ausführliche Erläuterung der Tatsache, dass ihre Großmutter sich zuerst eine Meinung bildete und erst hinterher Fragen stellte. Also sagte Raine nur: »Sieh dir nur die Aussicht an!«

Die Landschaft vor ihnen bot einen unvergleichlichen Anblick und war nur einer der vielen Gründe dafür, dass Raine den Ort liebte, an dem sie lebte. Sie ließen Mustang Creek hinter sich und brausten durch den Schnee. Fünfzehn Minuten später glitten sie auf das Grundstück ihres Großvaters zu.

Die Bäume standen jetzt ohne Laub, doch Mick sollte sie

im Frühling sehen, im Sommer und im Herbst. Die Äste waren weiß geschmückt, anmutig und glänzend. Dahinter ragten die Grand Tetons auf und wirkten nach dem Schneefall der gestrigen Nacht noch viel majestätischer.

Mick drückte Raine. »Du bist unglaublich! Und erst diese Berge …«

Nun, er hatte Jangles' Fütterung überlebt und ein Telefonat mit ihrer Großmutter, was manchmal einer echten Geduldsprobe gleichkam – deshalb verzichtete sie auf die Bemerkung, dass das ein ziemlich lahmer Spruch war. Wahrscheinlich war der Mann inzwischen einfach nur nervlich am Ende. »Warte, bis wir um die nächste Kurve sind.«

Sie waren jetzt oben auf dem Hügel, über den sie die Zufahrtsstraße anlegen lassen würde, wenn es nach ihr ginge, obwohl es eine recht steile Strecke war und die Straße dann sicher kurvig. Das Schneemobil gab zwar laute Geräusche von sich, trotzdem registrierte sie wenig später zufrieden, wie Mick hörbar nach Luft schnappte.

Die ungehinderte Sicht auf die Berge, den gefrorenen See und die idyllische kleine Hütte hätten direkt aus einem der Bücher ihres Großvaters stammen können. Raine war sich einigermaßen sicher, dass der Schornstein repariert und gereinigt werden musste, da Vögel ihn als prächtig geeigneten Nistplatz angesehen hatten und im Laufe der Zeit Teile abgebröckelt waren. Aber es sah trotzdem alles sehr pittoresk aus. Sollte Mr. Vorstandsetage jemals den Wunsch gehegt haben, ein Cowboy zu sein, dann konnte er diesen Traum hier verwirklichen.

»Raine, das ist …«

»Ich weiß.«

»Du könntest eine Million Dollar für das hier bekommen!«

»Ich brauche keine Million. Ich brauche jemanden, der es instand hält und meiner Tochter Besuche gestattet. Ich brauche jemanden, der nichts niederreißt, weder die alte Koppel noch die Hütte.« Der Schlitten kam in einer Wolke aus aufgewirbeltem Schnee zum Stehen. »Nenn mich verrückt, aber ich glaube, genau dieser Jemand könntest du sein.«

9. Kapitel

Die Aussicht von der Carson-Ranch war schon spektakulär gewesen, doch dieser Ausblick war wohl noch besser, falls das überhaupt möglich sein konnte.

Mick musste zugeben, dass ihn all das hier schwer beeindruckte. Ja, die Hütte sah wirklich malerisch aus mit der durchhängenden Veranda und dem sich unter der weißen Last beinahe biegenden schneebedeckten Dach. Ein Bild wie auf einer Ansichtskarte, die man in einem Souvenirladen kaufte und aus den Weihnachtsferien nach Hause schickte. Die Aussicht auf den See und die Berge war einfach atemberaubend.

Espen standen zwischen stattlichen Tannen und hatten zweifellos Matthew Brightons Manuskript inspiriert. Meilenweit war niemand zu sehen.

Mick spürte die Ruhe, die ihn beim Anblick der einsamen Landschaft überkam, und wusste, dass Raine recht hatte: Dieser Ort war wie geschaffen für ihn. Er dachte schon länger über einen Ortswechsel Richtung Wyoming nach, und Slaters Dokumentarfilm hatte ihn sicher beeinflusst. Doch das, was sich ihm hier bot, hatte er sich nicht vorzustellen vermocht. Hier konnte er sein Traumhaus bauen.

Sie stiegen vom Schneemobil, standen knietief im Schnee und saugten die Stille in sich auf.

»Und?« Raine schien seine Gedanken lesen zu können, das sah er in ihren Augen.

»Du weißt doch längst, was ich denke.«

»Gibt's was Besseres als das hier?«

»Das bezweifle ich.«

»Dann akzeptierst du meine Bedingungen?«

Er stieß den Atem aus. »Raine, du stellst im Grunde ja gar keine Bedingungen. Ich würde über dünnes Eis gehen für Daisy, auch ohne das Grundstück, und dein Großvater gehört zu meinen Kindheits-Helden. Selbstverständlich würde ich die Hütte so lassen, wie sie ist, falls es dir ernst ist.«

»Das ist alles, was du tun musst.«

»Wieso werd ich den Eindruck nicht los, eine Diskussion mit dir läuft sowieso immer auf dasselbe hinaus? Lass es mich trotzdem noch mal versuchen: Das hier ist genau das, was ich mir vorgestellt habe – nein, es *übertrifft* meine Vorstellungen bei Weitem. Lass mich einen Gutachter beauftragen, um einen fairen Preis zu machen …«

»Nein.« Sie schüttelte vehement den Kopf. »Es dir zu überlassen, ist für mich wie eine innere Reinigung. Hier, ich zeig dir mal, wo ich ein Haus bauen würde.«

Sie stakten etwa hundert Meter durch den Schnee, dann zeigte sie auf eine Stelle. »Dort.«

Der Platz war absolut idyllisch, ein teilweise zugefrorener Bach floss daran vorbei, und hier und da standen kleine Baumgruppen. Außerdem war da eine Erhöhung, auf die ein Haus von der Größe, wie er es sich vorstellte, passen könnte. Von dort hätte man eine fantastische Aussicht. Das

Haus sollte recht groß werden, mit einer Rundum-Veranda, einem Whirlpool hinten, Balkonen und vielleicht zwei, drei Gästewohnungen. Er wollte seine Familie einladen und es ebenso für geschäftliche Zwecke nutzen. Und innen sollte es perfekt sein, Holzwände, hohe Decken, ein Kamin, moderne Bäder …

»Ich hab nichts auszusetzen, es ist der ideale Platz.« Am liebsten wollte er sie sofort bitten, mit ihm zusammenzuleben, und das sagte schon alles. Nur war er noch nicht so weit, und sein Gespür sagte ihm, dass sie auch noch nicht so weit war, deshalb beließ er es dabei.

»Ich nehme an, du wirst nicht gerade bescheiden bauen, also wäre das Fleckchen wohl genau richtig.« Raine nickte, ihre Wangen waren rosig von der Kälte.

Er nickte und dachte gleichzeitig: *Aber vollkommen wäre es nur, wenn du mit mir hier wohnen würdest.*

Das war gefährliches Denken für einen überzeugten Junggesellen. Trotzdem hatte er diese Vorstellung im Kopf. »Du besitzt die Fantasie einer Künstlerin, also könntest du mir doch sicher bei dem Entwurf helfen, oder?«

Sie sah ihn verblüfft an. »Ich hab tatsächlich ein paar Semester Architektur studiert. Meinst du das ernst?«

»Mir ist es immer ernst.«

Das stimmte. Er konnte herumalbern, aber er tat es weder oft noch allzu spontan.

Raine musterte ihn nachdenklich. »Wenn ich die Fantasie einer Künstlerin hab, dann hast du die Seele eines Künstlers. Andernfalls würdest du nicht leicht nachvollziehen können, was Slater mit seinen Filmen auszudrücken versucht. Liebend gern würd ich dir dabei helfen, dein Haus hier zu entwerfen. Das ist für mich ein Traum, der wahr wird. Dennoch wirst du einen Architekten brauchen. Aber wir können wenigstens die Idee zeichnen, die dir vorschwebt.«

Die uns vorschwebt.

Er wollte nichts lieber als das. »Lass es uns zusammen angehen. Abgesehen davon ist das heute mein Abend. Ich möchte für dich kochen. Allerdings muss ich mir dafür deine Küche borgen. Ich hab Harry gefragt, ob Daisy Hummer-Makkaroni mit Käse essen würde. Sie meinte, das würde wohl ganz gut ankommen bei ihr.«

Natürlich hatte Raine Einwände. »Hummer? Man bekommt doch im Dezember in Wyoming keinen Hummer! Ich hab jedenfalls hier noch nie welche gesehen. Der Supermarkt im Ort führt die Dinger ganz bestimmt nicht.«

»Ich war zwar noch nicht dort, doch ich glaube dir. Aber man bekommt sie durchaus, wenn man die richtigen Leute kennt.« Er versuchte, nicht allzu triumphierend zu klingen – vergebens.

Sie sprang darauf an. »Grace!«

»Eher ihr Koch.«

»Stephano? Er hat Hummer? … In dem Fall bin ich dabei.«

Ganz schön selbstsicher. Aber sie hatte natürlich recht. Stephano verehrte Daisy, deshalb war er sofort einverstanden gewesen, als Mick ihn angerufen hatte. Mit gespielter Empörung erwiderte er: »Erst zweifelst du an der Qualität meiner Stimme, und jetzt das. Woher weißt du, dass ich nicht kochen kann?«

Raine grinste frech. »Na, ich weiß, dass *er* es kann. Du hast dich in der Hinsicht noch nicht bewährt.«

Mick gab lachend auf. »Eigentlich kann ich wirklich nicht kochen, aber ich hab eine Woche in Maine verbracht, als ich auf dem College war. Da bin ich durch den Acadia National Park gewandert. Einer der Ranger empfahl mir ein kleines Restaurant, und dort aß ich zum ersten Mal Hummer-Käse-Makkaroni. Die Besitzerin gab mir das Rezept, als ich eine zweite Portion bestellte, und sie erfuhr von mir, dass ich an diesem gottverlassenen Ort namens Kalifornien lebe. Sie bedauerte den jungen Mann, der nicht in Maine wohnte. Offenbar handelt es sich um ein altes Lieblingsrezept der Familie.«

»Meine Tochter *liebt* Hummer, und Makkaroni und Käse auch. Daisy wird begeistert sein!«

»Können wir ihr gegenüber so tun, als sei das nicht das einzige Gericht, das ich kochen kann?«

»Tja, wenn du meinst, du kannst sie hinters Licht führen, dann täuschst du dich gewaltig. Aber nur zu, versuch's. Sie ist ziemlich gewieft und hat lange vor ihren Freundinnen herausgefunden, dass es weder den Osterhasen, den Weihnachtsmann noch die Zahnfee gibt. Ich bin stolz, sagen zu können, dass sie es ihre Freundinnen weiter hat glauben lassen. Mich aber hatte sie am Wickel. Ich kann nicht lügen, wenn man mir eine direkte Frage stellt.«

»Gut zu wissen.« Er sagte das leichthin, aber so meinte er

es nicht. In Wahrheit war es ihm wichtig. Schnell küsste er ihre kühle Wange. »Im Ernst.«

»Ich nehm an, wir müssen beim Hotel Halt machen, bevor wir Daisy abholen. Inzwischen wird die Straße auch geräumt sein.«

»Ja, müssen wir.« Er sagte das, ohne eine Miene zu verziehen. »Ein Hummer wartet nicht.«

Raine prustete los, hob eine Handvoll Schnee auf und bewarf ihn damit. »Na schön, dafür hast aber jetzt wirklich den Preis für den blödesten Spruch gewonnen!«

Er bückte sich und warf ebenfalls. »Wenn du eine Schneeballschlacht willst, bin ich dabei.«

»Dann sollte ich dich wohl besser warnen, dass ich echt fies bin.«

»Und ich kann echt gut zielen.«

Raine bewarf ihn mit einem weiteren Schneeball. »Viel Glück, Cowboy. Ich bin in Snow Country geboren.«

Er brauchte wirklich Glück, diese Frau zielte ziemlich präzise. Nach dem dritten Treffer mitten auf die Brust kapitulierte er mit hoch erhobenen Armen. »Gnade! Gnade!«

Natürlich traf sie ihn ein weiteres Mal.

Er stob auf sie zu, packte sie, und der daraus resultierende Kuss ließ ihn die Kälte vergessen, obwohl sie beide im Schnee kugelten.

»Ich bin wirklich dabei, mich in dich zu verlieben.« Das hatte er ihr definitiv nicht gestehen wollen, aber es stimmte, und sie wusste es längst.

»Wenn dir noch nicht klar sein sollte, dass wir beide das

gleiche Problem haben, passt du nicht richtig auf.« Raine machte unter ihm ein nachdenkliches Gesicht. »Wir sind beide Idioten.«

»Also, ich glaub nicht, dass ich einer bin.«

»Ich glaube auch nicht, dass ich einer bin.« Ihre Augen wurden plötzlich glänzend. »Aber ich hab mich schon mal extrem geirrt.«

»Raine, glaubst du wirklich, Slater war ein Fehler?«

Sie setzte sich auf und schüttelte den Schnee aus ihren dunklen Haaren. »Nein, natürlich nicht. Ohne ihn hätte ich Daisy nicht, und er wird mir stets etwas bedeuten. Es ist nur so, dass ich weiterhin hoffe, Gold in einem schlammigen Flussbett zu finden, und bisher leider noch keinen Treffer gelandet habe.«

Wahrscheinlich hatte auch er eine ganze Ladung Schnee im Haar, doch es war ihm egal. »Bist du dir da sicher? Übrigens werde ich das Manuskript beenden. Ich weiß nicht, ob ich dem Original gerecht werde, aber vielleicht lande *ich* ja einen Treffer.«

Sie küsste ihn und legte dabei ihre feuchten Handschuhe an seine Wangen, doch ihr Mund war warm und freigiebig. »Ich bin schon so gespannt!«

»Ich werde nicht wissen, was ich da tue.«

»Du wirst es großartig machen, das fühle ich.«

»Ich vertraue darauf, dass du mir sagst, wenn es schrecklich ist.«

»Oh, glaubst du nicht, du bist der Erste, der es merkt?« Mit einem fröhlichen Blick stand sie auf. »Ich hab kein

Problem damit, meine Meinung kundzutun, falls du's noch nicht bemerkt haben solltest. Die Carsons nennen mich, glaube ich, unverblümt. Allerdings habe ich schlechte Nachrichten für dich. Ihr Vorarbeiter auf der Ranch, Red, ist ein eingefleischter Matthew-Brighton-Fan. Dessen Meinung solltest du fürchten, denn der wird es dir schön unter die Nase reiben, wenn du ein Schlangenloch nicht vom Grand Canyon unterscheiden kannst.«

»Na fabelhaft. Tja, dann weiß ich wenigstens, welchen Experten ich konsultiere, wenn ich bei meiner Recherche Hilfe brauche.« Mick stand ebenfalls auf und versuchte seine Hose abzuklopfen. »Wahrscheinlich bin ich verrückt, es überhaupt zu versuchen, aber ich mag nun mal Herausforderungen.«

Der Blick, den sie ihm nun zuwarf, war nur halb neckend. »Hast du … dich deshalb in mich verliebt? Weil ich für dich eine *Herausforderung* bin?«

»Möglicherweise war das mein allererster Gedanke«, räumte er ein und ergriff auf dem Rückweg zum Schneemobil ihre Hand. »Du hältst mich jedenfalls auf Trab. Aber wenn dir noch nicht klar ist, dass ich verrückt nach allem bin, was dich ausmacht, dann bist du diejenige, die nicht richtig aufpasst.«

»Gleichfalls, Cowboy.« Sie schwang sich auf das Schneemobil. »Komm an Bord. Gab's da nicht einen Hummer mit deinem Namen drauf?«

Sahne, Käse, Nudeln, Knoblauch … mit einem Essen wie diesem konnte man unmöglich falschliegen. Trotzdem schummelte Mick ein wenig, denn er ließ Raine den Salat zubereiten und holte das Brot und den vorbereiteten Hummer aus dem Restaurant. Aber alles andere machte er selbst. Und wenn er Daisy schon mit der Handtasche, die er ihr geschenkt hatte, für sich gewonnen hatte, machte das Abendessen sie zu seinem lebenslangen Fan.

Das war so wichtig für sie, dachte Raine, während sie ihre Tochter beobachtete, die sich Mick gegenüber vollkommen natürlich verhielt. Mit lebhafter Miene schilderte Daisy ihm das Mitternachtsreiten im Schnee. Außerdem hatte sie ihren ganzen Teller leer gegessen, also konnte sein Essen durchaus als fast so beliebt durchgehen wie Harrys Kochkünste. Und das wollte etwas heißen.

Schlauer Mann.

»Erinner mich daran, Stephano einen Kuss zu geben, wenn ich ihn das nächste Mal sehe«, erklärte Raine in einer Gesprächspause dieser angeregten Unterhaltung der beiden. »Der Hummer war perfekt.«

»Wie wär's, wenn du den tatsächlichen Koch küsst, statt denjenigen, der bloß Zutatenlieferant war?« Mick warf ihr einen gespielt vorwurfsvollen Blick zu. »Außerdem sehe ich viel besser aus als er.«

»Einen Tick vielleicht.« Raine lächelte ihm verträumt zu. »Aber er hat diese südländische Ausstrahlung, weißt du?«

Daisy stimmte in das Kichern ihrer Mutter über Micks Gesichtsausdruck ein. Raine war durchaus bewusst, dass ihrer Tochter die Anziehung zwischen Mick und ihr nicht entging.

Sie wünschte sich, dass Daisy von diesem Abend ein Gefühl dafür mitnahm, wie eng Liebe mit Spaß verknüpft war. Es musste nicht immer alles einfach sein, aber Spaß war zweifelsfrei wichtig in einer Beziehung.

Mick wedelte theatralisch mit den Händen in der Luft. »Wie soll ein ganz gewöhnlicher Kerl denn da mithalten können?«

Sie sollte es nicht in einem solch sanften Ton sagen, doch sie tat es: »Oh, du bist ganz und gar nicht gewöhnlich.«

»Nein?«

»Nein.«

Genug gesagt. Es war offensichtlich, dass Daisy genau auf die Nuancen der Unterhaltung achtete und aufmerksam zuhörte. Die gute Nachricht war, dass sie Mick unabhängig von der Handtasche zu mögen schien. Als Raine ihr das letzte Mal einen Mann vorgestellt hatte, war das nicht der Fall gewesen. Er war Arzt in einem Nachbarort, und Daisy hatte umgehend verkündet, er sei sterbenslangweilig, und das hatte das Ende der Geschichte eingeläutet. Sie mochte ihn nicht lange genug gekannt haben, um ihm eine faire Chance zu geben, doch Raine vertraute den Instinkten ihrer Tochter. Abgesehen davon würde jeder Mann, der ein Teil ihres Lebens wurde, auch Teil des Lebens ihrer Tochter sein. Die Meinung ihrer Kleinen zählte also sehr wohl.

Daisy sprang auf. »Wer möchte Eiscreme? Ich hol welche.« Sie begann eifrig, die Teller zu stapeln. Es gab eine Übereinkunft. Raine kochte und räumte die Küche auf, aber Daisy räumte den Tisch ab.

»Ihre Großmutter ist Blythe Carson«, erklärte Raine. »Laut Blythe ist Eis ein essenzielles Nahrungsmittel. Also Achtung.«

Mick hob eine Braue. »Achtung? Ich liebe Eiscreme!«

»Gut, denn das wirst du gleich beweisen müssen.«

Er bekam ein Brownie-Fudge-Eis mit Kirschen und Marshmallows in einer großen Schale, das überdies noch mit Streuseln in Regenbogenfarben verziert war. Bevor er sich darüber hermachte, murmelte er: »Wow, jetzt verstehe ich. Um das wieder abzutrainieren, muss ich fünfzehn Mal ins Fitnessstudio.«

»Ich komme mit.« Dabei war Raines Schale nur halb so voll.

»Du kannst überall mit mir hingehen.«

Da war dieser schmeichlerische Hollywood-Charme wieder. Sie nahm Marshmallow und Kirsche auf den Löffel. »Tja, siehst du, unser Problem ist, dass ich nirgendwohin gehe. Ich kann nicht. Deshalb will ich auch dringend das Maklerbüro kontaktieren, sobald es geöffnet hat, um das Grundstück mit der Hütte vom Markt zu nehmen.«

»Hütte? Du meinst Grandpas Haus?« Daisy schien ganz auf ihr Eis konzentriert zu sein, aber Raine wusste, dass sie gebannt jedem Wort lauschte.

»Das stimmt. Ich überlasse es Mick.«

»Ziemlich gute Idee«, befand Daisy.

Raine lächelte. »Mick kann sich dann nämlich dem Schreiben widmen. Er wird es dort lieben.«

Das war die reinste Mutprobe. Tatsächlich hielt ihre Tochter beim Eisessen inne, und das hieß schon etwas. Staunend fragte sie: »Wirklich? So wie er?«

Mick blinzelte. »Nein.« Dann erklärte er: »Ich fürchte, ich bin nicht mal annähernd so talentiert wie dein Urgroßvater, aber ich hab's hin und wieder versucht.«

»Er wurde in Literaturzeitschriften veröffentlicht.« Raine konnte nicht widerstehen, diese Information einzustreuen, und ignorierte den zwingenden Blick des Mannes, der ihr am Tisch gegenübersaß. »Und er hat die Matthew-Brighton-Bücher gelesen.«

»Hast du? Im Ernst?« Daisy grinste entzückt. »Mein Lieblingsbuch ist *Mountain Sunrise*.«

»Das gefiel mir auch.« Mick gab sich nonchalant, aber Raine spürte, mit welcher Leidenschaft er darauf brannte, das Manuskript zu beenden. Ganz gleich, wie es ausgehen würde, sie war froh, eine kleine Rolle dabei gespielt zu haben, ihn zu ermutigen, seiner kreativen Seite nachzugeben, wozu er sicher nicht oft Gelegenheit bekam.

Sie stand auf. »Ich werd mal die Küche aufräumen, ich schaffe keinen weiteren Bissen mehr. Ich sollte einen Spaziergang machen, aber da muss mich wahrscheinlich jemand tragen.«

»Dann wäre es aber kein Spaziergang«, wandte Daisy ein.

»Ich helf dir beim Aufräumen, schließlich bin ich für das Chaos verantwortlich. Und danach mach ich mit dir den Spaziergang.« Mick stand ebenfalls auf. »Wunderschöner Mond draußen.«

Raine hätte das totale Chaos vermutlich voraussehen sollen, das Micks ersten Schritten Richtung Küche folgte.

Jangles startete einen gewagten Angriff auf seine Knöchel, aber jetzt war Samson wieder zu Hause und wollte teilhaben an dem Spaß. Raine wurde beinah umgeworfen – nicht im romantischen Sinne –, als der riesige Welpe der riesigen Katze hinterherschoss und dabei von hinten gegen Raines Beine stieß. Mick schaffte es, das Gleichgewicht zu behalten und sie im letzten Moment an den Schultern zu packen, um so ihren Sturz zu verhindern, während die Tiere vorbeistürmten.

»Was für ein friedlicher Haushalt«, bemerkte Raine düster. »Diese wilden Kreaturen, denen nicht klar ist, dass man nicht mehr zum Supermarkt kommt und ihnen kein Futter kaufen kann, wenn sie einem die Beine brechen.«

Erneut sausten die zwei in voller Geschwindigkeit vorbei, krachten gegen die Wände, ohne dass es sie groß kümmerte, und rasten weiter durchs Haus. Es konnte ganz lustig sein, ihnen dabei zuzuschauen, aber Raine zog vorsichtshalber jedes Mal den Stecker des Computers aus der Dose, wenn die beiden so richtig loslegten. Eines Tages war Samson vielleicht nicht mehr ganz so tollpatschig, aber bis dahin traf sie lieber Sicherheitsvorkehrungen.

»Also, mir gefällt's«, Mick küsste sie schnell, solange Daisy außer Sichtweite war. »So voller Leben. Mein Haus in Kalifornien ist im Vergleich dazu viel zu ruhig, wenn ich's mir recht überlege.«

»Dann zieh doch hierher. Ich verspreche dir, dass du absolut keine Ruhe und keinen Frieden finden wirst.«

Sie musste den Verstand verloren haben, dass sie solche Sachen schon so früh von sich gab! Doch sie konnte nicht aufhören. »Du kannst ja schließlich nicht in der Hütte wohnen, während das Haus gebaut wird.«

»Klar kann ich. Ich habe *Walden oder Leben in den Wäldern* gelesen.«

»Du trägst italienische Schuhe.«

»Na und? Hör auf, auf meinen Schuhen herumzureiten, und konzentrier dich lieber auf den Mann, der drinsteckt.« Er legte ihr einen Arm um die Taille. »Aber ich nehme die Einladung fürs Erste an. Wo werde ich schlafen? Bei dir?«

»Ich denke, das könnte sich machen lassen.« Sie wurde wieder ernster. »Aber nur in den Nächten, die Daisy auf der Ranch verbringt. Ich bin nicht so naiv, mir einzureden, sie hätte nicht mitbekommen, dass da was zwischen uns läuft. Aber ich weiß auch, dass Slater und Grace sich vor ihr zurückgehalten haben, bis sie wussten, wohin sich die Geschichte zwischen ihnen entwickeln würde. Und dafür bin ich ihnen dankbar. Daisy mag dich, und ich dich übrigens auch …«

»Freut mich zu hören.« Er schmiegte sein Gesicht an ihren Hals. »Ich kann jederzeit in der Hütte übernachten.«

»Hast du denn keine Geschäfte mehr, die an der Westküste warten?«

»Das ist das Schöne an moderner Technologie. Bis zu einem gewissen Grad kann ich von überall aus arbeiten.« Er küsste sie erneut.

»In der Hütte gibt's aber keine Toilette«, flüsterte sie und wusste selbst nicht, warum sie ihn warnte, wo sie sich doch so sehr wünschte, dass er blieb.

»Und die Alternative wäre, dich gar nicht zu sehen? Wohl kaum.«

»Ich muss an meine Tochter denken.«

»Ich werd auch immer Rücksicht auf sie nehmen, das verspreche ich. Dann wären da noch die anderen weiblichen Wesen in unserem Leben, an die wir denken müssen. Meine Mutter und deine Großmutter, Blythe, Harry und der Rest.«

»Oh ja. Die, die stets und ständig ihre Nasen in alles stecken müssen. Grace, Luce und Kelly werden genauso schwierig.«

»Genau.«

Seine grimmige Miene brachte sie zum Lachen. »Ach, das geht schon. Die mischen sich zwar auch immer irgendwie ein, aber sie meinen's gut.«

»Männer sind da eben anders als Frauen.«

»Denkst du?«

Er grinste. »Denken? Deine Gegenwart scheint meine Denkfähigkeit völlig zum Erlahmen zu bringen. Nichts für ungut.«

»Kein Problem.« Sie befreite sich aus seiner Umarmung. »Wenn du das Geschirr abspülst und es mir reichst, damit ich's in die Spülmaschine einräumen kann, gehöre ich für immer dir.«

»Hey, ich dachte, ich bin derjenige, der die Deals macht! Versuch bloß nicht, mich auszubooten.« Er schnappte sich einen Teller und drehte das Wasser an. »Wie du siehst, akzeptiere ich deine Bedingungen. Über die Einzelheiten lässt sich später verhandeln.«

10. Kapitel

Mick beobachtete von seinem Zimmersessel aus das wilde Skitreiben auf den Abhängen und schlürfte dabei eine Tasse Kaffee. Die Schneelandschaft glitzerte im Licht der Sonne, doch er war in nachdenklicher Stimmung.

Gehöre ich für immer dir.

Ihre Worte. Und trotzdem ein Gedanke, der ihn nicht losließ.

Raine hatte das vermutlich nicht wörtlich gemeint, es war sicher ein Scherz gewesen, nur hatte sie damit bei ihm einen Nerv getroffen. Er saß da und dachte zum ersten Mal in seinem Leben ernsthaft über die Ehe nach.

Allein schon das Wort hatte ihm stets Angst eingejagt. Es lag nicht an der Dauer, die darin mitschwang, da die Hälfte aller Leute, die er kannte, geschieden war. Es war vielmehr die emotionale Investition. Das wahre Problem bestand jedoch darin, dass Raine seiner Überzeugung nach noch viel mehr Angst davor hatte. Einmal hatte sie sich bereits gegen die Ehe entschieden. Slater war ein großartiger Kerl, trotzdem hatte sie ihm einen Korb gegeben. Um ihre Einstellung zu ändern, brauchte es mehr als eine gemeinsame Nacht.

Mick dachte bei einer zweiten Tasse Kaffee noch einmal gründlich darüber nach, und als er eine Entscheidung gefällt hatte, rief er seinen Bruder an. Ran meldete sich prompt, allerdings war er süchtig nach seinem Telefon, selbst an den Feiertagen.

»Hi. Wie sieht's aus in London?«, erkundigte sich Mick.

»Alles weiß. Hat letzte Nacht geschneit. Und in Wyoming?«

»Auch.«

»Ein Ozean trennt uns, und trotzdem verbindet uns dasselbe. Muss an Weihnachten liegen. Was gibt's?«

»Ich glaub, ich brauche einen Ring, und Ingrid hat in der Hinsicht was drauf. Könntest du sie bitten, einen für mich auszusuchen? Ich stell dir einen Scheck aus, wenn du wieder in den Staaten bist. Ich kann dir das Geld auch jetzt schon schicken. Die Größe können wir hier anpassen.«

Die Frau seines Bruders war vor der Hochzeit Juweliereinkäuferin gewesen und kaufte immer noch gern Schmuck, den sie in einem Safe zu Hause aufbewahrten. Sie hatte Geschmack, ihr vertraute er etwas derart Wichtiges mit gutem Gewissen an.

»Was für eine Sorte Ring?«

»Verlobung.«

»Soll das ein Witz sein?« Ran klang perplex. »*Du* machst jemandem einen Heiratsantrag?«

»Ich werd's jedenfalls versuchen. Und wenn sie Ja sagt, werd ich dauerhaft nach Wyoming ziehen. Die Hälfte meiner Geschäfte wickle ich ohnehin übers Telefon oder per Mail ab, ganz zu schweigen davon, dass ich für irgendwelche Meetings ständig von L. A. aus losfliegen muss. Das kann ich auch von hier.«

»Du willst in Wyoming leben?«

Mick gluckste angesichts des entsetzten Tonfalls seines Bruders. »Mir ist schon klar, dass es in Mustang Creek kein Ballett-Ensemble oder Sinfonieorchester gibt, aber allein schon die Landschaft macht das wett. Und ja, ich werde hier leben, weil sie hier lebt und nirgendwo sonst leben möchte. Ich würde sie auch gar nicht darum bitten. Mir gefällt es hier, das weißt du.«

»Ich wusste ja, dass du öfter mal hinfliegst, aber jetzt verstehe ich auch, warum.«

Er dachte an *Bad Billy's Burger Palace* und Harrys Küche, vom Hotel ganz zu schweigen. »Man kann richtig gut essen hier, es gibt großartige Schulen und so viel Ruhe und Frieden, wie ein Mann sich nur wünschen kann. Ich bezweifle, dass es irgendwo auf der Welt schönere Sonnenuntergänge gibt als an diesem Ort. An wunderschönen Frauen mangelt es auch nicht.« Grace, Luce und Kelly gehörten eindeutig dazu, ebenso die Ehefrauen von Slaters Freunden, die er bisher kennengelernt hatte. Nicht, dass er für irgendeine, außer für Raine, Augen gehabt hätte. »Und ich rede hier von dem Typ Frauen, der ohne Haarstylisten und Kosmetikerin toll aussieht.«

Sein Bruder war nicht ohne Sinn für Humor. »Oha. Dann komm ich vielleicht doch mal zu Besuch, um mir die Landschaft anzusehen.«

»Du wirst jederzeit willkommen sein. Sag Ingrid, dass Raine wahrscheinlich einen eher ausgefallenen Ring möchte, aber keinen Klunker. Sie ist Künstlerin. Ich glaub nicht, dass ihr ein zweikarätiger Marquis gefallen würde. Da bekäme ich so was von einen Korb von ihr. Irgendwas Ungewöhnliches. Richte Ingrid aus, dass ich ihr absolut vertraue. Und dass Raine braune Augen und dunkles Haar hat.«

Randal Branson war nie sehr fantasievoll gewesen. »Die Haar- und Augenfarbe spielen eine Rolle? Warum?«

»Ich hab keine Ahnung, aber ich denke mir, es kann nicht schaden, wenn Ingrid über ausreichend Informationen verfügt, um den perfekten Ring zu finden. Perfekt, hörst du? Sag ihr einfach, er soll außergewöhnlich sein, einzigartig eben. Genau wie Raine.«

»Ich dachte, das romantische Ideal sieht vor, dass der Mann den Ring aussucht.«

So leicht war Mick nicht hinters Licht zu führen. »Wer hat denn bitte Ingrids Ring ausgesucht? Ich hab ihn gesehen: äußerst geschmackvoll – also behaupte bloß nicht, du hättest ihn ausgewählt!«

»Okay, erwischt. Sie hat ihn selbst gefunden, und darüber war ich ehrlich gesagt ziemlich froh.«

»Ich schließe mein Plädoyer«, sagte Mick. »Bringst du den Ring aus London mit?«

»Ingrid hat hier viele Geschäftspartner. Es wird ihr sicher Spaß machen, das gute Stück zu kaufen. Ich hab sie in Aktion erlebt. Wir fliegen morgen zurück, und sie will ohnehin noch ein paar letzte Einkäufe machen. Wir stehen bei der berühmten Silvesterparty der Austins auf der Gästeliste.«

Mick war auch eingeladen, aber er würde bleiben, wo er war. Diese protzigen Feiern hatten ihren Reiz schon verloren gehabt, ehe er diese Beziehung mit Raine begonnen hatte.

»Ich hab mir überlegt, dass Silvester der richtige Zeitpunkt für einen Antrag ist.«

»Schieb es nicht auf die lange Bank, Bruder.«

»Eigentlich dachte ich, du würdest sagen, ich hätte schon viel zu lange gewartet, mir die Richtige zu suchen.«

»Ich freu mich für dich.« Ran klang aufrichtig. »Ingrid wird den perfekten Ring für dich finden, und ich lasse ihn versichern und verschicke ihn an dich.«

»Mehr kann ich nicht verlangen. Richte ihr schon mal im Voraus einen Riesendank aus.«

Sie beendeten das Gespräch, und Mick lehnte sich zurück, erstaunlich zufrieden mit seiner Entscheidung. Er war an ein temporeiches Leben gewöhnt und genoss es plötzlich, einfach nur dazusitzen und den Skifahrern draußen zuzuschauen.

Wenn Raine Ja sagte, hätte er eine eigene Familie, mitsamt Tochter. Vielleicht würden dann rasch noch mehr Kinder kommen; über dieses Thema würden sie später reden.

Falls sie Ja sagte.

Es hätte definitiv Auswirkungen auf die Pläne für das Haus, das er zu bauen beabsichtigte.

Falls sie Ja sagte.

Es würde sein Leben komplett verändern.

Auf einmal unruhig, stand er auf und fing an, im Zimmer auf und ab zu tigern, um die eigene aufkeimende Unsicherheit irgendwie loszuwerden. Wahrscheinlich ein gutes Zeichen, dass es ihm so viel bedeutete. Das Gefühlschaos in seinem Innern gefiel ihm hingegen ganz und gar nicht. Er war nervös, das kannte er gar nicht von sich. Normalerweise blieb er zuversichtlich und gelassen, wenn er beispielsweise auf das Ergebnis einer Geschäftsverhandlung wartete. Wenn diese scheiterte, was aus unterschiedlichen Gründen vorkam, dann nahm er das hin.

Aber wenn Raine entschied, dass er nicht der Richtige für sie war, würde er das nicht einfach abschütteln können. Die Trennung nach der Fehlgeburt war schmerzlich gewesen, aber sie wären wahrscheinlich ohnehin nur wegen des Babys zusammengeblieben. Auch das also war etwas, was er und Raine gemeinsam hatten. Genau wie Slater hätte er die Ehe damals in Betracht gezogen, doch war er sich nicht sicher, ob es gehalten hätte, wenn seine Ex-Freundin Ja gesagt hätte. Diese Erfahrung lehrte ihn etwas über sich selbst: Er vertrat eine viel traditionellere Einstellung als bisher gedacht. Es hatte ihm jedoch auch klar vor Augen geführt, dass er Wert auf dauerhafte Beziehungen legte.

Er wollte eine Frau, eine Familie, eigene Wurzeln schlagen.

Apropos Wurzeln schlagen … Falls er sein Versprechen einlösen wollte, sollte er langsam damit anfangen *The Aspen Trail* zu lesen. Wie konnte man einen verschneiten Morgen besser verbringen als mit der Lektüre dieses Manuskripts, zumal Raine arbeitete und sie sich erst zum Lunch sehen würden. Am Abend wollte sie sich mit Freunden treffen, mit denen sie ein College-Stipendium für die örtliche Highschool sponserten. Sie hatten ein Komitee gebildet, das einmal im Jahr die Bewerbungen prüfte und einen Kandidaten auswählte. Die Carson-Ranch leistete einen Beitrag dazu, und Leute aus dem ganzen Land bewarben sich für das Stipendium. Mit Rührung in der Stimme hatte Raine ihm erzählt, dass es wunderbar sei, jemandem eine höhere Bildung zu ermöglichen. Mick gab ihr recht. Er hatte sich schon überlegt, für Daisy im Namen ihres Großvaters ein Studienkonto anzulegen, auch als Ausgleich für das geschenkte Grundstück.

Er setzte sich wieder hin und nahm sich vor, für den Moment alles zu vergessen. Dann begann er zu lesen.

1. Kapitel

Das dunstige Sonnenlicht fiel schräg auf die Blätter und warf lange Schatten auf den Boden. Der Cowboy trieb sein Pferd mit sanftem Druck seiner Ferse vorwärts. Die stumme Verständigung war so natürlich zwischen ihnen, wie es Worte zwischen Menschen waren. Sie verstanden einander mühelos.

Der Cowboy wünschte, mit den Frauen wäre es nur halb so einfach.

Seine Liebste gehörte zur unabhängigen Sorte, die ihren eigenen Kopf hatte, und wollte nur etwas von ihm wissen, wenn ihr gerade danach war. Er musste die Lady für sich gewinnen, nur wusste er noch nicht, wie er vorgehen sollte.

Mick lachte in sich hinein und legte die Füße hoch. Das Geschilderte schien ihm sehr zu seiner eigenen aktuellen Situation zu passen. Bis in Raines Bett hatte er es geschafft, aber was ihr Herz betraf, war er sich nicht sicher.

Diese dunkelhaarige Schönheit wollte seine Hilfe nicht, hatte auch nicht darum gebeten, und sie war gefährlich wie eine geladene Pistole, die jederzeit losgehen konnte. Einerseits bewunderte er sie für ihre Kratzbürstigkeit, doch eigentlich wünschte er sich, sie würde sich ein wenig mehr auf ihn verlassen. Vielleicht gingen seine Tage als Herumtreiber zu Ende, denn er ritt nirgendwohin mehr. Dieses Tal fühlte sich wie ein Zuhause an, und ob sie es nun zugab oder nicht, sie brauchte jemanden wie ihn.

Es gab einen Grund für das Kopfgeld, das in Arkansas auf ihn ausgesetzt war. Er verstand es verdammt gut, mit einer Pistole umzugehen. Ein Mann musste in der Lage sein, sich selbst zu verteidigen und andere, falls es drauf ankam. Vielleicht würde er ihr eines Tages sogar diese Geschichte erzählen. Jetzt lag Ärger in der Luft, er hörte es am Rascheln der Espenblätter.

Konnte er in dem Ton Brightons schreiben, der gerade aufgrund seiner Schlichtheit eine solche Wirkung entfaltete? Mick hatte keinen blassen Schimmer, aber er wusste, dass er herausfinden wollte, welcher Ärger da auf den Helden zukam und wie es weiterging mit der dunkelhaarigen Schönheit und dem Cowboy.

Er machte sich in Gedanken Notizen. Dann las er weiter.

»Wir brauchen mehr Details.«

Hadleigh Galloway, Melody Hogan und Bex Calder starrten sie an. Sie kannten einander seit der Kindheit, und dieses eng zusammenhaltende Trio waren die ersten Personen, die Raine in den Sinn gekommen waren bei der Idee mit dem Stipendium. Alle drei waren erfolgreiche Geschäftsfrauen und hatten die Idee begeistert aufgenommen, wie Raine sich insgeheim erhofft hatte. Bex' reiche Schwiegereltern hatten zusätzlich eine große Summe bereitgestellt.

Jetzt handelte es sich nicht länger nur um ein Stipendium, beschlossen sie bei Häppchen und verschiedenen Salaten, zwischen Shrimps und Knoblauchhühnchen. Die derzeit zur Verfügung stehende Summe machte sogar fünf Stipendien möglich. Sie saßen an ihrem üblichen Tisch bei *Bad Billy's*, das wegen der vielen Skitouristen völlig überfüllt war. Die alte Jukebox dudelte in einer Tour, meist lief Patsy Cline oder Willie Nelson.

»Details?« Raine versuchte, ein Gesicht zu machen, als verstünde sie die Forderung nicht. »Wovon?«

»Netter Versuch«, bemerkte Hadleigh nach einem Schluck Eistee. »Lass uns mal über dich und Mick Branson reden. Frag bloß nicht, woher wir das wissen, *selbstverständlich* wissen wir Bescheid.«

Wahrscheinlich war Drake daran schuld, da er sich mit Tripp Galloway und Spence Hogan einmal wöchentlich zum Pokern traf. Außerdem kaufte er regelmäßig Pferde von Tate Calder, weshalb vermutlich alle Ehemänner ein schierer Quell an Informationen waren.

»Keine Ahnung, was ihr wissen wollt. Er ist … nett.« Raine schob sich den nächsten Shrimp in den Mund, um dem weiteren Gespräch auszuweichen. Billys Mohnöl-Dressing war dermaßen gut, dass es verboten gehörte.

Melody ließ nicht locker. »Was das Aussehen angeht, stimme ich dir zu. Besser als nett. Sagen wir ruhig: äußerst attraktiv. Und er ist zweifellos erfolgreich. Er scheint plötzlich viel Zeit hier in Bliss County zu verbringen. Er hat Heiligabend bei dir rumgehangen, und ich nehme mal an, ein Mistelzweig war auch dabei. Also: Was läuft da?«

»Er ist hergekommen, um Slaters Film gemeinsam mit der Familie sehen zu können. Das war ein Weihnachtsgeschenk für Slater.«

»Ich hab den Film natürlich auch gesehen. Er war fantastisch. Aber nein.« Bex schüttelte den Kopf. »Ein Telefonanruf zur richtigen Zeit hätte es auch getan. Die Gerüchteküche munkelt, dass er *deinetwegen* hier ist. Das hab ich aus zuverlässiger Quelle.«

»Von wem?«

»Blythe, über meine Schwiegermutter. Das Netzwerk hier funktioniert erstaunlich gut.«

Lettie Arbuckle-Calder besaß wirklich Verbindungen. »Als wüsste ich das nicht«, murmelte Raine.

»Ich würde ja sagen, er ist nicht dein Typ. Aber vielleicht irre ich mich.« Melody, eine Schmuckkünstlerin, wirkte nachdenklich. »Ich hab ihn kennengelernt und muss sagen, dass er was Gefühlvolles ausstrahlt.«

Hadleigh schnaubte. »Du klingst wie ein Hippie, weißt du das? *Was Gefühlvolles ausstrahlt?*«

Melody ließ sich von Hadleigh nichts gefallen, auch wenn sie Freunde waren. »Hippie? Das sagt ausgerechnet jemand, der mit der Anfertigung von Quilts seinen Lebensunterhalt verdient. Selber Hippie! Ich glaub, du bist die einzige Person mit einer Räucherpfanne, die ich kenne.«

»Das ist ein Lufterfrischer.«

Bex raunte Raine zu: »Ich werd jetzt mal einschreiten. Ich kenne das seit Jahren, und sonst geht das noch eine geschlagene Stunde in dem Stil weiter.« Laut verkündete sie: »Ich glaube, wir reden über Mick Branson, oder? Los, erzähl uns von ihm.«

Den Streithennen Einhalt zu gebieten, bedeutete auf der anderen Seite, dass alle Augenpaare nun wieder auf Raine gerichtet waren. »Er ist kreativ und fantasievoll, sobald man hinter seine Fassade des Unternehmers schaut. Ja, er beschafft Geld für Slaters Filme, aber das tut er, weil er die Vision erkennt.«

»Oder den Gewinn.« Das kam von der pragmatischen Bex.

»Nein. Du hättest sein Gesicht sehen sollen, als die Dokumentation zur besten Sendezeit an einem Feiertag lief. Das hat Mick für uns alle getan. Ich schätze, er hat Himmel und Hölle in Bewegung gesetzt, um das zu ermöglichen.«

»Du bist in ihn verliebt!« Hadleigh sah entzückt aus. »Das sehe ich dir an der Nasenspitze an.«

»Du kannst Liebe doch nicht sehen«, erwiderte Raine und wich damit einer Antwort aus. Sie hatte gerade erst damit begonnen, sich ihre Gefühle für Mick einzugestehen, und war längst noch nicht so weit, mit jemandem darüber zu sprechen, und seien es ihre Freundinnen.

»Doch, das kann sie«, widersprach Melody und schlug sich damit gleich auf Hadleighs Seite. »Sie hat diese spezielle Gabe.«

»Oh ja. Sie ist eine Magierin.« Bex zeigte mit dem Finger auf ihre Freundin. »Sie nimmt irgendeinen Zaubertrank, glaub ich.«

»Tue ich nicht«, protestierte Hadleigh, obwohl sie grinsen musste. »Es gibt keinen Hexenkessel, aus dem ich schlürfe!«

»Zauberin«, warfen ihr alle im Chor vor.

»Ich besitze Einfühlungsvermögen«, stellte sie mit gespieltem Hochmut klar und wandte sich an Raine: »Und, werden schon Hochzeitspläne geschmiedet?«

»Nein!«

»Das kommt aber bald«, entschied die Zauberin. »Das Resort würde sich für eine Feier bestens eignen. Es ist elegant genug für Gäste von außerhalb und für alle anderen gut zu erreichen. Blythe könnte sich im Traum nicht vorstellen, wer außer ihr die Brautparty ausrichten sollte.«

»Er … er hat mir doch jetzt noch keinen Antrag gemacht!«, informierte Raine die Runde.

»Wie würdest du denn reagieren?«, kam es von Bex.

»Das spielt gar keine Rolle, denn er wird nicht fragen. Wenn er hätte heiraten wollen, wäre er inzwischen mit einer anderen verheiratet.«

Die drei sahen einander an und prusteten los. Melody sagte: »Schätzchen, lass es dir von drei verheirateten Frauen gesagt sein: So läuft es nicht. Männer knicken erst ein, wenn sie die Richtige gefunden haben.«

»Und sobald das der Fall ist, sind sie wunderbar wie sonst nie«, informierte Hadleigh sie in theatralischem Flüsterton. »Verrate Tripp bloß nicht, dass ich das gesagt hab. Ich würde alles abstreiten. Diese draufgängerischen Pilotentypen sind schon genug von sich selbst überzeugt.«

»Da muss ich dir recht geben.« Bex' Mann war ebenfalls Pilot gewesen, bevor er sich entschieden hatte, Pferdezüchter zu werden. »Und wundervoll sind sie auch nur, wenn man ihnen entsprechende Instruktionen gibt«, fügte sie grinsend hinzu. »Die brauchen klare Ansagen, das ist mal klar.«

Raine musste all diese Spekulationen unbedingt stoppen. »Mick ist über den Punkt in seinem Leben weit hinaus, an dem er ohne gründliche Überlegung einer Frau einen Heiratsantrag machen würde. Und ganz bestimmt würde er nicht ausgerechnet mich fragen. Ich hab eine Tochter, eine riesige Katze und einen großen, tollpatschigen Hund. Die meiste Zeit laufe ich in Jeans rum, die von zahllosen Waschdurchgängen echt ausgebleicht sind. Und ich besitze nicht mehr als eine Handvoll T-Shirts. Mit zwanzig habe ich beschlossen, dass High Heels überbewertet sind. Außerdem lebe ich hier, und er lebt an einem ganz anderen Ort. Ich werde nie glamourös sein und hab auch keine Lust dazu. Er hingegen könnte jederzeit eine glamouröse Frau bekommen.«

»Glaubst du wirklich, das ist die Sorte Frau, die er will?« Hadleigh betrachtete sie nachdenklich. »Ich hab nämlich nicht den Eindruck. Das hätte er doch jederzeit haben können. Er hat Schauspielerinnen gedatet, Debütantinnen und, wenn ich mich richtig erinnere, eine sehr berühmte Sportlerin.«

Raine wählte ihre Worte mit Bedacht. »Er hat sich in Wyoming verliebt.«

»Oder in dich.«

Bex fügte hinzu: »Oder beides.«

Raine war nach wie vor nicht überzeugt, trotz der vorangegangenen Worte an sie. »Mag sein. Und wenn, ist es wohl nur eine Laune von ihm. Wie auf der Highschool, als wir uns für blauen Mascara entschieden. Das ging dann auch schnell wieder vorbei.«

Aber er hatte es gesagt. *Ich bin dabei, mich in dich zu verlieben.*

Ihre künstlerische Seite schien ihn zu faszinieren, und sein Wunsch zu schreiben, faszinierte wiederum sie. Er war nicht einfach nur »Mr. Vorstandsetage«, sondern ein ziemlich höflicher und rücksichtsvoller Kerl. Dass er für sie und Daisy ein Abendessen zubereiten wollte, war natürlich rein strategisch gewesen. Dafür hatte er auch Punkte bekommen.

Sie sagte: »Na ja, er hat für mich gekocht.«

Die anderen drei sahen sich erneut an und sagten unisono: »Wissen wir.«

Selbstverständlich wussten sie es.

Melody meinte: »Der ist fällig. Frag die Zauberin.«

»Jepp«, bestätigte Hadleigh weise, und Raine gab es kopfschüttelnd und lächelnd auf.

11. Kapitel

Mick las das ganze Manuskript an einem Tag durch. Abgesehen von einem sehr raschen Lunch mit Raine, das mit einem unbefriedigenden Abschiedskuss auf die Wange endete, weil sie in Eile war und sie sich an einem öffentlichen Ort befanden, verbrachte er den Rest des Tages lesend in seinem Zimmer. Das Abendessen ließ er sich vom Zimmerservice bringen und aß nebenbei.

Das war purer Luxus für ihn; und das unfertige Werk las sich fantastisch.

Nur kein Druck.

Es fühlte sich zurück in seine Kindheit versetzt, als er die ersten Matthew-Brighton-Bücher verschlungen hatte. Er erinnerte sich gern an seinen Vater, jetzt, wo er gerade dabei war, sein Leben grundlegend zu ändern.

Loyalität. Ehrlichkeit. Rechtschaffenheit.

Diese Dinge hatte er verinnerlicht, ohne dass man sie ihm hätte erklären müssen. Die meisten Leute vermuteten sicher, seine Eltern seien aufgrund ihres Reichtums oberflächliche Menschen, doch das traf absolut nicht zu. Als Familienmensch war sein Vater ebenso gewissenhaft gewesen wie als Geschäftsmann. Mick und Ran hatten viel von ihm gelernt. Der Erfolg war ihm nicht zugeflogen, ihr Vater hatte hart dafür gearbeitet, und dieses Vorbild hatte sich ihnen eingeprägt.

Hau niemanden übers Ohr und denk, das sei okay.

Hatten sie nie.

Wenn es den Bach runtergeht, überleg dir, wie du es wieder in Ordnung bringen kannst. Es mag dir wie das Ende der Welt vorkommen, aber das ist es nicht.

Gehe nach harten, aber fairen Richtlinien vor. Auf diese Weise verliert niemand.

Führe dir jeden einzelnen Tag vor Augen, was du hast, und wisse es zu schätzen. Ehrgeiz ist gut, Gier nicht.

Raine, das wusste er, stimmte zu hundert Prozent mit diesen Ansichten überein. Es war klar, dass sie ihr Leben mochte. Mick mochte seines auch, erkannte jedoch, dass die fehlenden Elemente darin nichts mit Geld zu tun hatten. Es ging vielmehr um Zeit für sich selbst. Er mochte keine vollen Flughäfen und verstopfte Autobahnen, musste sich mit beidem aber beinah täglich herumplagen. Seine beiden Häuser waren schön in jeder Hinsicht, und luxuriös – allerdings auch eine Verschwendung, da er nicht einmal die Hälfte des zur Verfügung stehenden Platzes nutzte.

Zeit, sie zu verkaufen und etwas Neues anzufangen. Ihm wurde jetzt klar, dass er schon eine ganze Weile daran gedacht hatte, noch bevor sein Interesse an diesem Teil Wyomings erwacht war. Vielleicht sogar, seit er seinen ersten Brighton gelesen hatte.

Sein Vater würde diesen Entschluss zweifellos gutheißen.

Der letzte Absatz im Manuskript lautete: *Er war ein Mann der Tat, und es lag nicht in seiner Natur, die Dinge einfach geschehen zu lassen. Sie geschahen nach seinen Bedingungen.*

Mick hatte ständig mit talentierten Leuten zu tun. Es gehörte zu seinem Job, Sponsoren zu finden, Unterstützung für Theaterstücke und Dokumentarfilme wie diejenigen, die Slater hervorragend realisierte. Mick musste entscheiden, was innovativ und neu war, und was bei einem großen Publikum nicht ankommen würde.

Jetzt sah die Sache vollkommen anders aus, denn nun saß er am kreativen Ende …

Zögernd öffnete er ein Dokument auf seinem Computer und begann zu tippen. Er war eingeschüchtert, ja, aber es kam gar nicht infrage, es nicht wenigstens zu probieren. Zwei Stunden später hatte er einige Worte geschrieben und war nicht einmal unzufrieden mit dem Ergebnis. Er war zwar noch lange nicht beeindruckt von sich, aber das Schreiben war ihm leichter gefallen, als er geglaubt hatte.

Er schickte Raine eine Mail folgenden Inhalts: *Mission Fertigstellung von* The Aspen Trail *hat begonnen.*

Es war schon nach Mitternacht, aber natürlich schrieb sie sofort zurück. *Fleißig, fleißig!*

Wie war das Meeting?

> *Ganz gut. Wir sind alle zufrieden mit der Anzahl an Bewerbern. Das Stipendium entwickelt sich zu etwas viel Größerem, als wir uns vorgestellt haben. Eine Menge guter Schüler, die eine Chance auf die Verwirklichung ihrer Träume verdient haben.*

Eine Äußerung, die ganz typisch war für Raine. Die Frau, die es vorzog, ein wertvolles Grundstück zu verschenken.

Gute Sache, schrieb er. *Ich werde natürlich auch helfen. Ihr solltet meine Mutter ins Boot holen.*

Hatte er das wirklich gerade geschrieben?

Das nahm er gleich wieder zurück. Er liebte seine Mutter, aber sie neigte nun mal dazu, das Kommando an sich zu reißen, und hatte ihre – sehr – eigenen Vorstellungen.

Vielleicht lieber doch nicht. Sonst will sie am Ende noch das Sagen haben.

Wir sprachen schon darüber, dass wir jemanden brauchen, der die Stiftung leitet. Meinst du, sie würde es machen?

Oh, ich glaube, ihr würdet möglicherweise ein Monster aus der Tiefe erwecken. Wenn ihr aber penibles Engagement wollt, ist sie die Richtige. Das war aufrichtig gemeint.

Monster oder nicht, sie könnte genau die sein, die wir brauchen.

Ich kann den Kontakt zwischen euch herstellen. Wollen wir morgen zusammen zu Abend essen?

Können wir, aber mir schwebt noch was anderes vor. Ruf mich morgen früh an.

Was denn?

Ruf einfach an. Und süße Träume!

Weiter schrieb sie nichts.

So, wie er Raine kannte, hatte sie sich einfach wieder an die Arbeit gemacht. Er tat dasselbe. Zwar beschäftigte er sich nicht mehr mit dem Manuskript, aber dafür beantwortete er seine Mails und schaute in seine Postbox, da er sich praktisch den Tag freigenommen hatte. Keine Nachrichten, keine Börsendaten, nichts von der üblichen Routine, nur der Mond, der auf den Schnee schien, und ein Gefühl des Wohlbefindens.

Er gab sich keinen Illusionen darüber hin, dass das alles einfach werden würde. Große Veränderungen herbeizuführen war nie leicht. Doch wenn er seinen Instinkten trauen durfte, musste er akzeptieren, dass es an der Zeit war.

Gelegentlich kamen ihr verrückte Ideen. Raine musste zugeben, dass diese dazugehören könnte. Sie band den Rodelschlitten auf den Geländewagen, und Daisy klatschte mit leuchtenden Augen in die Hände. Sie würde einmal größer sein als ihre Mutter, das hatte Raine inzwischen begriffen. In der Hinsicht kam das Mädchen eher nach Slater. Noch besaß sie eine fohlenhafte Staksigkeit, die mit reiferen Jahren Anmut weichen würde. Jetzt war Daisy auf jeden Fall noch jung genug, Schlittenfahren für einen Riesenspaß zu halten. Raine wohl auch, denn sie war einverstanden gewesen. Samson sprang aufgeregt durch den Schnee.

Manche wurden einfach nie erwachsen.

Und manche Erwachsenen, in diesem Fall sie selbst, wollten einfach sehen, wie Mick Branson einen wilden Hügel auf einem Schlitten hinunterraste. Vermutlich könnte sie Fotos davon meistbietend versteigern. Sie kannte den steilen Hügel, und da sie bezweifelte, dass bei ihm die für einen solchen Ausflug passende Winterjacke im Schrank hing, hatte sie eine von Slater geborgt. Die beiden Männer besaßen etwa die gleiche Statur. Natürlich war die Antwort ein amüsiertes »Klar doch« gewesen, nachdem sie den Grund der Anfrage erläutert hatte. Er meinte sogar, er würde es gern filmen, nur sei seine gesamte Crew im Weihnachtsurlaub.

»Dafür hab ich mein Telefon«, versicherte sie ihm. Damit konnte sie ein kurzes Video des »Stadtmenschen Mr. Branson« drehen, wie er einen Hügel hinunterraste – sofern er denn den Mut dazu besaß, diese Herausforderung anzunehmen.

Raine war sich ziemlich sicher, dass er das tun würde. Bisher hatte ihn nichts erschüttern können, nicht einmal die gesamte Carson-Familie auf einem Haufen, auch nicht Jangles' und Samsons Attacken, nicht das Telefonat mit ihrer Großmutter oder ein außergewöhnliches Abendessen für Raine und Daisy zu zaubern …

Jetzt würde sich zeigen, was diese Nerven aus Stahl wirklich aushielten.

Red nannte den Hügel *Dead Man's Hill*, und es war wirklich eine wilde Abfahrt. Er war der Erste, der sie neugierig darauf gemacht hatte, mit der Anmerkung, das sei nichts für schwache Nerven. Und er behielt recht. Doch der Schnee war perfekt, und es wäre kein richtiger Winter, wenn sie nicht wenigstens einmal pro Woche diesen Hügel hinuntersauste. Außerdem liebte Daisy es.

Raine bezweifelte, dass irgendetwas Mick aus dem Konzept brachte, aber sie freute sich schon auf sein Gesicht, sobald er den Abhang sah. Wem bei diesem Anblick keine Zweifel überkamen, der war einfach nicht sensibel. Wie man sich dann entschied, nachdem man dieses 45-Grad-Gefälle gesehen und vielleicht gedacht hatte *wow, könnte übel ausgehen, aber Spaß machen* – nun, das musste jeder selbst wissen.

Red hatte den weisen Rat gegeben, dass es schon gut gehen würde, wenn man nicht in Panik geriete wie ein Schaf, das Narrenkraut gefressen hatte. Raine wusste nicht, wie ein Schaf, das diese Pflanze gemampft hatte, sich verhielt, aber es klang trotzdem wie ein vernünftiger Ratschlag, um bei dieser Abfahrt einen Mordsspaß zu haben.

Mick fuhr vor, pünktlich wie immer, und stieg aus seinem teuren Mietwagen. Er musterte den Rodelschlitten auf dem Dach ihres Wagens. »Warst du Schlittenfahren?«

»Nein. Noch nicht.«

»Ah, ich verstehe. Deshalb hast du mir geraten, Jeans anzuziehen.«

»Jepp«, bestätigte sie fröhlich. »Steig ein. Ich habe auch eine Jacke für dich, und Mace hat mir Schneestiefel mitgegeben, denn wir müssen ein bisschen wandern. Die gute Nachricht für dich lautet, dass du den Schlitten tragen darfst. Keine Sorge, ich hab eine Thermoskanne mit heißem Kakao.«

»Es sollte lieber ein bisschen Whiskey drin sein«, meinte er düster, stieg jedoch auf der Beifahrerseite ein.

Raine stieg ebenfalls ein und startete den Wagen. »War Mr. Vorstandsetage jemals Schlittenfahren?«

»Vielleicht, als ich dreißig Jahre jünger war. Sicher, dass mein schwacher Körper das schafft?« Er schnallte sich an.

Sie warf einen anerkennenden Blick auf seine muskulöse Figur und die breiten Schultern. »Ich denke, du wirst's überleben.«

»Mir bleibt wohl keine andere Wahl, als es herauszufinden. Ich bin ja sozusagen … was ist der richtige Ausdruck hier draußen in der Wildnis? Überfahren worden?«

»Genau.« Sie bog in die Straße ein, die inzwischen geräumt war. Die Sonne wärmte ein wenig und ließ das Eis auf den Straßen hie und da schmelzen, obwohl die Temperaturen weiter unter dem Gefrierpunkt lagen.

Samson bellte hinten auf der Rückbank neben Daisy. »Wir nehmen den Hund mit?«

»Er liebt Schnee! Ich finde, er könnte mit dir zusammen den Abhang hinunterrodeln. Unten kriegst du eine besondere Belohnung, weil er einem vor Dankbarkeit das Gesicht ableckt.«

»Schlittenhund mal ganz anders.« Er machte ein resigniertes Gesicht. »Das wird ja immer besser. Ich dachte an ein Kaminfeuer und vielleicht ein Glas Wein.«

»Das kommt auch noch. Es gibt übrigens selbst gemachte Pizza.«

»Klingt ausgezeichnet.« Mick schob seinen Sitz ein paar Zentimeter zurück. »Lass mich raten – geräucherter Lachs und Kaviar auf Crème fraîche.«

»Wir sind hier nicht in Beverly Hills, Mr. Hollywood-Hotshot. Wie wär's mit Würstchen, Peperoni, Zwiebeln und grünem Pfeffer?«

»Oder Sardinen, Gouda und Wassermelone.« Er sagte das so ernst, dass Daisy auf dem Rücksitz einen entsetzten Laut von sich gab. »Meine Lieblingspizza.«

»Sei lieber vorsichtig, was du von dir gibst«, warnte Raine ihn und bog in die Hauptstraße ein. »Sonst lass ich dir genau die von Stephano zubereiten.«

»Ihr zwei macht nur Spaß, oder?«, fragte Daisy misstrauisch hinter ihnen. »Sardinen sind Fisch, das passt doch nicht mit Wassermelone zusammen. Und ich hab auch noch nie was von Wassermelone auf Pizza gehört. Das klingt *echt* eklig.«

»War nur Spaß.« Mick schüttelte sich. »Ich hab einmal auf dem College Sardinen probiert. Davon krieg ich immer noch Albträume von Sardinenbüchsen, die mich auf Zehenspitzen verfolgen und mich anflehen, ihnen eine zweite Chance zu geben.«

»Du bist lustig«, informierte Daisy ihn mit diesem Kichern, das Raine nie oft genug von ihr hören konnte.

Mick besaß wirklich einen angenehmen Sinn für Humor, wenn man sich erst einmal an die ein wenig skurrile Art gewöhnt hatte. Raine gefiel das. Ja, sie war … *glücklich*. Bevor er wieder in der Stadt aufgetaucht war, fühlte sie sich rundum zufrieden. Schließlich hatte sie eine wundervolle Tochter, Freunde, eine befriedigende Arbeit … doch das hier war anders. Sie musste die Hoffnung dämpfen, dass Hadleigh, die Zauberin, möglicherweise recht hatte, und versuchen, vernünftig zu bleiben.

Auch wenn er das Grundstück samt Hütte besaß, würde er sich nicht viel hier aufhalten, denn er war ein vielbeschäftigter Mann. Sie hatte allerdings auch viel zu tun. Passten ihre Leben denn überhaupt zusammen?

Könnte sein.

Warten wir mal ab, wie er Dead Man's Hill meistert.

»Wir nähern uns.« Sie bog in die Straße gegenüber den Skihängen ein. »Vielleicht willst du schon mal die Stiefel anprobieren.«

Er streifte umständlich die Halbschuhe ab und zerrte die Stiefel empor, die sie in den Fußraum auf der Beifahrerseite gelegt hatte. »Ich hab den Verdacht, dass das irgendwie ein Ereignis von olympischen Dimensionen wird.«

»Kommt auf den Schnee an. Es gibt schnellen Schnee, und es gibt langsamen Schnee.«

»Du wirst mir den Unterschied erklären müssen.«

»Der eine wird eine sardinenartige Erfahrung für dich bereithalten, der andere macht einfach nur Spaß.«

»Mehr Albträume?«

»Nur wenn es schneller Schnee ist.«

Er sah sie scharf an. »Du versuchst, mir Angst zu machen, stimmt's?«

»Ach Mist, du hast mich durchschaut. Na, mal sehen, ob du dem Abhang gewachsen bist.«

Die Fahrt jedenfalls bot eine unglaubliche Aussicht auf die verschneite Winterlandschaft. Die kurvenreiche Straße wand sich serpentinenartig in die Berge hinauf, allein das hätte den meisten Leuten schon Angst gemacht. Glücklicherweise war Raine die Strecke oft genug gefahren und wusste genau, wann sie bremsen und es langsam angehen musste. Irgendein freundlicher Mensch hatte die eine Fahrbahn mit seinem Schneepflug geräumt, und sie hoffte nur, dass ihnen kein Fahrzeug entgegenkommen würde. Ansonsten war die Reise hinauf geradezu atemberaubend.

Sie parkten an einem Aussichtspunkt, und Raine sagte zu Mick: »Jetzt kommt der harte Teil. Der Weg zum Hügel ist leicht, aber hinterher müssen wir wieder hinaufwandern und die Schlitten ziehen.«

»Du hast das anscheinend schon öfter gemacht, also werden wir das gemeinsam sicher hinbekommen. Ich sehe übrigens gar keinen Abhang.«

Sie grinste boshaft. »Das wirst du noch.«

12. Kapitel

Diese Frau wollte ihn umbringen!

Das war kein Hügel, vielmehr eine alpine Weltmeisterschafts-Abfahrt! Mick deutete nach unten. »Da ist ein Bach.«

Raine ging über diese Bemerkung gelangweilt hinweg. Mit Ohrenwärmern und Schal sah sie absurd attraktiv aus. »Man rast wahnsinnig schnell herunter und saust darüber hinweg. Das gehört mit zum Spaß.«

»Äh, ich glaube, ich wiege ein bisschen mehr als du.«

»Kein Problem. Ich hab gesehen, wie Drake, Slater und Mace drüber hinweggeflogen sind. Stell dich einfach darauf ein.«

»Ist das eine Art olympischer Entscheid?« Er hob den größeren Rodelschlitten vom Dach.

»Sagen wir, eine olympische Feuerprobe«, erwiderte sie grinsend.

»Ich werde dir vertrauen.«

»Wir haben uns gegenseitig ja schon ein wenig Vertrauen entgegengebracht.«

Da hatte sie natürlich recht. Immerhin hatte sie in seinen Armen geschlafen, und das wollte er unbedingt wieder.

Inzwischen war Daisy aus dem Wagen gesprungen und wartete ungeduldig. Samson schien ebenso darauf zu vertrauen, dass dies keine Selbstmordmission war, und sprang durch den Schnee.

Grundgütiger, das war vielleicht ein steiler Mini-Berg. Die Abfahrt sah halsbrecherisch aus. »Und das haben Menschen überlebt?«, fragte er skeptisch.

»Du stehst einigen von ihnen gegenüber.«

»Wie viele Tote sind am Fuß des *Dead Man's Hill* begraben?«

»Schwer zu sagen. Die Grabsteine sind zugeschneit. Willst du dich drücken?«

»Nie im Leben.« Er hatte nicht vor, auf diese Herausforderung zu verzichten. »Versprichst du mir eine gemeinsame Nacht, wenn wir beide das überleben?«, flüsterte er ihr zu.

»Abgemacht.« Ihre braunen Augen funkelten.

»Dafür würd ich *alles* riskieren.«

»Dann steig auf, für den Ritt deines Lebens.«

»Ich dachte, wir hätten gerade ausgehandelt, dass das später kommt.«

Sie bedachte ihn mit einem Blick, den er für diese Bemerkung verdient hatte. Daisy saß bereits auf dem kleineren Schlitten und fuhr los mit einer Leichtigkeit, die verriet, dass sie das im Schlaf konnte. Samson saß hinter ihr und wedelte wie wild mit dem Schwanz, ein Hundegrinsen im Gesicht. Mit einem Jubelschrei sauste Daisy davon.

»Sie wird sich aufspielen vor uns, wenn die beiden gewinnen, also los!«

Raine setzte sich auf ihren äußerst wohlgeformten Po und winkte Mick heran. Obwohl er schon am Great Barrier Reef getaucht war und den Amazonas mit einem Kanu befahren hatte, gehörte dies mit Sicherheit zu den abenteuerlichsten Dingen, die er je getan hatte. Er ließ sich hinter sie auf den Rodelschlitten plumpsen, schlang die Arme um ihre schmale Taille und betete im Stillen darum, dass sie wusste, was sie tat.

Der Schnee war tief genug für eine gute Fahrt, nur wurden sie rasch beängstigend schnell. Die Winterjacke hätte er nicht gebraucht, denn ihm brach der Schweiß aus. Mit zwei Erwachsenen war ihr Schlitten schneller, deshalb überholten sie Daisy, und Raine winkte ihrer Tochter fröhlich zu.

Unten auf der Ebene kamen sie Schnee aufwirbelnd und triumphierend zum Stehen.

Daisy traf zwei Sekunden später ein und brachte den Schlitten mit einer Drehung zum Halten, außer Atem, gleichzeitig prustend und lachend. »Hey, das ist nicht fair! Du hattest mehr Ballast.«

Mick war sich nicht sicher, ob er mehr überrascht davon war, dass sie das Wort kannte und verwendete, oder ob er beleidigt sein sollte. »Ganz schön große Klappe für so ein junges Gemüse. Du hattest außerdem selbst Ballast.«

Sein Fehler bestand darin, auf den Hund zu zeigen. Samson fasste das als Einladung auf, sich auf ihn zu stürzen und mit seinen enormen Schneepfoten so begeistert auf ihm herumzutanzen, dass Mick beinah rückwärts getaumelt wäre.

Raine hielt sich die Handschuhfaust vor den Mund, um ihr Lachen zu verbergen.

Daisy war genauso frech wie ihre Mutter. »Ich bin vielleicht junges Gemüse, aber wenigstens kann ich mit einem großen Hund fertigwerden.«

Er musste lachen, während er erfolglos die Zuneigungsbekundungen des Riesenvierbeiners abzuwehren versuchte. »Gut gekontert. Pech, dass er dir nicht geholfen hat, das Schlittenrennen zu gewinnen.«

»Mal sehen, wie's weitergeht. Viel Spaß beim Bergrauf-Tragen, Mr. Branson. Bei Fuß, Samson!«

Der Hügel war verdammt steil. »Da müssen wir hinauflaufen? Vielleicht hätte ich doch lieber mit Samson fahren sollen.«

»Das ist gutes Kardio-Workout«, meinte Raine und drückte ihm das Seil des Schlittens in die Hand. »Denk an dein Herz.«

»Hab ich ziemlich viel in letzter Zeit.« Er warf ihr einen bedeutungsschweren Blick zu.

»Tu das nicht.« Ihre Miene wurde sanfter. »Ich befürchte schon, dass ich viel zu tief in all dem drinstecke.«

»Warum fürchtest du das?« Es war schwer zu glauben, dass er knietief im Schnee stehend diese Unterhaltung führte.

»Du lebst nicht mal in der Nähe.«

»Ich überlege, meine beiden Häuser zu verkaufen und hierherzuziehen. Anscheinend besitze ich schon eine alte Hütte. Und ich werde ein Haus bauen. Erinner dich, du wirst mir helfen, es zu entwerfen. Ich werd mir sogar eine eigene Winterjacke kaufen. *So* tief bin ich drin.«

»Eine Winterjacke? Wow, das ist echt tief.«

»Fast wie ein Verlobungsring mit wetterfester Fassung.«

»Das sind die besten. Da kriegt man keine kalten Finger.«

»Ich dachte, es ginge um kalte Füße.«

»Worüber reden wir hier eigentlich?«

»Sag du's mir.«

»Branson«, tadelte sie und stapfte den Hügel hinauf – und Stapfen war auch nötig, denn er hatte an dem Schlitten ziemlich zu schleppen. »Du musst mal aufhören, um den heißen Brei herumzureden. Das funktioniert bestimmt in Hollywood gut, aber wir in dieser Gegend mögen's gern direkter.«

»Du willst es direkt? Ich werde es dir direkt sagen. Wir sind vielleicht zu alt für Verlobungsringe, aber nicht für eine feste Beziehung. Ich möchte gern, dass du anfängst, darüber nachzudenken.«

Er war nicht gerade das, was Red ein »ehrliches Raubein« nennen würde. Ein Mann, der sein Glas auf die Theke knallte und noch mehr Schnaps orderte. Mick trug maßgeschneiderte Hosen und Leinenhemden, außerdem besaß er eine überzeugende Stimme. Na ja, momentan trug er Jeans, und er sah klasse darin aus, fand Raine. Sein dunkles Haar stand in alle Richtungen wild ab, dank Samson, und er zog den Rodelschlitten scheinbar mühelos bergauf. Er hatte also eindeutig noch andere Seiten als die eines glatten Geschäftshais. Seinen Stil konnte man vielleicht am ehesten als »zerzauste Eleganz« beschreiben.

Er war außerdem der kreative, sensible Mann, der einen alten Western-Roman zu Ende schrieb. Herrje, da braute sich Ärger am Horizont zusammen. Möglicherweise hatte er ihr gerade eben einen Antrag gemacht. Oder zumindest etwas in der Art angedeutet?

Vielleicht hatte Hadleigh, die Zauberin, vollkommen richtig gelegen.

Deshalb gab Raine in sanftem Ton zurück: »Wir haben gerade *ein* Mal miteinander geschlafen.«

»Es war mehr als nur Sex, für mich jedenfalls.«

Sofort war sie außer Atem, doch das hatte nichts zu tun mit dem steilen Anstieg. »Für mich doch auch. Trotzdem …«

»Ich argumentiere mal damit, dass ich soziale und historische Verbindungen zu dieser Gegend habe. Ich mag deine Tochter, sogar diesen riesigen Hund und die löwenähnliche Katze.«

»Das hier ist doch kein Business-Meeting«, erwiderte sie lachend. »Mick, wir marschieren einen verdammt steilen Berg in knietiefem Schnee hinauf. Du musst jetzt gerade keine Werbung für dich machen.«

»Hey, du sollst wissen, dass ich diese halsbrecherische Abfahrt den Mount Everest hinunter nur gemacht habe, um einer gewissen holden Lady meine Zuneigung zu demonstrieren.«

»Holde Lady?« Sie hob die Brauen.

»Ich lese in letzter Zeit altmodische Western. Da kommen Ausdrücke wie ›hold‹ vor. Sollte wieder gebräuchlich werden. Betrachten Sie sich als hold, Ma'am.«

»Dann solltest du vielleicht auch noch an deinem Western-Akzent arbeiten.«

»Einen sechsschüssigen Revolver kann ich auch nicht abfeuern. Ich hab in meinem ganzen Leben noch keine Kuh angefasst, und eigenartigerweise verspüre ich auch nicht das geringste Bedürfnis, irgendwo eine zu hüten. Ich glaub, es ist besser, du hältst dich wieder an Mr. Vorstandsetage.«

Der Aufstieg war wirklich steil, daher war Raines Lachen nur ein Ausstoßen dampfenden Atems in der frostigen Luft. »Bitte sag, dass du wenigstens ein Pferd reiten kannst.«

»*Das* hingegen hab ich schon mal gemacht, sogar in verschiedenen Ländern, unter anderem Argentinien. Und die Vaqueros in Patagonien sind ein ziemlich kritischer Haufen.«

»Wo warst du eigentlich noch nicht?«, fragte sie neugierig. »Irgendwie hab ich das Gefühl, dass diese Liste kürzer ist, als wenn ich andersrum gefragt hätte.«

Unbekümmert antwortete er: »Ich hab Sibirien und die Antarktis ausgelassen. Ist mir zu kalt, obwohl Mustang Creek im Winter anscheinend ganz gut mithalten kann.« Er zwinkerte ihr zu. »Ist nur ein Scherz. In Wahrheit haben meine Eltern mich rund um den Erdball mitgeschleppt. Als ich älter wurde, musste ich geschäftlich reisen, deshalb bin ich schon in so vielen Ländern gewesen.«

Das unterschied sich so sehr von Raines konservativer Erziehung mit Kirchencamping und gelegentlichem Urlaub im Frühjahr, als sie noch das College besucht hatte. Er entstammte einem reichen Elternhaus, sie ganz und gar nicht. Ihre Eltern waren hart arbeitende Leute aus der Mittelschicht, die aufs Geld achten mussten. Praktische, verlässliche Menschen, die stets für ihre Tochter da gewesen waren. Und was konnte man mehr verlangen?

»Wir könnten unterschiedlicher nicht sein«, befand sie.

»Na und?«

»Würdest du hier zurechtkommen?«

»Du meinst wegen meiner Arbeit? Nein, nicht dauernd.« Zumindest sagte er ihr die Wahrheit. »Ich kann dich um so etwas auch nicht bitten.«

»Ich bitte dich doch, nicht umgekehrt.« Er marschierte durch einen tiefen Schneehaufen. »Ich hab noch nie jemanden gefragt, also ist es mir vielleicht ernst.«

»Vielleicht?«

»Das war falsch formuliert. Ich meinte, du solltest in Betracht ziehen, dass es mir wirklich ernst ist.«

»Komme ich dir zögerlich vor?«, wollte sie wissen.

»Und ich dir?« Er zog den Schlitten über einen großen Felsen. »Da bin ich aber froh, dass wir auf unserer Abfahrt nicht gegen den geprallt sind.«

»Ich wusste, dass der da ist.« Raine wünschte nur, sie könnte emotionalen Fallgruben so gut ausweichen. »Nein, du kommst mir nicht zögerlich vor. Vielleicht macht mir das am meisten Angst.«

»Dann düsen wir also auf der gleichen Wellenlänge?«

»Könnte sein.« Sie spürte ein warmes Gefühl im Herzen, obwohl sie Schnee in den Stiefeln und entsprechend kalte Zehen hatte. War es möglich, dass sie sich gerade eben verlobt hatte?

Nein.

Nun, möglicherweise doch. Immerhin war dieser Mann wirklich *Dead Man's Hill* hinuntergerodelt, denn er hatte ihr vertraut. Und er würde nach Wyoming ziehen.

»Oh, ich sage ›vielleicht‹ und gerate in Schwierigkeiten. Aber du darfst ›könnte sein‹ sagen?« Er sah sie gespielt böse an.

Dies war nicht der beste Zeitpunkt für einen verbalen Schlagabtausch, denn sie kam allmählich außer Atem. Tiefschnee war großartig zum Schlittenfahren, aber es war höllisch anstrengend, darin einen Hügel zu erklimmen, besonders wenn es so steil bergauf ging wie hier. Fünf Sekunden, um unten anzukommen, und zwanzig Minuten für den Wiederaufstieg.

»Wir besprechen das bei einem Glas Wein am Kamin, okay?«, lautete sein Vorschlag zur Güte.

»Ich glaub ja, wir sind bereits zu einer Einigung gekommen.«

»Können wir uns nicht darauf einigen, oben auf dem Hügel ein paar Minuten zu verschnaufen, bevor wir erneut versuchen, professionelle Draufgänger zu werden? Ich komme mir vor, als wäre ich wie im Film vor den Bösen geflohen.«

»Wären wir denn davongekommen?«

»Oh, ganz sicher. Niemand wäre blöd genug, uns den Abhang hinunter zu folgen, nicht mal die bösesten aller Gangster. Immerhin sind wir nicht gegen einen der Grabsteine gekracht.«

»Ich weiß genau wie bei dem Felsen, wo die sind. Aber ich muss zugeben, dass es mit dem Ballast schwieriger zu lenken ist.«

Er lachte und zog den Schlitten das letzte Stück hinauf. »Dann sollte ich die nächste Fahrt wohl lieber aussetzen.«

»Vergiss es, Mr. Vorstandsetage.«

13. Kapitel

Es war warm, bequem, und keine grauenvolle Abfahrt wartete mehr auf ihn. Sicher, ein sehr großer und noch immer nasser Hund saß zu seinen Füßen, ganz zu schweigen von der riesigen Katze unter dem Weihnachtsbaum. Aber Mick hatte das Feuer im Kamin angezündet, während Raine sich dem Pizzateig widmete, und er hielt ein Glas Merlot in der Hand.

Als er ins Hotel zurückgekommen war, hatte er es sogar geschafft, ein paar Seiten zu schreiben, einschließlich des Schlussabsatzes eines Kapitels: *Ihre Abenteuerlust faszinierte ihn stets aufs Neue, und dort endete die Faszination nicht. Sie war eine holde Frau, doch hatte er schon andere schöne Frauen kennengelernt. Sie, sie jedoch war unerschrocken.*

Wenn das nicht unerschrocken gewesen war, diesen Hang hinunterzurasen, dann wusste er es auch nicht. Er kam sich selbst ziemlich unerschrocken vor, also war Raine es definitiv.

Er fing an, sich zu fragen, ob Matthew Brighton seine letzte Romanheldin nicht seiner reizenden Enkelin nachempfunden hatte. Er gewann eindeutig den Eindruck. Und war Mick am Ende selbst der Held?

Bei der Hauptfigur handelte es sich um einen großen Dunkelhaarigen, deshalb war ihm beim Schreiben die Idee gekommen. Er hatte nie an Vorahnungen geglaubt, doch das änderte sich gerade. In diesen Tagen wurde er das Gefühl einfach nicht los, dass irgendetwas vor sich ging und er ein Teil davon war.

Und er bekam die Chance, sein eigenes Roman-Ende zu schreiben.

Raine kam aus der Küche. »Ich hab keine Wassermelone. Gouda auch nicht, ebenso wenig Sardinen. Ich fürchte, du wirst mit meinem Rezept vorliebnehmen müssen.«

»Dieses eine Mal werde ich ohne Sardinen wohl überstehen.«

»Harry bereitet die Pizzasauce selbst zu. Wart's ab. Die könnte sie verkaufen und sich zur Ruhe setzen. Wir hoffen alle, dass sie nie auf diese Idee kommt.«

Er konnte sich nicht vorstellen, dass der Ruhestand für die ewig emsige Harry jemals erstrebenswert sein sollte. »War sie eigentlich mal verheiratet?«

Raine setzte sich zu ihm auf die Couch. »Harry? Ich glaub schon. Bei ihr ist es wie mit Red. Man kann ihr nicht zu viele Fragen stellen. Ich meide diese Themen, wie ich eine angriffslustige Klapperschlange meiden würde.«

»Interessanter Vergleich. Vielleicht solltest du selbst überlegen, dieses Buch zu Ende zu schreiben.«

»Ich bleib lieber bei Grafikdesign. Aber ich fand immer, dass jemand, der nicht über persönliche Dinge reden will, es auch nicht muss. Das Leben ist zu kurz. Rühr nicht in Dingen herum, wenn's nicht sein muss.« Sie schlang die Beine auf den Couchtisch und wackelte mit den nackten Zehen. Sie hatte sich eine karierte Pyjamahose und ein verwaschenes Shirt angezogen, auf dem Goofy prangte. »Das Feuer ist angenehm.«

»Nachdem ich mich dreimal praktisch von der Klippe gestürzt habe, stimme ich dir zu. Ich kam mir vor wie beim olympischen Rennrodeln.«

Raine stieß ihn mit dem Ellbogen an. »Ach, gib's zu, du hattest tierisch Spaß.«

Er legte ihr einen Arm um die Schultern. »Hauptsache, Samson ist auf seine Kosten gekommen, das ist das Wichtigste.«

»Ist er. Jangles ist eifersüchtig. Sieh ihn dir nur an, der ist völlig neben der Spur.«

»Nichts für ungut, aber der sieht immer aus, als wär er irgendwie neben der Spur.« Ein Paar bernsteinfarbener Augen beobachtete sie beide, ohne zu blinzeln, durch die Zweige des Weihnachtsbaumes hindurch. »Ich glaube ja, er observiert uns gerade.«

»Wahrscheinlich fragt er sich, ob wir wie wild auf dem Sofa herumknutschen werden, genau wie ein misstrauischer Vater. Das ist übrigens keine schlechte Idee. Daisy wird nicht eher aus ihrem Zimmer kommen, bis ihr Film zu Ende ist.«

Eine bessere Idee hatte er nie gehört. »Ich weiß nicht, ob ich noch die Kraft dazu habe, nachdem ich dreimal diesen Hügel hinaufmarschiert bin, aber ich werd's versuchen.«

Raine grinste. »Irgendwie glaube ich, du schaffst das.«

Er wollte verdammt viel mehr als nur einen wilden Kuss – oder zwei –, doch würde er sich mit dem zufriedengeben, was er bekommen würde. Eine wunderschöne Frau in den Armen zu halten, dazu ein knisterndes Kaminfeuer, entsprach vollkommen seiner Vorstellung von einem gelungenen Weihnachtsfest. Raine erwiderte den Kuss mit ihrer üblichen Verwegenheit, und dabei ließ sie die Finger mit verlockender Langsamkeit über seinen Nacken wandern.

Wenn Daisy nicht zu Hause gewesen und Jangles nicht jede Bewegung des Paares verfolgt hätte, hätte Mick vielleicht wenigstens versucht, ihr das Shirt auszuziehen, um ihre wundervollen Brüste zu liebkosen. So aber begnügte er sich damit, Raine zu sich heranzuziehen, damit er sie ganz nah bei sich spürte.

Natürlich beschloss Samson, ihnen Gesellschaft zu leisten, indem er begeistert auf die Couch sprang, was nicht unbedingt zur Romantik des Augenblicks beitrug. Und dann wurden Mick und Raine mit Hundeküssen überhäuft.

So viel zur romantischen Stimmung.

»Das ist der reinste Zoo hier!« Lachend schob sie Samson weg, um die nächste Zuneigungsattacke abzuwehren. »Ich hab dich gewarnt.«

»Es gibt Schlimmeres, als geliebt zu werden.« Er hob den Hund auf die Arme, was nicht ganz leicht war, und stellte ihn auf den Boden. Das Tier wog ungefähr eine Tonne und war noch längst nicht ausgewachsen. Samson war wirklich ein passender Name.

»Da kann ich dir nur zustimmen.« Der Hund anscheinend auch, denn er hatte beschlossen, ihnen erneut Gesellschaft zu leisten. Mick hob ihn sanft, aber entschlossen wieder herunter und stellte ihn auf den Fußboden, wobei er einer weiteren schlabbernden Liebesbekundung auswich.

»Fühl dich bloß nicht zu geschmeichelt«, bemerkte Raine. »Er liebt jeden. Wenn Drakes Hunde dich lieben, dann gehörst du einem ganz besonderen Club an.«

»Ich möchte zu einem ganz anderen Club gehören«, erklärte er leise. »Dem Wenn-Raine-dich-liebt-Club.«

Sie sah ihm in die Augen. »Abgesehen von Daisy könnte ich mir dich durchaus als Gründungsmitglied vorstellen.«

»Was ist mit Slater?«

Sie betrachtete das Glas in ihrer Hand. »Er hat mir stets etwas bedeutet. Aber zwischen uns war mehr Lust als Liebe. Die Ehe hat er mir nur angeboten, weil er ein altmodischer guter Kerl ist. Jeder ging schon wieder seiner eigenen Wege, als ich entdeckte, dass ich schwanger war. Zum Glück für uns beide bin ich keine altmodische Frau. Du hast gesehen, wie glücklich er mit Grace ist.«

Das hatte er, und er hätte nichts dagegen, selbst auch ein solches Glück zu finden. Mick dachte an Grace und Luce und jene Ruhe, die sie momentan ausstrahlten. Er hatte das immer für einen Mythos gehalten, doch nun sah er das anders. Das Glück dieser beiden Frauen war unübersehbar. »Ich hätte ganz gern auch eigene Kinder. Irgendwann.«

Da lagen seine Karten, direkt vor ihr auf dem Tisch. Ein Straight Flush, keine weiteren Karten mehr vom Stapel. Es machte ihm Angst, derartig offen zu sein, aber Raine sollte wissen, woran sie war. Außerdem hatte sie ihn auf dem Hügel ermutigt, geradeheraus zu sagen, was er dachte.

Sie reagierte unbeeindruckt. »Slater und ich … Wir waren sehr jung, als ich Daisy bekam. Heute denke ich intensiver darüber nach als damals. Ich bin schon über dreißig. Vielleicht werde ich auch gar nicht mehr schwanger. Könntest du damit leben?«

»Selbstverständlich.« Er drückte ihre Hand. »Das Leben ist ein Spiel. Sicher ist jedoch, was ich für dich empfinde. Ich hab *Dead Man's Hill* nur riskiert, um mir deine Bewunderung zu sichern. Ich habe eine Handtasche gekauft, damit deine Tochter mich mag. Wenn ein erwachsener Mann bereit ist, eine hübsche Handtasche zu kaufen, dann weißt du, dass es ihm ernst ist.«

Ohne die Miene zu verziehen, stimmte sie ihm zu. »Wir werden die Tasche als Beweisstück Nummer eins ansehen.«

»Beweis Nummer zwei könnte sein, dass wir wie zwei Teenager auf der Couch herumknutschen. Das entspricht nicht dem Verhalten eines Firmenvorstands. Du hast anscheinend einen schlechten Einfluss auf mich.«

Raines Augen funkelten. »Wart's ab. Und jetzt erzähl mir vom Buch. Gramp arbeitete daran, als er starb, deshalb hab ich es noch nicht über mich gebracht, es zu lesen. Ich werde nicht fragen, ob es gut ist, denn ich weiß, das muss es sein. Aber worum geht's?« Sie war wirklich neugierig.

Mick erklärte in sachlichem Ton: »Ein unerfahrener Mann hält sich für einen Cowboy und verliebt sich in eine dunkelhaarige, unabhängige Frau. Er ist entschlossen, ihr Herz zu erobern. Es gibt einen Konflikt mit einem benachbarten Rancher, der ihr Land will. Klingt vertraut?«

Wie war es möglich, dass sie sich exakt etwas wie das vorgestellt hatte? Tränen brannten in ihren Augen. »Ich vermisse ihn. Es wär so schön gewesen, wenn du ihn noch kennengelernt hättest.«

»Da bin ich ganz deiner Meinung.«

»Er hätte dich für einen guten Mann gehalten.« Sie lächelte trotz der Tränen. »Ich weiß, dass er recht gehabt hätte.«

»Das ist wohl das beste Kompliment, das ich je bekommen hab.« Er hob ihre Hand und küsste sie. »Ich könnte anmerken, dass du jetzt wie ein großer Welpe riechst, aber das gilt wohl auch für mich, deshalb verzichte ich darauf.«

Raine reagierte versöhnlich. »Daran willst du dich vielleicht gewöhnen. Ich glaube nicht, dass Samson sich mit dem Älterwerden verändert. Außerdem wird dein Hund noch dazukommen. Was hattest du dir vorgestellt? Einen eher großen oder einen kleinen? Mittelgroß? Sag schon!«

»Ich kann doch nicht von dir verlangen …«

»Hast du nicht. Ich hab's dir angeboten.« Sie hob eine Hand. »Wovon hast du als Junge geträumt?«

»Von einem Collie.«

»Abgemacht.« Er schien ihr der richtige Typ Mann für einen Collie zu sein. Das passte. »Langes Fell, na klar. Ich werd es Blythe sagen, die es Mrs. Lettie Arbuckle-Calder erzählen wird, und im Nu wirst du deinen Collie-Welpen haben. Diese Frau wird den ganzen Staat absuchen, um einen zu finden. Die ist das reinste Wunder. Und fang nicht damit an, du könntest dir einen kaufen, denn der wird aus dem Tierheim stammen.«

In nachsichtigem Ton sagte er: »Du kannst ganz schön dominant sein. Nur so eine Feststellung.«

Er hatte recht. »Ich bin's gewöhnt, mein Leben für mich

allein zu führen und die meisten Entscheidungen im Hinblick auf meine Tochter zu treffen. Geht es um eine größere Sache, hat Slater natürlich auch was zu sagen. Allerdings haben wir keine Sorgerechtsregelung, da wir nie eine brauchten. Für die Alltagsentscheidungen bin ich zuständig. Ich warne dich lieber, denn wie deine Heldin liebe ich es, unabhängig zu sein.«

»Wärest du das nicht, hätte ich vermutlich kein solches Interesse an dir. Ich hab nicht nur alle Hände voll mit der Leitung eines Unternehmens zu tun und damit, mein eigenes Leben zu führen, ganz gleich, wie *hold* meine Liebste auch sein mag. Ich will auch keine Frau, die erwartet, dass ich mich ständig nur um sie kümmere.«

Raine spuckte fast ihren Wein aus, als sie losprustete. »Da ist es schon wieder, dieses *hold*. Du und dieses Wort!«

Er zuckte die Schultern. »Ein Mann auf einer Mission. Schon bald wird es bei Teenagern schwer angesagt sein. Die werden sich gegenseitig anstupsen auf den Footballtribünen und Sachen sagen wie: *Mann, sieh dir dieses holde Mädchen da drüben an!*«

»Wenn jemand das schafft, dann du, glaub ich.«

»Danke für dein Vertrauen.« Er sah toll aus, wie ein Cowboy in seinem Jeanshemd und der Jeans. Bis auf die Frisur. Er brauchte einen Hut, außerdem ein Paar Stiefel und ein Pferd. Bei Letzterem würde sie Tate Calder um Hilfe bitten.

Vielleicht ein … Hochzeitsgeschenk?

Was sonst sollte sie einem Mann schenken, der vermutlich alles hatte? Das Strandhaus auf den Bermudas konnte sie schlecht toppen.

Wie wär's mit einem alten Revolver?

Sie wusste, dass Bad Billy einen Freund hatte, der mit antiken Schusswaffen handelte. Vielleicht würde sie mal nachfragen, ob er etwas für sie aushandeln konnte. Billy kannte Gott und die Welt.

Wenn Mick das Buch beendete, verdiente er so was in dieser Art … etwas Einzigartiges, etwas ganz Besonderes. Aus dem ganz frühen Wilden Westen. Etwas, das er sich in seinem neuen Haus an die Wand hängen konnte.

Sie glaubte, dass es ihm gefallen würde. Mal abgesehen vom Hut und den Stiefeln, würde ihm der Revolver sicher Spaß machen. Raine stand auf. »Ich schau mal nach meinem Pizzateig.«

»Der wird etwa zwei Millimeter aufgegangen sein, Raine.« Er legte ihr den Arm um die Taille und zog sie wieder an sich. »Bleib bei mir.«

Sie fuhr ihm mit der Fingerspitze über die Nase. »Du bist mir viel zu gefährlich.«

»Ich gehör ganz dir, wenn du mich willst.«

»Mick«, hauchte sie.

»Ich bin hier.«

»Ich weiß. Du machst … interessante Sachen mit deinen Händen. Jangles beobachtet uns immer noch.«

»Ich werd mich an seine missmutigen Blicke gewöhnen müssen, oder?«

»Du nimmst einige Risiken auf dich. Ich wünschte, ich könnte dich einladen, über Nacht zu bleiben, aber das geht, wie gesagt, nicht. Daisy ist sicher alt genug, es zu verstehen, trotzdem muss ich vorher mit ihr darüber reden.« Es war fast enttäuschend, dass er sie unmittelbar darauf losließ und sich seufzend in eine bequeme Position zurücklehnte.

»Mein Verstand sagt mir, dass du absolut recht hast. Ein anderer Teil von mir sieht die Sache allerdings völlig anders. Vielleicht solltest du dich nicht so aufreizend anziehen.«

»Diese Pyjamahose und das T-Shirt sind wirklich *zu* heiß. Ich werd mich beim nächsten Mal für etwas Harmloseres entscheiden.«

»Mach das, wenn du willst, dass ich mich benehme. Du könntest auch noch deinen Kopf rasieren oder dir einen Elf auf die Stirn tätowieren lassen. Ich bin mir nicht sicher, ob das mein Verlangen dämpfen würde, aber es wäre ein guter Anfang.«

Raine lachte. »Du bist in Weihnachtsstimmung, wie ich sehe. Der Elf könnte dann spätestens im Juli komisch rüberkommen, also lasse ich den lieber weg. Und meine Haare mag ich zufällig genauso, wie sie sind.«

»Ich auch, das ist ja gerade das Problem.«

Diesen Moment wählte Jangles, um sich aus dem Schutz der Tannenbaumzweige heraus anzuschleichen – genau genommen tapste er aus seinem Versteck, da er einen stillen Angriff nicht zustande brachte. Er sprang auf die Couch zwischen Raine und Mick, passte jedoch nicht recht dazwischen.

Mick nahm sein Weinglas und rutschte zur Seite, um der Katze Platz zu machen. »Ich glaube, er hat beschlossen, uns bei unserem Problem mit der Selbstbeherrschung zu helfen.«

»Er ist eine sehr weise Katze.« Das stimmte, und der Kater mochte Mick eindeutig. Für Raine galt das Gleiche. »Was ist eigentlich Slaters nächstes Projekt? Ich hab ihn noch gar nicht gefragt.«

»Zunächst zum dritten Mal Vater werden, denke ich. Aber ich hab auch Gerüchte über den Snake River gehört. Nach seinem letzten Film wird er sich jedes Projekt aussuchen können, nehme ich an. Die Investoren werden Schlange stehen.«

»Mir gefällt die Idee.« Raine war aufrichtig. »Die Landschaft hier ist wunderschön. Er wird die Leute daran erinnern, warum wir nach und nach in den Westen gezogen sind.«

»Und der Schauplatz wird der große Gewinner sein.«

»Das vermute ich. Seine Filme sind so angelegt.«

»Er hat wirklich ein Auge für echte Schönheit. Auch solche, wie ich sie gerade vor mir sehe … Er ist ein kluger Mann, deshalb überrascht es mich ehrlich gesagt, dass er dich damals hat gehen lassen. Allerdings kenne ich auch nicht die ganze Geschichte.«

»Ich werd sie dir gern erzählen. Wenn du jetzt ein paar Zwiebeln und grüne Peperoni schneiden könntest, wär ich dir zu ewigem Dank verbunden.«

Sie mochte seinen Anblick in ihrer Küche – der Hollywood-Boss, mit einem Messer in der Hand und mit konzentrierter Miene über das Schneidbrett gebeugt. Das Leben hier war ganz sicher völlig anders als das, welches er bisher gekannt hatte. Aber Raine fing an zu glauben, dass er sich an diese Veränderungen gewöhnen würde.

14. Kapitel

Sie bückte sich, um Wasser aus dem Fluss zu schöpfen. Die Haare hatte sie zu einem losen Knoten hochgebunden, der sich schon gelockert hatte. Ihr Rock hob sich über einem Paar der hübschesten Knöchel, die er je gesehen hatte, als sie ins Wasser watete.

Er würde für sie sterben.

Das lag im Bereich des Möglichen. Die Rancher führten untereinander einen Kleinkrieg um ihr Land, und sie war hier auf sich allein gestellt, eine Frau mit ihrem Kind, eine wunderschöne Witwe, die so gut es ging verteidigte, was sie sich aufgebaut hatte. Nein, er würde nicht zulassen, dass sie das alles verlor.

Noch konnte er nicht schnell genug ziehen, obwohl er übte. Aber er war ein guter Gewehrschütze, wie er festgestellt hatte, und er konnte für Essen auf dem Tisch sorgen. Am Abend zuvor hatte sie Wild zubereitet, das so zart war, dass es ihm im Mund zerging, und trotz ihrer Wachsamkeit merkte er, wie sie anfing, ihm zu vertrauen. Jetzt lag sein Schlafsack auf der alten Veranda ihres Hauses.

Er hatte das Gefühl, einen besonderen Sieg errungen zu haben. Der Kampf war noch nicht vorbei, doch ein Scharmützel war gewonnen.

Mick schaute nachdenklich auf seinen Computermonitor, las den Text erneut und befand, der Ton passe, fragte sich jedoch, ob dieser nicht vielleicht zu sentimental sei.

Möglicherweise nicht. Männer waren ebenso sensibel wie Frauen, nur brachten sie das nicht auf die gleiche Weise zum Ausdruck. Sein Vater hatte sich trotz des Protests seiner Mutter geweigert, sich von dem alten Schaukelstuhl in der Ecke des Wohnzimmers zu trennen, weil das ein Geschenk seiner Großmutter gewesen war. Also blieb das gute Stück dort stehen und fiel zwischen all den modernen Möbeln auf.

Obwohl sie die meiste Zeit wie eine Intellektuelle auftrat, entging Mick nicht, dass seine Mutter den antiken Schaukelstuhl auch nach dem Tod seines Vaters dort stehen ließ. Vielleicht war seine Mutter sentimentaler, als er immer geglaubt hatte.

Er würde an dem Schreibstil vorerst nichts ändern. Er gefiel ihm. Wenn ein Mann auf der Veranda einer Frau schlief, liebte er sie wirklich und wollte sie beschützen. Hoffentlich fand Matthew Brighton das auch.

Besonders an einem Tag wie diesem. Der Wind hatte aufgefrischt und pfiff um die Fenster. Sogar die Skihänge waren leer. Es wurde schon spät, aber vielleicht kam es einem auch nur so vor, weil der Himmel dunkelgrau war.

Mick versuchte, Raine ihren Freiraum zu lassen, trotzdem zog er jetzt sein Handy aus der Tasche, überlegte einen Moment und berührte dann das Display. Sie meldete sich beinah sofort.

»Hallo. Was gibt's? Ich hab alle Hände voll zu tun.«

Ihr Ton brachte ihn zum Lächeln. Sie übte stets eine große Anziehung auf ihn aus, selbst wenn sie offenbar nicht ganz bei der Sache war. »Es mag verrückt klingen, aber was hältst du davon, wenn ich Stephano bitte, ein paar Sandwiches und Beilagen zuzubereiten, was immer Geniales er gerade anzubieten hat? Und dann nehmen wir unser Abendessen mit zur Hütte. Daisy kann natürlich auch mitkommen. Ich brauche jedenfalls … ich weiß nicht, die Atmosphäre dort. Der alte Holzofen funktioniert noch, sagtest du?«

»Wahrscheinlich haben Vögel Nester im Kamin gebaut, obwohl ich den schon gereinigt habe. Möglicherweise wird alles in einer Qualmwolke verschwinden. Aber doch, soweit ich weiß, funktioniert der Ofen. Slater hat Daisy gerade abgeholt, sie kann also nicht mitkommen. Aber ich bin dabei. Ich brauche eine Pause. Richte Stephano aus, ich hätte gern etwas von seinem berühmten Knoblauch-Artischocken-Dip. Ich hole dich ab. Um wie viel Uhr?«

Er schaute auf sein Telefon. »Ist in zwei Stunden zu früh?«

»Nein, perfekt.«

»Großartig. Ich melde mich, sobald ich unterwegs bin.«

Mick rief beim Zimmerservice an und bat darum, falls möglich, mit Stephano persönlich sprechen zu dürfen. Vermutlich dank seiner Verbindung zu den Carsons bekam er den Koch an den Apparat. »Können Sie in der nächsten Stunde was immer Sie für Ihr bestes Sandwich halten zubereiten, außerdem den Artischocken-Dip, den Raine so liebt, und sonst noch ein paar Kleinigkeiten, die Sie für ein ganz besonderes Picknick für zwei in einer alten Hütte zusammenstellen würden? Ich vertraue Ihnen da ganz.«

»Sie haben klug gewählt.« Entzückt meinte Stephano: »Ich werde Sie aus den Socken wischen.«

Fast hätte Mick ihn korrigiert, es heiße »aus den Socken hauen«, beherrschte sich jedoch. Stephanos Englisch war gelegentlich so kreativ wie seine Kochkünste. »Super. Ich freue mich schon auf ein besonderes kulinarisches Erlebnis.«

»Sollten Sie auch.«

Er legte kopfschüttelnd und grinsend auf. An gesundem Selbstbewusstsein mangelte es dem Koch jedenfalls nicht. Mick besaß normalerweise selbst reichlich davon, doch in letzter Zeit konnte er sich nicht mehr darauf verlassen.

Es wurde nicht besser dadurch, dass wenig später die Rezeption anrief und ankündigte, etwas sei durch einen Kurier für ihn abgegeben worden. Als er nach unten ging und die Empfangsbestätigung unterschrieb, wusste er, dass sich sein Leben gerade für immer verändert hatte. Raine hatte Slater einen Korb gegeben. Im Moment hegte er ja die Hoffnung, dass ihm das nicht widerfahren würde. Obwohl sie ihn darauf hingewiesen hatte, wie unterschiedlich sie beide seien – eine Bemerkung, der er nicht ganz zustimmte –, hatten sie anschließend über die Ehe diskutiert. Sie hatten sogar über Kinder gesprochen und über Zukunftspläne, was er als ermutigendes Zeichen deutete. *Gefragt* hatte er sie allerdings noch nicht.

Er hatte darauf vertraut, dass Ingrid einen fantastischen Ring aussuchen würde, und er war nicht enttäuscht worden. Auf dem Samtbett in der kleinen Schmuckbox lag ein brauner, exquisit geschliffener Diamant, der in einen schmalen Platinring gefasst war. Der Name des Juweliers veranlasste ihn, die Stirn zu runzeln. Dass Ingrid keinen geringen Betrag aufwenden würde, hatte er vorausgesetzt. Allerdings wollte er einen solchen Ring auch nur einmal im Leben kaufen.

Er war überzeugt, dass Raine den Ring lieben würde. Er schickte seinem Bruder rasch eine Nachricht: *Bitte richte Ingrid aus, dass ich lächle. Danke.*

Ran schrieb gleich zurück: *Viel Glück, Bruderherz.*

Er kehrte zurück in sein Zimmer und fragte sich, was ein Mann für einen Heiratsantrag in einer Spukhütte bei Nacht wohl am besten anziehen sollte. Er beschloss, bald einmal einkaufen zu gehen, denn ihm standen hier lediglich schwarze maßgeschneiderte Hosen, weiße Hemden sowie seine italienischen Halbschuhe zur Verfügung. Definitiv ganz Mr. Vorstandsetage, aber er lebte momentan nun einmal aus dem Koffer. Und er hatte nicht gewusst, was er von seinem Besuch in Mustang Creek erwarten sollte.

Schreiben kam jetzt nicht mehr infrage. Stattdessen tigerte er im Zimmer auf und ab, versuchte, für ein paar Minuten die Nachrichten zu verfolgen und ließ es dann doch, weil dies nicht der richtige Abend war, um sich über die Schrecken auf dieser Welt zu informieren. Er wählte lieber einen Sender mit klassischer Musik und schaute noch schnell seine Mails durch. Über die Feiertage war nicht viel los, und er genoss die Pause vom hektischen Alltag.

Lächerlich, aber er war tatsächlich nervös. Als wäre er siebzehn und fieberte seinem allerersten Date entgegen.

Nur dass sein siebzehntes Lebensjahr schon eine Weile zurücklag. Er schaltete den Computer aus. Er musste sich zusammennehmen, und deshalb atmete er tief durch.

Klar, er würde das hinbekommen. Stell die Frage, erhalte hoffentlich die richtige Antwort, und sollte sie sturköpfig wie ein Maulesel sein – eine Umschreibung, die er zweifellos irgendwann von Red aufgeschnappt hatte –, würde er seine Taktik eben überdenken.

Die elegante Tasche mit Stephanos neuesten Meisterwerken wurde genau rechtzeitig gebracht, und entschlossen rief er Raine an. »Ich bin dann nachher mitsamt deinem gewünschten Dip da.«

»Ich werde abholbereit sein.«

Und ich werde den Ring und die Frage dabeihaben.

Genau das dachte er, als er das Hotel verließ und in seinen Wagen stieg. Bevor er zu Raine fuhr, legte er noch einen kurzen Halt in der Stadt ein.

Als er bei ihr hielt, fiel ein warmer Lichtschein aus dem Fenster. Natürlich startete Jangles einen Angriff, als sie Mick hereingelassen hatte, doch inzwischen war er darauf vorbereitet und wich aus.

Raine empfing ihn lächelnd. »Gutes Manöver für einen Stadtmenschen. Aber jetzt wird der Kater schmollen. Gib ihm ein paar Leckerchen, damit er sich besser fühlt. Ich hol inzwischen meinen Schlüssel.«

Die Katze verstand selbstverständlich jedes Wort. Jangles folgte ihm in die Küche und starrte treffsicher die richtige Dose auf der Arbeitsfläche an. Mick nahm eine Handvoll

Leckerchen heraus und warf sie in den Napf. Der Kater verschlang sie in etwa zwei Sekunden.

Schon wollte er den Napf wieder füllen, da kam Raine herein und meinte: »Nein, das reicht, er trickst dich nur aus. Gehen wir.« Sie klimperte mit den Schlüsseln.

Er war sich nicht sicher, ob er gefasst genug war für diesen Abend, doch er entschied, Jangles' Rat zu beherzigen – denn der Kater lag auf dem Boden, die Augen halb geschlossen, und seine Haltung schien deutlich zu sagen: *Hör auf, dir Sorgen zu machen.*

»Gut, gehen wir, solange das Essen noch halbwegs warm ist. Es duftet jedenfalls köstlich.«

»Was gibt's denn?«

»Keine Ahnung.«

»Du hast es doch bestellt, oder?«

Sie hakte sich bei ihm unter, während sie zu ihrem SUV gingen. »Ich hab Stephano völlig freie Hand gelassen und nur um den Dip gebeten. Er versprach mir, ich würde beeindruckt sein. Zumindest glaube ich, dass er das meinte.«

»Er hat es nicht so mit den richtigen Worten, was?« Sie entriegelte den Wagen. »Eines der vielen Dinge, die ich an ihm liebe.«

Mick stellte die Tüte auf den Rücksitz und stieg ein. »Macht es dir nichts aus, bei diesem Wetter zu fahren?«

»Nein.«

Er merkte, dass es stimmte.

»Wow, das duftet jetzt vielleicht hier drin.«

»Der Mann liebt dich anscheinend auch. Was immer in der

Tüte sein mag, ist nur deshalb darin, weil ich deinen Namen erwähnt habe. Nichts davon ist mein Verdienst.«

Sie fuhr rückwärts aus der Einfahrt und nahm die Straße in Angriff. »Ich komme schon um vor Hunger. Wirklich zur Hütte? Ich weiß deine Begeisterung zu schätzen, aber du solltest vorgewarnt sein, dass es eine interessante Fahrt werden könnte. Der Schnee taut schon ein wenig, nur hat der Wind stark aufgefrischt, und es gibt Schneewehen. Zum Glück wird dieser kleine Geländewagen mit so ziemlich allen Witterungsverhältnissen fertig.« Sie tätschelte das Lenkrad. »Ich bin tausendmal dort gewesen und könnte die Hütte mit verbundenen Augen finden.«

Möglicherweise war sie da ein wenig zu optimistisch.

Es herrschte noch kein Blizzard-Wetter, aber weit davon entfernt waren sie nicht. Bei Tageslicht war die Fahrt schon eine Herausforderung, ohne richtige Straße, und im Dunkeln wurde es fast unmöglich, nicht vom Weg abzukommen.

Dennoch schien Mick fest entschlossen zu sein. Er wollte zur Hütte. Und Raine spürte, dass es etwas mit dem Manuskript zu tun hatte. Sie konnte sich besser als die meisten in andere hineinversetzen – und Mr. Cool hier führte ganz eindeutig etwas im Schilde.

Vielleicht lag es daran, dass er gerade große Entscheidungen traf, aber das glaubte sie nicht. Mick Branson machte das jeden Tag, ohne mit der Wimper zu zucken: Er traf seine Entscheidungen und steuerte dann weiter, und zwar mit Volldampf.

»Neben der Veranda ist eine riesengroße Schneeverwehung«, bemerkte sie. »Wir werden das letzte Stück zu Fuß gehen. Zum Glück ist drinnen immer noch Feuerholz aufgestapelt. Ich hab ein Feuerzeug für die Laterne mitgenommen, für den Fall, dass die Streichhölzer feucht sind. Und du solltest die Stiefel anziehen, die Mace dir geliehen hat.«

»Ich hab mir selbst welche gekauft, außerdem einen Schlafsack, ein paar Kerzen und einen Feuerscheit für unseren improvisierten Campingausflug.«

Kein Wunder, dass er mehrere Tüten zusätzlich zu der mit dem Essen in den Kofferraum geladen hatte. Sie hatte sich schon gefragt, ob eine Safari ins tiefste Afrika bevorstand.

Schnee wirbelte zu geisterhaften Formen auf, streifte um die Fenster und hüllte kurz die ganze Hütte in einen dichten Nebel. Raine setzte ihre Kapuze auf. »Ich schließe die widerspenstige Tür auf, wenn du die Sachen reinträgst. Ich nehme das Essen, also mach nicht zu lange, sonst ist alles weggeweht worden. Nur eine freundliche Warnung.«

»Betrachte mich als gewarnt. Stephano würde mir nie verzeihen, wenn ich zu langsam bin, um seine neuesten Kreationen zu kosten.«

»Der Dip allein wird dich schon in Verzückung geraten lassen.«

»Ich nehme dich beim Wort und bin so schnell wie möglich bei dir in der Hütte.«

Der erste Windstoß traf sie direkt ins Gesicht. Mühsam kämpfte sie sich bis zur Tür, die sich diesmal wie von Zauberhand gleich aufschließen ließ, sodass Raine praktisch hineinfiel. Genau in dem Augenblick erwischte sie eine weitere Windbö.

Irgendwie gelang es ihr jedoch, das Gleichgewicht zu behalten, während sie in die Hütte stolperte. Trotz der Dunkelheit wich sie der alten, vermutlich von Mäusen bewohnten Couch aus und erreichte den Tisch. Kurz darauf spendete die Laterne Licht, und dann kam Mick voll bepackt herein, beladen mit allem, was ein Mann tragen konnte und vielleicht noch ein bisschen mehr.

Außer Atem, keuchte er: »Ich dachte, der Wind soll sich legen. Hab eher den Eindruck, der wird immer stärker.«

Sie schaute zu, wie er die Taschen auf den Boden stellte. »Gegen Abend soll es sich beruhigen. Ich denke, wir werden die Nacht genau hier verbringen.«

»Tja, dann lass uns mal lieber ein schönes Feuer machen.«

Ihr Großvater hätte sich etwas derartig Modernes wie ein künstliches Holzscheit für den alten Ofen nie träumen lassen. Aber das Teil war erstaunlich praktisch. Mick kniete vor dem Ofen, von Schnee bedeckt, und das Scheit fing sofort Feuer. Erleichtert registrierte Raine, dass der Kamin offenbar zog, denn der Raum füllte sich nicht wie befürchtet mit Qualm.

»Ich habe eine Tischdecke von zu Hause mitgebracht. In dem Schrank, in dem solche Dinge aufbewahrt wurden, könnte ein Bär Winterschlaf halten, und ich werde nicht nachsehen. Sauberes Kochgeschirr und Pappteller habe ich auch dabei, weil das Zeug einstaubt, wenn man es nicht benutzt.«

Mick stimmte ihr zu. »Ja, lass uns lieber nicht auf Bärenjagd gehen.«

Er hatte, irgendwie typisch Mann, Kerzen mitgebracht,

allerdings nichts, worauf man sie stellen konnte. Also kramte Raine einige alte Teller hervor und deckte den Tisch. Das Ergebnis war … hübsch. Tischdecke, Kerzenlicht und ein unbestreitbar attraktiver Mann. Was konnte eine Frau mehr verlangen?

Essen, zum Beispiel, und vielleicht ein bisschen Wärme. Draußen heulte der Wind, doch der Ofen heizte gut.

Raine konnte sogar ihre Winterjacke ausziehen, als sie sich zu Tisch setzten, um herauszufinden, welche Wunder Stephano für sie beide zubereitet hatte. Sandwiches mit Brunnenkresse, geräuchertem Lachs und Aioli, und zwei mit Roastbeef und feinstem Käse – Letzteres sogar selbst gebackenes Roggenbrot mit Fenchel. Es gab außerdem einen Nudelsalat mit winzigen Shrimps und Kalamata-Oliven, ganz zu schweigen von Raines hoch geschätztem Dip. Abgerundet wurde das Ganze durch Limetten-Käsekuchen.

Alles sah köstlich aus.

Was für ein Picknick! Derartiges Essen war in dieser Hütte vermutlich nie verspeist worden. »Ich nehme an, mein Großvater lebte von Dörrfleisch oder so etwas«, sagte sie zu Mick. »Er mochte allerdings guten Whiskey und, ob du es glaubst oder nicht, Apfelmus. Es gibt einige Apfelbäume auf dem Grundstück. Ich erinnere mich an den Geruch von Apfelmus in meiner Kindheit, das auf dem Ofen köchelte.«

»Dieser Ofen muss noch aus Bürgerkriegszeiten stammen. Etwas Derartiges habe ich noch nie gesehen.«

»Er ist nicht neu, das kann ich dir jedenfalls versichern. Aber er funktioniert noch gut.«

»Das merke ich, denn es wird warm hier drin.«

Das Kerzenlicht hob aufregend die männlichen Konturen seines Gesichts hervor. Wenn sie ihn nicht mit Daisy und Ryder erlebt hätte, Babys auf dem Arm haltend, mit Blythe und Harry lachend und mit den Carson-Brüdern scherzend, würde sie vielleicht befürchten, sie sei eher von seinem guten Aussehen beeinflusst, statt von seinen inneren Werten. Typisch Raine, posaunte sie gleich hinaus, was sie dachte: »Bilde dir bloß nichts ein, aber ich muss zugeben, dass du so gut aussehend bist, wie dieser Dip köstlich ist.«

Ein belustigter Ausdruck trat in seine Augen. »Wow, das ist mal ein Kompliment, denn mit dem Dip hast du eine wirklich gute Entscheidung getroffen.«

»Ich treffe immer gute Entscheidungen.« Schamlos nahm sie sich noch etwas. »Zum Glück für dich ist genug da. Selbst ich kann das alles nicht essen. Stephano muss dich mögen.«

»Das glaub ich auch langsam. Koste nur mal vom Nudelsalat. Den will ich auf unserer Hochzeit.«

Sie war gerade dabei, sich einen Bissen in den Mund zu schieben, als er eine kleine Box über den Tisch schob. Mit schiefem Lächeln erklärte er: »Ich würde ja auf die Knie sinken, aber ich habe das Gefühl, dass dieser Teil dir nicht so wichtig ist, wie die Frage selbst. Ich bin kein Freund umständlicher Worte, also entschuldige, wenn ich's kurz und knapp mache: Du würdest mich zum glücklichsten Mann der Welt machen, wenn du mich heiratest, Raine. Selbstverständlich hast du das letzte Wort, was den Nudelsalat zur Hochzeitsfeier angeht. Und der Dip ist gesetzt.«

»Ja!« Sie zögerte nicht einmal, was ihr viel über sich selbst verriet.

Und ihm auch, seiner Miene nach zu urteilen.

»Du bist dir sicher?«

»Hör ich mich etwa nicht so an? Was ist mit dir?«

»Absolut. Äh, das ist … wunderbar! Jetzt, wo das geklärt ist, möchtest du dies hier vielleicht aufmachen.« Er deutete auf die Box.

Sie holte tief Luft. Der Ring war wunderschön. Außergewöhnlich. Im Kerzenlicht funkelte der Edelstein in Braun- und Bronzetönen. Der Ring war typisch Mick Branson, und Raine wusste nicht, was sie sagen sollte. »Mick …«

Er streckte die Hand nach ihr aus. »Ich hoffe wirklich, er gefällt dir. Ich sollte ihn dir auf den Finger stecken, aber ich hab das noch nie vorher gemacht. Wenn ich's vermurkse, sag es mir.«

Er vermurkste es ganz und gar nicht.

Anscheinend hatte er den Ring auf den richtigen Finger geschoben und die richtigen Worte gesagt, denn jetzt waren sie verlobt.

Ganz offiziell.

»Hochzeitsdatum … Was schwebt dir vor? Ich frag nur, weil ich mir hundertprozentig sicher bin, dass meine Mutter diese Frage als Allererstes stellen wird.«

Zum ersten Mal, seit er ihr den Antrag gemacht hatte, wirkte Raine unsicher. »Ich hab sie ja noch nicht mal kennengelernt!«

»Oh, für sie wird das ein unwichtiges Detail sein. Sie wird

dermaßen begeistert sein, dass ich endlich heirate, und sich sofort auf die Vorbereitungen stürzen. Ich hätte gern eine eher schlichte Feier. Aber es ist dein großer Tag.«

»Vergiss es. Du hast versprochen, den Dip zu beizusteuern. *Du* wirst der Star sein. Und was das Datum betrifft … Wie wäre Mitte Mai? Das ist eine wundervolle Zeit im Jahr hier.«

»Abgemacht. Stephano übernimmt das Catering. Perfekt! Dann ist es beschlossen!«

»Mir gefiel Bex Calders Hochzeitskleid. Vielleicht wär das etwas für den geliehenen Gegenstand, wenn sie nichts dagegen hat. Wir haben in etwa die gleiche Größe.«

»Essen, Kleid, Ring, Datum. Wir sind ziemlich gut in Sachen Planung, findest du nicht auch? Und ziemlich fix! Ich werd eine Hose tragen, versprochen. Alle Augen werden sowieso auf dich gerichtet sein. Mein Bruder, Slater und Ryder werden Trauzeugen, was hältst du davon? Hey, das war's doch eigentlich schon, was die Planung unserer Hochzeit angeht, oder? Lass sie uns schlicht halten.«

»Dir ist schon klar, dass du Mick Branson bist, oder?« Sie lachte und schüttelte den Kopf. »Ich bezweifle, dass das eine schlichte Veranstaltung werden kann. Ich glaube, wir müssen so einige deiner berühmten Partner einladen, und Ryder wird der nervöseste Trauzeuge auf diesem Planeten sein. Tja, und Drake wird seine Hunde mitbringen. Meine Brautjungfern werden alle hochschwanger sein …«

»Und wie wär's, wenn wir das Datum vorziehen, sodass nur du und ich, die Trauzeugen und die engste Familie davon wissen? Ich hätte nichts dagegen.« Nein, ganz und gar nichts. Er würde diese Frau auch auf einem schlammigen Feld im Gewitter heiraten. »Wir holen uns die Heiratsgenehmigung im Rathaus von Bliss County und heiraten sofort. Wie wär das?« Das war es, was er wollte. Eine schlichte Hochzeit, keine pompöse. Wenn sie von einer großen Feier träumte, dann würde er sich ihrem Wunsch fügen – jede Braut hatte ein Recht darauf.

Raine gab den letzten Klecks Dip auf seinen Teller. »Wie beleidigt wäre deine Familie? Keine Filmstars? Keine hohen Tiere bis auf dich? Was, wenn sogar deine Familie selbst nicht eingeweiht wäre?«

Da konnte er sie beruhigen. »Dir ist klar, dass es gar nicht mein Ding ist, Mick Branson zu sein.«

»Ja, das weißt du. Genau das liebe ich an dir.«

»Es wird eine Party geben«, räumte er zögernd ein. »Meine Mutter wird irgendwann eine richtige Hochzeitsfeier organisieren wollen. Aber ehrlich gesagt reisen alle in meiner Familie so viel, dass wir die Hochzeit wahrscheinlich ein Jahr im Voraus planen müssten, um alle zusammenzutrommeln. Und dazu hab ich keine Lust. Ich will absolut nicht mehr warten.«

»Wenn du glaubst, Blythe und Harry werden keine Feier ausrichten, träumst du, Cowboy. Also stehen uns zwei Partys bevor, und ich bezweifle, dass die sich gleichen werden. Für die eine werde ich mir Pumps kaufen müssen, auf der anderen kann ich meine flachen alten Lieblingsschuhe tragen. Sie werden bestimmt Mai anvisieren.«

»Wir könnten es vor allen geheim halten und sie glauben lassen, wir lebten noch in wilder Ehe.«

»Glaub ja nicht, dass Daisy das für sich behalten würde. Und ihr würde ich die Wahrheit sagen.« Sie biss von ihrem Sandwich ab und sagte, nachdem sie den Bissen heruntergeschluckt hatte: »Oh wow, Stephano muss dich aber wirklich mögen. Vielleicht müssen wir den Käsekuchen auf die Veranda stellen und fürs Frühstück aufheben.«

Raine hätte keine Probleme damit, zum Frühstück Limonen-Käsekuchen zu essen. Sie hatte seinen Heiratsantrag in einer verfallenen Hütte in Wyoming während eines Schneesturms angenommen. Ein Windstoß erschütterte gerade die ganze Konstruktion.

Doch anders als in dem Buch, das Mick schrieb, würde er in dieser besonderen Nacht seinen Schlafsack nicht draußen auf der Veranda ausrollen müssen.

15. Kapitel

Er wollte sie heiraten. Sie war bestimmt nicht jedermanns Idealvorstellung von einer perfekten Braut. Sie hatte ein Kind und führte einen unkonventionellen Lebensstil. Aber er liebte sie ohne jeden Zweifel, und nur das zählte. Sie hatte Ja gesagt, obwohl er ihr nicht auf die traditionelle Weise während eines Abendessens den Antrag gemacht hatte. Allerdings war es auch nicht seine Absicht gewesen, damit herauszuplatzen.

Nur waren eben seine Gefühle mit ihm durchgegangen.

Es war der Traum einer jeden Frau. Ein wunderschöner Ring, ein romantischer Heiratsantrag und ein Wahnsinns-Artischocken-Dip.

Ganz zu schweigen von Windgeschwindigkeiten, die jede Skala sprengten. Verblüffenderweise konnte Raine sich keinen Abend vorstellen, der noch vollkommener war. Wenn das Dach nicht wegflog, würde sie den Hut ziehen von den Handwerkern, die die Hütte vor langer Zeit gezimmert hatten.

Zwar bestand die Möglichkeit, dass ab und zu das ein oder andere Nagetier vorbeihuschte, denn sie hatte es den ganzen Abend rascheln gehört, ansonsten aber war die Wohnstube heimelig und warm. Als Mick den Schlafsack ausrollte und anfing, sie auszuziehen, war sie bereit.

Bereit von Kopf bis Fuß.

Er kroch nackt zu ihr in den warmen Schlafsack und küsste sie sanft. Nicht leidenschaftlich, sondern mit einer Zärtlichkeit, die ihr Herz überfließen ließ. »Ich hab so lange auf dich gewartet«, gestand er ihr. »Ich glaube, ich wusste gar nicht, worauf ich gewartet habe. Jetzt verstehe ich es.«

»Mir ging's genauso. Ein Mann mit tollen Haaren in einer Spukhütte ist eine echte Rarität. Du bist so schön warm. Halt mich fester und beschütz mich vor den fiesen Nagetieren.«

»Ich bin dein Ritter auf weißem Ross. Keine Maus wird dich unter meinem Schutz behelligen.«

Er war ein sehr erregter Ritter. Auch was das betraf, war sie nicht abgeneigt. »Ich bin vor Angst erstarrt, aber wenn du mich vor den Nagern rettest … sprich nicht mehr davon.«

»Klar, kein Problem. Und, wird dir schon warm? Da ich mit dir allein bin, kann ich dir ja die Wahrheit gestehen: Ich stehe in Flammen. Können wir aufhören zu reden und uns stattdessen schöneren Dingen widmen? Ich möchte mit dir schlafen, obwohl ich annehme, dass dein Auto gleich weggeweht wird und die Hütte zusammenkracht. Aber das wird mir egal sein.«

Kein Kondom. Sie hatte nicht danach gefragt, und er benutzte keins. Darüber hatten sie bereits gesprochen. Er war … perfekt. Beharrlich hingebungsvoll, aber nicht rücksichtslos, und er vermochte es, jede Reaktion und jeden Seufzer auf seine Berührungen richtig zu deuten. Hinterher lagen sie eng aneinandergeschmiegt und lauschten dem Wind, was fast so aufregend war wie das vorangegangene Liebesspiel.

Raine kuschelte sich an seine schweißnasse Brust. »Ich liebe dich wirklich.«

»Das hoffe ich, da wir verlobt sind.«

»Das bedeutet mir nicht so viel wie die Tatsache, dass ich dich liebe. Ich kann's nicht glauben!«

»Nein? Ich weiß nicht, ob ich beleidigt sein soll oder nicht. Du klingst unsicher.«

»Was meine Gefühle angeht, nicht was dich betrifft.« Sie gab ihm einen Klaps auf die Schulter. »Gib mir eine Chance. Schließlich ist mir das vorher noch nie passiert.«

»Du hast nie den richtigen Mann gefunden? Na ja, darüber bin ich natürlich froh. Du hast auf mich gewartet.« Er ließ die Finger durch ihre Haare gleiten. »Ich werde dich als mein bestes Weihnachtsgeschenk aller Zeiten betrachten.«

»Das möchte ich auch sein.«

»Sehr gut.«

»Wie wirst du das Buch beenden? Als ich zuletzt darin gelesen habe, schlief unser Held in einem Schneesturm draußen auf der Veranda.«

»Ich glaube, er ist ins Haus umgezogen. Sie würde ihn nie dort draußen in der Kälte lassen.«

»Natürlich nicht. Ich wette, drinnen gefällt es ihm besser.«

»Sie treiben's miteinander.«

»Ich finde, das solltest du ein klein bisschen schöner umschreiben.« Sie schmiegte sich enger an ihn, in der Gewissheit, dass er ihre Worte scherzhaft nahm. Mick würde sich nie derbe ausdrücken.

»Leichter gesagt als getan, besonders für einen raubeinigen, einsamen Cowboy wie ihn. Es gefällt ihm, dass er sie gefunden hat – sehr sogar. Nur ist er nicht sehr geschickt darin, es in Worte zu fassen.«

»Sie muss es aber von ihm hören.« Raine hörte ihn einatmen.

»Ich nehme an, du sprichst von uns. Ich glaube aufrichtig, dass ich mich in dem Moment unserer ersten Begegnung in dich verliebt hab. Ich wusste es schon, als ich dich sah.«

»Ich hab von dem Buch geredet, Mick. Ich würde dich nie auf diese Weise zappeln lassen. Du hast übrigens einen ähnlichen Eindruck auf mich gemacht bei unserem ersten Aufeinandertreffen. Soweit ich das beurteilen kann, hat jeder im Carson-Camp gleich gemerkt, wie wir füreinander empfinden. Bevor wir nicht an unserer Technik gefeilt haben, sollten wir lieber nicht mit denen Poker spielen. Und jetzt zurück zum Buch. Also: Wie endet es?«

»Das werde ich dir nicht verraten, weil ich's selbst noch nicht weiß. Du wirst es lesen müssen, wenn es fertig ist. Ich habe keine Ahnung, ob meine Art zu schreiben auf einer Stufe mit der deines Großvaters steht, aber ich genieße es. Die Worte fließen natürlicher aus mir heraus, als ich vermutet hätte, wahrscheinlich weil ich fast alle seine Bücher gelesen habe. Er schreibt ziemlich anschaulich, vielleicht fühle ich mich deshalb diesem Teil des Landes so verbunden. In meiner

Fantasie war ich lange vor meinem ersten wirklichen Besuch schon so oft hier!«

»Diese Hütte ist auch sehr authentisch. Merkwürdig, dass nicht irgendwo eine Muskete an der Wand hängt. Wobei ich mich in einer Nacht wie dieser wundere, dass überhaupt noch Wände da sind.«

Draußen tobte der Sturm. Raine fühlte sich warm und behaglich, doch das Wetter zeigte sich nicht von der freundlichen Seite. Sie war froh, Daisy auf der Ranch in Sicherheit zu wissen. Mick und sie würden wohl länger als geplant hierbleiben müssen – die Schneeverwehung vor der Tür wurde jedenfalls nicht kleiner. »Es könnte schwierig werden, morgen früh wieder von hier wegzukommen.«

»Gut. Ich könnte für immer so mit dir hier liegen bleiben wie jetzt.«

Das kam einem »Ich liebe dich« doch sehr nahe. Raine rollte sich auf ihn, was sehr leicht war, da sie sich einen Schlafsack teilten. Dann sagte sie nur: »Ich bin glücklich.«

»Das sollten wir auch tun – einander glücklich machen.«

»Ich hoffe, ich schaffe das.«

»Du hast ja keine Ahnung, wie sehr.«

Sie streifte seine Unterlippe; ihr Mund war nur Zentimeter von seinem entfernt. »Oh, ich denke, eine gewisse Ahnung habe ich durchaus. Andernfalls wärst du wohl nicht so begeistert, dir einen Schlafsack ohne Kissen mit mir zu teilen.«

»Ich dachte, ich bin dein Kissen.« Er hielt sie fest in den Armen und streichelte über ihren Rücken.

»Und ein sehr gutes dazu. Könnte ich dich vermarkten,

wären die Geschäfte im Nu ausverkauft. Die Frauen würden scharenweise zugreifen.«

»Unglücklicherweise bin ich schon vergeben, oder?«

»Da haben Sie recht, Mister.«

Tatsächlich war es die erotischste Nacht seines Lebens. Im Bett – na ja, im Schlafsack, technisch gesehen – mit einer sexy Frau, die inzwischen eng an ihn gedrängt eingeschlafen war. Nicht, dass sie eine Wahl gehabt hätte, denn sie konnte nirgendwo sonst hin. Ihm bot sich die Gelegenheit, über die jüngsten Lebensentscheidungen nachzudenken.

Wenn er seine beiden Häuser verkaufte, konnte er Raine ein Haus bauen, von dem jede Frau träumte. Nur hätte sie bestimmt keinen Gefallen daran. Sie würde wahrscheinlich etwas Bescheidenes vorziehen. Aber ein traumhaftes Künstleratelier war ein Muss. Vielleicht würde Raine ganz zu ihm auf das Grundstück mit der Hütte ziehen, sobald Daisy mit der Highschool fertig war.

Seine Frau. Die Vorstellung war aufregend.

Wasser, Strom, Internet, eine vernünftige Zufahrt … das alles konnte er arrangieren. Ihm kam eine Idee für den Grundriss des Hauses. Raine musste nur zustimmen. Sie würde auf die Details achten, und er würde sich darum kümmern, ob diese Details auch zu verwirklichen waren. Sein Ziel war ein einmaliges Bauprojekt, und er glaubte, dass das auch Raines Ziel war.

Es gefiel ihm, die richtigen Investoren für den richtigen Film zu finden, den richtigen Künstler mit dem richtigen

Projekt zusammenzubringen, denn er besaß ein Gespür für soliden Wert. Wahrscheinlich hatte er sich keinen großen Gefallen damit erwiesen, Raine die Mitarbeit an dem Animationsfilm vorzuschlagen. Sie würde beschäftigter sein denn je; allerdings war er mittlerweile bereit, das Arbeitspensum zu verringern und innezuhalten. Er hatte stets gewusst, dass er das irre Tempo nicht ewig beibehalten konnte. Wenn er kürzertrat, würde er viel mehr Zeit für Raine und Daisy haben – und für alle Kinder, die er und Raine bekommen würden.

Er hatte den Eindruck, dass sie seit dieser Nacht daran arbeiteten.

Seine lockeren Beziehungen in der Vergangenheit hatten zu nichts geführt, und jetzt kannte er den Grund dafür. Er hatte immer gewusst, dass da etwas fehlte, ohne es genau benennen zu können. Seit Raine hatte sich das geändert.

Und endlich wusste er, wie das Buch enden würde.

»Ich habe etwas falsch gemacht.« Er wusste, dass das stimmte. Sie war still, vielleicht nicht distanziert, aber auch nicht ganz bei der Sache.

»Nein«, erwiderte sie resigniert, »ich fürchte, du hast etwas zu richtig gemacht.«

Wie war das möglich? dachte er, aber dieser Feuerkopf verstand es, ihm Kontra zu geben. »Der Streit um das Land ist beigelegt. Dieser Dreckskerl wird dich und deinen Besitz nie wieder bedrohen. Also was?«

Sie stemmte die Hände in die Hüften, aber in ihren

Augen lag ein Lachen. »Dreckskerl? Du Ostküstenbursche musst noch eine Menge über die richtigen Ausdrücke bei uns im Westen lernen. Ein echter Cowboy bist du noch nicht, aber du machst dich darin, ein echtes Problem zu lösen, ohne die Waffe zu ziehen.«

»Ein Mann kann hin und wieder seinen Verstand benutzen, statt Gewalt anzuwenden. Ich verstehe allerdings immer noch nicht, warum du wütend auf mich bist.«

»Bin ich gar nicht. Ich bin mir bloß ziemlich sicher, dass ich ein Kind bekommen werde. Von dir.«

Ihm war klar gewesen, dass diese Möglichkeit bestand, und dennoch war er jetzt verblüfft. »Was?«

»Ist ja nicht nur deine Schuld, ich war auch beteiligt. Aber falls es dir entgangen sein sollte, wir sind nicht verheiratet.«

Er erholte sich von dem Schock. Auch um dieses Problem konnte er sich kümmern. »In Mustang Creek gibt es einen Prediger. Ich werde die Pferde anspannen lassen. Wir können bei ihm vorbeireiten und die Sache gleich erledigen.«

Sie würde bis zur letzten Minute störrisch sein, aber sie war so wunderschön, dass es ihm jedes Mal, wenn er sie ansah, den Atem raubte.

»Dein letzter Versuch ist dir gründlich misslungen. Saß ich da nicht in der Kutsche und konnte zusehen, wie du den durchgegangenen Pferden hinterhergerannt bist?«

»Sweetheart, ich hab's nicht vergessen. Danke, dass du mich daran erinnerst, wie du dich schlappgelacht hast. Ich dachte, du fällst gleich vom Kutschbock.«

»Ich bin mir nicht sicher, ob ich ein Greenhorn heiraten sollte.«

Er ging zu ihr und küsste sie. »Ich bin mir absolut sicher, du solltest.«

Ihr Lächeln war vorhersehbar frech. »Ja, werde ich wohl auch. Aber ich spanne die Pferde an.«

Epilog

24. Dezember, ein Jahr darauf

War es ein Fehler?

Vielleicht – das war schwer zu sagen, bis es endlich so weit war, aber Raine hörte vorsichtshalber nicht auf, die Daumen zu drücken.

Im Grunde war das eine ziemlich verrückte Idee gewesen. Andererseits hatten Stephano und Harry die meiste Arbeit gemacht. In einem seltenen Waffenstillstand hatten sie sich zähneknirschend auf ein Menü geeinigt, das sie den Gästen servieren wollten.

Das neue Haus war fertig, wenn auch noch nicht ganz bereit für Gäste, da Raine einfach zu viel um die Ohren gehabt hatte. Aber Hadleigh, Melody und Bex hatten sich um die Deko gekümmert, während Grace, Luce und Kelly die Kinder beaufsichtigten.

Mick hatte beiläufig erwähnt, dass er sich auf Chili-Cheeseburger und einen alten Western freute.

Dieses Jahr würde es das nicht geben. Seine ganze Familie hatte die Einladung zu einem Besuch angenommen.

War sie nervös? Oh ja. Nicht etwa, weil sie besorgt war, dass die Feier nicht gelingen könnte, sondern weil sie keinen blassen Schimmer hatte, wie ihre Überraschung aufgenommen werden würde. Mick schien keine Probleme damit zu haben, dass seine Familie Weihnachten nicht gemeinsam verbrachte. Aber Raine wollte ihm in diesem Jahr ein ganz besonderes Geschenk machen.

Ein richtig tolles Geschenk, mit einem kleinen Bonus.

Sie hatte es mit Blythe besprochen und die volle Zustimmung der Carsons bekommen. Und so hatte Mick jetzt nicht den Hauch einer Ahnung, dass seine Familie auftauchen würde, da sie versprochen hatten, ihm kein Sterbenswörtchen zu verraten.

Das neue Haus war herrlich geschmückt. Der Weihnachtsbaum, mindestens drei Meter hoch, stammte vom nördlichen Ende des Grundstücks. Mit einer Leiter und einer Kabbelei über die Frage, wer hinaufsteigen sollte, hatten die drei Carson-Männer sich um das Schmücken der Baumspitze gekümmert. Daisy und Ryder hatten sichtlich ihren Spaß dabei gehabt, den restlichen Baum rauszuputzen. Ryder kam allmählich in das Alter, in dem solche Sachen nicht mehr ganz seiner Vorstellung von Spaß entsprachen … Lieber ging er mit hübschen Mädchen ins Kino. Oder, da machte Raine sich nichts vor, er genehmigte sich heimlich ein oder zwei Bier. Trotzdem drapierte er pflichtschuldig einen Schneemann an einen Zweig, den Daisy nicht erreichte, weil sie nicht groß genug war, und fragte, wo genau sie ihn denn haben wollte. Gebieterisch wies sie ihn an, den Weihnachtsmann ein paar Zentimeter weiter weg zu hängen.

Ryder gab sich wirklich nett und gehorchte Daisy ohne Protest.

Die Bransons trafen als Erste ein. Raine hatte sich auf einer kurzen Reise nach Kalifornien mit dem Regisseur des Animationsfilmes getroffen. Bei der Gelegenheit konnte sie die Familie kennenlernen und so Privates mit Geschäftlichem verbinden. Micks Mutter hatte sich bei der Begrüßung zunächst kühl und souverän, dann aber doch herzlicher als erwartet verhalten. Nicht hochmütig, vielmehr abschätzend. Sein Bruder war sehr sachlich, nichtsdestotrotz aber ebenfalls sympathisch gewesen, und Micks Schwägerin entpuppte sich als eine Seelenverwandte mit einem Gespür für Kunst. Man traf sich zum Essen in einem angesagten Restaurant, weshalb die Gespräche nicht allzu persönlich wurden. Allerdings hatten sie und Micks Mutter sich anschließend E-Mails geschrieben, was er wiederum amüsant fand. Raine schickte Fotos von der Baustelle, vom Sonnenaufgang über den Bergen, vom Herbstfestival in Mustang Creek, von Mick und Daisy, in eine Partie Schach vertieft – alles, um Micks Mutter einen Einblick in ihr gemeinsames Leben zu geben.

Zu ihrer Überraschung funktionierte es. Sie bekam nicht nur Antworten, sondern Fotos von Weingütern, leuchtenden Kino-Reklameschildern und sogar ein Halloween-Foto von Micks Mutter, die sich für eine extravagante Party als Scarlett aus *Vom Winde verweht* verkleidet hatte. Sie mochten viele Meilen voneinander getrennt sein, aber sie fanden einen Weg, sich gegenseitig besser kennenzulernen.

Raine war überzeugt davon, dass es Mick in Wirklichkeit nicht so gleichgültig war, wie er vorgab, dass seine Familie Weihnachten seit dem Tod seines Vaters nicht mehr zusammen verbrachte. Natürlich war sie keine Psychologin, dennoch fragte sie sich, ob es nicht in Wahrheit alle wurmte und sie sich um diese Zeit des Jahres nur deshalb an verschiedenen Orten aufhielten, um den unweigerlich aufkommenden Emotionen aus dem Weg zu gehen.

Es wurde Zeit für bessere Erinnerungen, zumindest hoffte Raine darauf.

Als Mick zur Tür hereinkam, offensichtlich ziemlich geschafft nach seiner Reise nach Deutschland, die drei Tage länger als geplant gedauert hatte, begrüßte ihn ein Haus voller Leute, die Cocktails und den Artischocken-Dip genossen.

Er stand eine Minute still im Türrahmen, ehe er leise sagte: »Ich hab die Autos draußen gesehen, daher bin ich über die Gästeschar nicht wirklich erstaunt. Raine, wir haben doch gestern Abend telefoniert. Du hast kein Sterbenswörtchen von einer großen Party erwähnt.«

Sie küsste ihn. »Überraschung! Eigentlich war's die Idee deiner Mutter. Willkommen zu Hause.«

Er erwiderte ihren Kuss und nahm sich Zeit dafür. »Meine Mutter wollte, dass ich eine Weihnachtsfeier kriege? Jetzt hab ich gleich zwei Frauen, die sich hinter meinem Rücken verbünden – drei, wenn ich Daisy noch dazuzähle. Ich bin eindeutig in der Minderheit.«

»Hm … Vielleicht werden wir ja einen Jungen bekommen, der das Ganze wieder ein bisschen zu deinen Gunsten ausgleicht. Im Juli, wenn man's genau nimmt …«

»Was?« Er starrte sie an, als würde er gleich vom Glauben

abfallen. »Kannst du das noch mal wiederholen? Wir bekommen ein Baby?«

»Sieht ganz danach aus. Schließlich haben wir's versucht, schon vergessen? Also mach nicht so ein erstauntes Gesicht.«

»Na ja, *ich* hab ganz sicher mein Bestes gegeben.« Er umarmte sie, ließ einen Augenblick später jedoch von ihr ab und stutzte. »Ist das da drüben etwa mein Bruder, der sich gerade einen Drink einschenkt? Er ist hier? Heiligabend? In Wyoming?«

»Starr jetzt nicht hin, Schatz, aber ja. Deine Mutter steht übrigens dort drüben und unterhält sich gerade mit Blythe und Ingrid. Ich hab keine Ahnung, worüber sie tratschen, aber ich wette, du bist das Hauptthema ihrer Unterhaltung.«

»Vermutlich hast du recht. Netter Versuch übrigens, das Thema zu wechseln. Stimmt es wirklich, Raine? Sind wir schwanger?«

»Ich bin schwanger, und du bist der Vater, also lautet die Antwort auf deine Frage wohl: Ja.«

»Ich bin ... Herrje, ich weiß gar nicht, was ich sagen soll! Warum hast du mir nichts erzählt?«

»Es schien mir die perfekte Überraschung zu Weihnachten für dich zu sein. Letztes Jahr hast du eine Spukhütte bekommen. Wie sollte ich das denn noch übertreffen? Die Messlatte lag echt hoch.«

»Ich würde sagen, du hast es geschafft.« Mick drückte sie erneut an sich und küsste sie, bis sie ihn lachend von sich schob.

»Heut Abend kannst du's deiner Familie persönlich verkünden. Komm, lass uns feiern. Mace hat extra für mich einen alkoholfreien Wein gemacht, den er Bran-Son genannt hat. Drake erwartet die Geburt eines neuen Fohlens, das er Brandy nennen wird. Du weißt ja, wie die beiden sind. Kabbeln sich ständig, ob es ein Junge oder ein Mädchen wird.«

»Meine Familie hat doch mit all diesen Leuten hier gar nichts am Hut! Oder mit Mustang Creek. Das ist nicht Paris oder Rom!«

»Stimmt.« Raine hakte sich bei ihm unter, in ihren Augen stand ein ganz besonderes Leuchten. »Aber ich glaube, sie werden heute nirgendwo lieber sein wollen als hier.«

Für Mick galt das ganz gewiss, so viel stand fest.

– ENDE –

1. Kapitel

Alles geschah innerhalb von Sekunden.

Und jede einzelne Sekunde fühlte sich an wie ein ganzes Jahr.

Mace Carson fuhr hinter dem unbekannten Wagen her, seit er vor einigen Minuten die Stadtgrenze Mustang Creeks hinter sich gelassen hatte. Plötzlich geriet das andere Auto auf der regennassen Straße ins Schleudern und drehte sich einmal um die eigene Achse. Diese Zeitlupendrehung, seltsam anmutig und zugleich potenziell tödlich, war erschreckend anzusehen.

Mace hielt am Seitenstreifen und tastete fluchend nach seinem Handy, während er hilflos mit ansah, wie das andere Fahrzeug langsam auf den Abhang an der gegenüberliegenden Straßenseite zuschlitterte, wo es keine Leitplanken gab. Dort ging es fast fünfzehn Meter steil hinunter, so schätzte er, und weder Bäume noch Felsbrocken würden den Fall bremsen.

Mal abgesehen davon, dass auch das nicht unbedingt ideal gewesen wäre.

Mit einem weiteren Fluch auf den Lippen sprang er aus seinem Pick-up und rannte los, um irgendwie zu helfen und ohne auf den prasselnden Regen zu achten, das Telefon in der Hand, den Daumen schon auf der Notruftaste.

Inzwischen kam der andere Wagen am Rand des Abhangs zum Stehen, und zwar in einem heiklen Winkel, halb noch auf der Straße, halb schon nicht mehr, mit der Beifahrerseite zum Abgrund. Der zentimetertiefe, rutschige Matsch bot kaum Halt.

Mace war nicht leicht aus der Fassung zu bringen, doch in diesen Sekunden schlug ihm das Herz bis zum Hals. Er war jetzt nah genug herangekommen, um das blasse, erschrockene Gesicht der Fahrerin zu erkennen, die sich von innen gegen die Tür stemmte, als hoffe sie, irgendwie durch das Blech nach draußen auf sicheren Boden gelangen zu können.

»Nicht bewegen!« Er wusste nicht, ob er die Worte tatsächlich rief oder bloß mit den Lippen formte. Er ließ das Telefon fallen, denn er würde beide Hände brauchen, um sie zu befreien, bevor der Schlamm nachgab und sie samt Wagen den Abhang hinunterrutschte.

Er sah sie nicken. Dann erstarren.

Er packte den Türgriff, ohne den Blick von ihrem Gesicht zu lösen, und merkte sofort, dass die Türen noch verriegelt waren.

»Schalten Sie auf ›Parken‹«, forderte er die Frau auf, im Stillen dankbar, dass die Airbags nicht aufgegangen waren. Der Mechanismus war empfindlich; in manchen Autos, besonders neueren, brauchte es dazu nicht einmal einen Aufprall. Selbst ein abrupter Richtungswechsel konnte sie auslösen. »Und dann öffnen Sie den Sicherheitsgurt. Schön langsam – bloß keine plötzlichen Bewegungen.«

Wieder nickte sie. Entweder schrie er wirklich oder sie las

die Worte von seinen Lippen ab, denn sie kam seiner Aufforderung tatsächlich nach. Erleichtert hörte er, wie sich die Schlösser entriegelten.

Im selben Moment rutschte der Wagen ein paar Zentimeter weiter den Abhang hinab.

Mace stemmte die Füße in den Boden und zog an der Tür. Die Schwerkraft arbeitete gegen ihn, aber er hatte in seinem Leben genug Heuballen gewuchtet, und das hatte ihn körperlich stark gemacht.

Die Tür ging einen Spaltbreit auf.

»Rauskommen müssen Sie allein«, erklärte er der Frau, die so heftig zitterte, dass sie mit den Zähnen klapperte. Seine Stimme klang seltsam ruhig, wenn man die Umstände bedachte, zumindest für ihn selbst. »Aus offenkundigen Gründen kann ich diese Tür nicht lange genug loslassen, um Ihnen meine Hand anzubieten.«

Sie zwängte sich durch den engen Türspalt und landete auf Händen und Knien vor seinen Füßen.

Als er nur einen Herzschlag später den Türgriff losließ, fiel die Tür zu, und die Erschütterung reichte aus, um den Pick-up in Bewegung zu setzen. Noch während er der Frau aufhalf, rutschte der Wagen den Abhang hinab, kippte auf die Seite und überschlug sich wieder und wieder, wobei er immer mehr Schwung aufnahm und schließlich weit unten krachend auf dem Dach liegen blieb, mitten im Fluss.

Mace hielt die am ganzen Körper bebende Fremde noch immer mit beiden Armen umfangen und schloss kurz die

Augen bei der Vorstellung, was hätte passieren können. Wer immer diese Lady sein mochte, sie hatte ziemliches Glück gehabt.

Er selbst fühlte sich ein wenig zittrig, erholte sich jedoch rasch. Er musste sich auf das konzentrieren, was jetzt notwendig war. Äußerlich schien die Frau unverletzt zu sein, aber sie könnte unter Schock stehen oder sich den Kopf gestoßen und eine Gehirnerschütterung zugezogen haben. Möglicherweise hatte sie irgendwelche inneren Verletzungen davongetragen.

Da er wie jedes Ranch-Kind mit wilden Tobereien aufgewachsen war und auch Rodeos geritten hatte, wusste er, dass man manche Verletzungen, anders als Prellungen oder Platzwunden, nicht sehen konnte. Zumindest nicht sofort.

Sein Verantwortungsgefühl erwachte von Neuem, und er atmete tief durch, während er seine Gedanken ordnete.

Immerhin stand die Lady noch auf den Beinen, und ihr Blick schien einigermaßen klar zu sein. Mace schaute den Abhang hinunter.

Ein wenig hatte er damit gerechnet, dass der Wagen beim Aufprall explodieren würde, trotz des Regens, aber er lag bloß da, dermaßen von Schlamm bedeckt, dass die Farbe – typisches Mietwagen-Beige, wenn er sich richtig erinnerte – nicht mehr zu erkennen war. Mit seinen vier sich langsam drehenden Rädern erinnerte ihn der Wagen an eine Schildkröte, die auf dem Rücken lag und vergeblich wieder auf die Beine zu kommen versuchte.

»Heilige Scheiße«, flüsterte er.

Die Frau sah ihn an, regendurchnässt und noch immer blass, allerdings mit einem amüsierten Zug um die Mundwinkel. »Das können Sie wirklich zweimal sagen«, meinte sie. »Aber tun Sie's trotzdem nicht.«

Er lachte kurz und rau darüber. Sie zitterte, und er war sich nicht ganz sicher, ob sie nicht doch zusammenklappen würde, sobald er sie losließ. Aber sie besaß Mumm, daran bestand kein Zweifel. Angesichts dessen, was sie gerade durchgemacht hatte, hätte er auch heftiges Schluchzen, eine gute alte Ohnmacht oder Würgen nicht für eine übertriebene Reaktion gehalten.

»Sind Sie verletzt?« Er wünschte, er hätte diese naheliegende Frage schon etwas eher gestellt, statt sie nur zu denken.

Sie schüttelte den Kopf. Ihre Haare, die in tropfenden Strähnen nicht ganz bis auf ihre Schultern reichten, waren irgendwie blond. Ihre Augen, noch immer vor Schreck geweitet, waren von einem erstaunlichen Grün, mit goldenen Sprenkeln. »Mir fehlt nichts«, versicherte sie ihm, wobei sie die Stimme heben musste, wegen des unablässig prasselnden Regens. »Dank Ihnen.«

»Haben Sie Schmerzen?«, erkundigte sich Mace, noch nicht ganz überzeugt.

»Ein paar Prellungen«, antwortete sie, »aber nichts Ernstes. Es fühlt sich auch nichts taub an. Ich bin nur ein bisschen geschockt – das war ja echt knapp.« Sie biss sich auf die Unterlippe, ehe sie weitersprach. »Wenn Sie nicht da gewesen wären …« Sie verstummte, schüttelte erneut den Kopf und wischte sich mit dem Handrücken über die Augen.

»Tja, ich war aber da«, sagte er sanft. »Wir werden Sie untersuchen lassen, nur um sicherzugehen.«

Sie antwortete mit einem Durcheinander aus Worten und halben Sätzen. »Der Wagen … der war gemietet … ich weiß nicht, ob ich eine Zusatzversicherung abgeschlossen habe.«

»Darum kümmern wir uns später. Jetzt fahren wir erst mal ins Krankenhaus.«

»Ich glaube wirklich nicht, dass ich verletzt bin …«

Mit der einen Hand hielt er weiterhin ihren Arm fest, während er sich bückte, um mit der anderen Hand sein Telefon aufzuheben. Es sah ein bisschen ramponiert aus, obwohl es wahrscheinlich noch ganz gut funktionierte. »Falls es Ihnen recht ist«, sagte er leichthin, »würde ich das gern aus dem Mund eines Mediziners hören.«

Sie seufzte.

»Außerdem wird es durch den Regen nicht besser«, fügte er hinzu und führte sie behutsam zu seinem Pick-up. Es wäre schneller gegangen, wenn er sie einfach hochgehoben und getragen hätte. Doch sollte sie tatsächlich verletzt sein, wäre es wiederum auch nicht gut, sie wie einen Futtersack umherzuwerfen.

Sie erreichten den Pick-up, und er öffnete die Beifahrertür. Aber bevor er ihr hineinhelfen konnte, stieg sie aus eigener Kraft auf das Trittbrett und schwang sich auf den Sitz. Als Mace ihr Gesicht betrachtete, hatte er für einen kurzen Moment das Gefühl, sie von irgendwoher zu kennen.

»Wenn ich der Ansicht wäre, dass es Sinn hätte, mit Ihnen zu streiten«, erklärte sie mit der Andeutung eines Lächelns,

»dann würde ich wiederholen, was ich schon die ganze Zeit sage. Ich brauche keinen Arzt. Außerdem haben Sie schon genug für mich getan.«

»Sie haben zumindest teilweise recht«, räumte Mace ein. »Mit mir zu streiten hätte wenig Sinn. Im Übrigen tue ich nur, was jeder unter diesen Umständen getan hätte. Tja, und ob Sie zum Arzt sollten oder nicht, darüber könnte man debattieren.«

»Im Ernst. Ich bin mir absolut sicher, dass ich bloß ein heißes Bad brauche, ein paar Aspirin und etwas Schlaf. Wenn Sie mich also einfach vor meinem Hotel absetzen würden ...«

»Na klar doch«, erwiderte Mace freundlich. »Das mache ich – nachdem der Arzt Sie untersucht und es für okay befunden hat.«

»Mir fehlt nichts.« Sie war hartnäckig, um nicht zu sagen stur, aber diesmal hatte sie einen ebenbürtigen Gegner gefunden. Er war mindestens genauso stur.

Mace warf die Wagentür zu, ohne etwas darauf zu erwidern. Vielleicht hatte sie recht und ihr fehlte wirklich nichts. Er hatte jedoch nicht die Absicht, ein Risiko einzugehen, und allmählich war er es leid, hier im strömenden Regen herumzudiskutieren.

Kaum saß er hinter dem Lenkrad, im Schutz des Wagens, ließ der Regen nach.

Natürlich.

Die Frau hielt ihre Arme um den Oberkörper geschlungen, bibberte und starrte trübsinnig durch die regennasse Frontscheibe.

Mace stellte die Heizung hoch und war froh, dass er den Motor hatte laufen lassen. Er sah die Frau an und versuchte ein Lächeln, das ihm misslang. »Bei mir sind Sie sicher, falls es das ist, worüber Sie sich Sorgen machen. Ich bin vielleicht ein Fremder, aber auch einer von den Guten.«

Sie musterte ihn neugierig. »Sie sind kein Fremder.«

Ah, dann hatte er also recht gehabt. Dies war nicht ihre erste Begegnung.

Nur konnte er sich beim besten Willen nicht mehr daran erinnern, wo sie sich schon einmal über den Weg gelaufen waren. Das war eigenartig, denn selbst nass, schmutzig und geschockter, als sie vermutlich glaubte, war sie nicht der Typ Frau, den man leicht wieder vergaß.

»Bin ich nicht?«, fragte er und schaute in den Rückspiegel, bevor er drehte und zurück Richtung Mustang Creek fuhr.

Seufzend lehnte sie den Kopf gegen das Seitenfenster und erwiderte beinah wehmütig: »Erinnern Sie sich nicht?«

»Ich weiß, dass wir uns schon einmal begegnet sind«, antwortete er. »Aber mehr im Augenblick auch nicht.«

Es entstand eine längere, einsame Pause. Dann ein weiterer Seufzer. »Vielleicht können wir uns ein andermal über alte Zeiten austauschen«, sagte sie schließlich und schien in sich hineinzuschrumpfen. »Ich bin schrecklich müde.«

Normalerweise mochte er es nicht, solche Dinge aufzuschieben, doch verzichtete er darauf, sich nach weiteren Einzelheiten zu erkundigen. Zumindest vorläufig.

»Schlafen Sie bloß nicht ein«, warnte er sie.

»Warum nicht?«, fragte sie mit einem weiteren Seufzer und einem kleinen Gähnen. »Ich habe einen langen, harten Tag hinter mir.«

»Weil Sie sich möglicherweise den Kopf gestoßen haben.«

Sie öffnete den Mund, anscheinend um zu protestieren, aber dann schien sie es sich anders zu überlegen. Vielleicht war sie auch einfach nur zu müde für eine Diskussion.

»Danke«, sagte sie. »Für alles.«

Mace nickte nur kurz und hielt den Blick auf die Straße gerichtet. Mehrere Minuten vergingen, bis er das Schweigen beendete. »Was ist eigentlich passiert?«

»Ich weiß es nicht genau«, antwortete sie schläfrig. »Ich fuhr ganz normal und hielt Ausschau nach der Einfahrt zum Hotel, als das Auto plötzlich ins Rutschen geriet. Aquaplaning. Oder vielleicht ist ein Reifen geplatzt oder so.«

»Sie sind zu schnell gefahren«, bemerkte er trocken.

Sie runzelte die Stirn: »Wollen Sie mich jetzt auch noch über Sicherheit im Straßenverkehr belehren? Das brauche ich jetzt nämlich wirklich nicht.«

Er grinste. »Unbekannte Straße, heftiger Regen …«

»Ich hatte es eilig.«

»Weswegen?«

»Weil ich in mein Hotel wollte. Wie ich bereits erwähnte, habe ich einen langen Tag hinter mir.«

Mustang Creek kam in Sicht; das kleine Krankenhaus lag auf der anderen Seite der Stadt, noch etwa zehn Minuten entfernt. Eine Polizeieskorte wäre jetzt nicht schlecht, dachte er.

»Noch ein paar Sekunden, und Sie hätten Ihr Leben hinter sich gehabt.«

»Na danke noch mal.« Diesmal klang es ein wenig brüsk, was Mace beruhigend fand. »Allein wär ich da wohl nicht drauf gekommen – dass ich bei dem Unfall hätte sterben können, meine ich.«

Sorg dafür, dass sie weiterredet. Und wenn sie verärgert ist, auch gut. Dann schläft sie wenigstens nicht ein.

Plötzlich setzte sie sich kerzengerade auf und fing an, mit ihren Händen herumzutasten. »Meine Handtasche. Die ist noch im Auto«, stellte sie entsetzt fest.

Mace hatte es schon immer verblüfft, wie abhängig Frauen von ihren Handtaschen waren, als handele es sich bei diesen Dingern um ein Teil ihrer Anatomie, statt um eine offensichtliche Last. Noch etwas, auf das man aufpassen musste. »Die verschwindet ja nicht«, bemerkte er vorsichtig.

Mit großen Augen und geröteten Wangen starrte sie ihn an. »Mein ganzes *Leben* befindet sich in dieser Handtasche!«, schrie sie. »Außerdem ist es eine Michael Kors!«

Eine Handtasche mit Namen, dachte er, war jedoch nicht so blöd, das laut auszusprechen. Sie wachzuhalten war eine Sache; das hieß aber nicht, dass ihr deswegen eine Ader im Hirn platzen sollte.

»Ich werde dafür sorgen, dass Sie sie zurückbekommen.«

»Und wenn sie im Wasser versinkt? Mein Telefon, meine Brieftasche … haben Sie überhaupt eine Vorstellung davon, wie viel eine Designer-Handtasche kostet? Und was ist mit meinem Laptop? Meiner Kleidung?«

»Das könnte durchaus passieren«, gab Mace ihr gelassen recht. »Wenn man mal die Gesetze der Schwerkraft berücksichtigt.«

»Wie können Sie so ruhig sein?« Jetzt war sie wirklich

wütend und beantwortete sich die Frage gleich selbst. »Ich werde Ihnen sagen, weshalb Sie ruhig bleiben können. Es ist nicht *Ihre* Handtasche!«

»Da haben Sie mich aber erwischt«, gab er zu, nicht ohne Mitgefühl. »Zufällig besitze ich keine. Tja, und besäße ich eine, würde ich das schön für mich behalten.«

Das Rot ihrer Wangen nahm zu, aber sie kicherte. »Die Sache ist ernst.«

Mace schüttelte den Kopf. »Nein, Ma'am«, sagte er, während er den Wagen durch die vertrauten Straßen seiner Heimatstadt lenkte. »Autounfälle sind ernst. Gehirnerschütterungen und Milzrisse sind ernst. Aber eine Handtasche namens Michael, die in einem Fluss gelandet ist? Nö.«

»Ich sollte die Mietwagenfirma anrufen«, sagte sie ohne Überleitung.

Mace zog sein Handy aus der Brusttasche seines Hemdes und reichte es ihr. »Machen Sie nur, wenn Sie sich dadurch besser fühlen.«

Sie nahm das Telefon und schaute perplex auf das Display. »Ich kenne die Nummer nicht. Der Vertrag liegt im Handschuhfach, und das steht wahrscheinlich unter Wasser.«

»Sie haben reichlich Zeit, sich mit denen in Verbindung zu setzen«, sagte Mace. Inzwischen waren sie fast durch Mustang Creek hindurchgefahren; jeden Moment würde die Abzweigung zum Krankenhaus kommen. »Es wäre aber vielleicht keine schlechte Idee, Ihre Familie anzurufen.« Als sie nicht gleich antwortete, zählte er auf: »Ihre Familie? Ehemann? Freund?«

Sie stieß frustriert den Atem aus. »Meine Eltern machen eine Kreuzfahrt zwischen den griechischen Inseln.« Aus dem Augenwinkel registrierte er, dass sie ihn ansah. Er verlangsamte das Tempo, um abzubiegen. »Und ich habe weder einen Ehemann noch einen Freund, nur zu Ihrer Information.« Einige Sekunden vergingen. »Und Sie?«

Er lachte und bog in die Zufahrt zum Krankenhaus ein. »Ob ich einen Ehemann oder Freund habe?«

Sie warf ihm einen finsteren Blick zu, der jedoch einem wackligen Grinsen wich, bevor sie den Parkplatz vor der Notaufnahme erreichten. »Das war ein Scherz.«

»Ich hab doch gelacht, oder?« Mace parkte, stellte den Motor aus und ging um den Wagen, um ihr beim Aussteigen zu helfen. Diesmal ließ sie es zu, und kaum hatten ihre Füße den Boden berührt, schwankte sie und legte die Hand an die Stirn.

Mace legte den Arm um ihre Taille, um sie zu stützen. Wieder überlegte er, ob er sie nicht lieber tragen sollte, und wieder verwarf er die Idee als zu riskant.

»Mir ist nur ein bisschen schwindelig«, murmelte sie, während sie die gut beleuchtete Anmeldung betraten. »Keine große Sache.«

Ellie Simmons saß hinter dem Tresen, und sie stand sofort auf. Sie und Mace waren zusammen zur Schule gegangen.

»Ich habe weder Ausweis noch Krankenversicherungskarte bei mir«, erklärte die Frau, und erst in diesem Moment begriff Mace, dass er ihren Namen gar nicht kannte.

»Sie hatte einen Unfall«, berichtete er Ellie, froh über die nette, kompetente Art seiner Bekannten. »Auf der Südseite der Stadt.«

Ellie kam hinter dem Empfangstresen hervor und besorgte einen Rollstuhl. Behutsam drängte sie die Patientin, sich hineinzusetzen. »Was ist mit dir, Mace?«, erkundigte sie sich. »Hast du dich verletzt?«

Mace fuhr sich durch die nassen Haare. Durchweicht, wie er und seine Begleiterin waren, hätten sie auch Schiffbrüchige sein können – hätte es im Umkreis von tausend Meilen einen Ozean gegeben. »Ich kam nur zufällig vorbei«, sagte er.

»Ich bin versichert«, kam es von der Frau im Rollstuhl.

»Zu den Formalitäten kommen wir später«, erklärte Ellie, die den Neuankömmling schon Richtung Untersuchungszimmer schob, während sie sich hinunterbeugte und fragte: »Wie heißen Sie, Schätzchen?«

Die Frau im Rollstuhl zögerte lange genug, dass Mace und Ellie einen Blick tauschten. Ellie hob fragend eine Braue.

Mace zuckte mit den Schultern. »Ich habe keine Ahnung.«

»Kelly«, sagte die Frau schließlich, und es klang erleichtert. »Kelly Wright.«

»Nun, Kelly Wright«, verkündete Ellie, während sie mit ihr im Untersuchungsraum verschwand, »Sie haben Glück. Dr. Draper hat heute Abend Dienst, und sie ist die Beste.«

Mace schaute ihnen hinterher und unterdrückte das Bedürfnis, ihnen einfach zu folgen, eine Menge Fragen zu stellen und dafür zu sorgen, dass Sheila Draper auch die richtigen Tests durchführte.

Was immer die richtigen Tests sein mochten.

Da Miss Wright nach wie vor sein Handy hatte, ging er zum Münzfernsprecher, einem echten Relikt aus einer vergangenen Zeit. Mace wühlte in den Hosentaschen nach Münzen und rief seinen Freund Spence Hogan an, seines Zeichens Polizeichef von Mustang Creek.

Spence brauchte eine Weile, bis er sich meldete, und als er es endlich tat, geschah das auf die übliche barsche Art. »Hey, Mace. Was läuft?«

Mace schilderte es ihm in aller Ausführlichkeit.

»Sam Helgeson hat es vor fünf Minuten gemeldet«, sagte Spence. »Ich habe schon einen Streifenwagen und einen Abschleppwagen hingeschickt.« Dann fragte er: »Mit dir alles okay, Kumpel?«

»Mir geht's gut«, antwortete Mace. Wo hatte er das nur schon mal gehört?

»Bist du dir sicher? Du hörst dich ganz schön nervös an, wenn du mich fragst.«

Mace seufzte. »Ja, das bin ich auch.«

»Bleib einen Moment dran«, bat Spence ihn. »Deputy Brenner meldet sich gerade über Funk. Er ist am Unfallort eingetroffen.«

Mace wartete. Er hörte an Spence' Ende einen Wortwechsel, konnte jedoch nicht verstehen, was gesagt wurde. Außerdem war er viel zu sehr damit beschäftigt, sich zu fragen, was da im Untersuchungsraum mit Kelly Wright vor sich ging. Gleichzeitig kramte er in seiner Erinnerung – die, was Frauen betraf, sehr zuverlässig arbeitete – nach irgendeiner Verbindung.

Und fand keine.

Er hatte in seinem Leben bestimmt ein halbes Dutzend Kellys gekannt, war mit einigen zur Schule gegangen, hatte andere während der Rodeotour ausgeführt, aber der Name Wright sagte ihm nichts.

Spence meldete sich wieder. »Du sagtest, da sei nur eine Frau im Wagen gewesen, als der den Abhang hinunterrutschte, oder? Keine weiteren Passagiere?«

»Nur sie«, bestätigte Mace. »Doc Draper untersucht sie gerade.«

Spence atmete hörbar aus.

»Was?«, drängte Mace, besorgt von Spence' Zögern.

»Laut meinem Deputy«, berichtete der Polizeichef, »waren er und der Abschleppwagenfahrer dabei, persönliche Sachen aus dem Wagen zu bergen, als sie Benzin rochen. Sie rannten schnell den Abhang hinauf mit den paar Sachen, die sie noch einsammeln konnten, und dann ging der Wagen erst in Flammen auf und flog schließlich in die Luft. Die Feuerwehr ist unterwegs, um dafür zu sorgen, dass sich das Feuer nicht ausbreitet. Dem Himmel sei Dank für diesen Regen.«

Mace kniff die Augen zusammen und öffnete sie wieder. »Meine Güte«, flüsterte er und sah das Feuer vor sich, als wäre er dabei gewesen. Er dachte daran, dass er nach dem Treffen mit dem Typen, der seine Website betreute, beinah auf ein Bier in seiner Lieblingsbar vorbeigeschaut hätte. Dort wäre er sicher eine Weile hängen geblieben, hätte mit Freunden und Nachbarn geplaudert, womöglich die eine oder andere Partie Billard gespielt. Wenn ihm nicht eingefallen wäre, dass Harry, die langjährige Köchin und Haushälterin der Familie, an diesem Abend ihre legendären Hamburger zubereiten wollte, und falls er geglaubt hätte, dass seine beiden älteren Brüder Slater und Drake ihm etwas übrig lassen würden …

Wenn.

Diese Miss Wright wäre höchstwahrscheinlich in ihrem Wagen gefangen gewesen, unfähig, die Fahrertür zu öffnen auf dem steilen Abhang. Sie wäre zusammen mit dem Wagen abgestürzt, und wenn sie wie durch ein Wunder die Überschläge, ohne sich das Genick zu brechen, überstanden hätte, wäre sie verbrannt.

Er stieß einen leisen Fluch aus.

»Macht dich wohl zum Helden«, bemerkte Spence trocken.

»Ich war bloß zufällig da, das ist alles«, sagte Mace. »Zur richtigen Zeit am richtigen Ort. Du hättest das Gleiche getan, wenn du dort gewesen wärst, genau wie so ziemlich jeder hier.«

»Wie so ziemlich jeder hier«, bestätigte Spence mit leichter Betonung auf dem mittleren Wort.

Mace ließ das unkommentiert. Jede Stadt hatte ihre Windbeutel, und Mustang Creek bildete da keine Ausnahme. Aber darum ging es nicht. Was zählte, war die Tatsache, dass diese Wright-Lady nicht in dem Wagen diesen Abhang hinuntergestürzt war. Sie war heil davongekommen, musste vielleicht ein bisschen geflickt werden, aber sie war am Leben.

Ein Schauder überlief Mace und erinnerte ihn daran, dass seine Kleidung vollkommen durchnässt war und klamm und kalt an ihm klebte. Er hatte Hunger, war hundemüde und verdammt dankbar, dass das oft launische Schicksal Kelly Wright nicht allzu übel mitgespielt hatte.

»Mace?«, fragte Spence. »Bist du noch dran?«

»Ja, ich bin da«, antwortete er.

»Ich nehme an, viel mehr kannst du heute Abend nicht mehr tun. Ist also wohl das Beste, wenn du nach Hause fährst.«

»Sobald ich weiß, dass Kelly nichts fehlt, mache ich genau das. Wahrscheinlich braucht sie jemanden, der sie zum Hotel fährt. Dort wohnt sie nämlich.«

»Na schön«, meinte Spence diplomatisch. »Ich nehme allerdings an, die Dame wird zur Beobachtung dortbleiben, und die Tests, die man mit ihr durchführen will, können Stunden dauern. Willst du wirklich die ganze Zeit im Wartezimmer sitzen?«

Mace seufzte. »Sie kommt nicht von hier. Irgendjemand sollte wenigstens so lange warten, bis feststeht, ob sie über Nacht hierbleiben muss oder ob sie gehen darf.«

»Gut«, sagte Spence. »Wir werden hier tun, was wir können.«

Mace nickte, bis ihm klar wurde, dass sein Freund das nicht sehen konnte. »Ihr Name ist Kelly Wright, und der Wagen war gemietet, aber sie wusste den Namen der Mietwagenfirma nicht mehr. Mehr kann ich dir im Augenblick nicht sagen.«

»Keine Sorge«, erwiderte Spence. »Mustang Creek PD vollbringt auf geheimnisvolle Weise Wunder. Richte Miss

Wright aus, sie möge mich anrufen, sobald ihr danach ist, ja? Es wird einiges an Papierkram anfallen.«

»Mach ich«, versprach Mace, ehe sie sich voneinander verabschiedeten.

Mace lief auf und ab, als ein junges Paar mit ängstlichen Gesichtern durch den Haupteingang hereinstürmte. Der Mann trug ein wimmerndes, in eine Decke gewickeltes Kleinkind auf dem Arm.

Sofort tauchte Ellie auf und begrüßte die Neuankömmlinge mit einem breiten, beruhigenden Lächeln. Sie gab der Frau ein Klemmbrett und führte das Trio in ein anderes Behandlungszimmer.

Als sie in den Empfangsbereich zurückkehrte, gab sie Mace sein Handy zurück. »Kelly bat mich, dir das zu geben.«

»Danke. Gibt es schon Ergebnisse?«

»Noch nicht«, antwortete Ellie unverbindlich. »Möchtest du Kaffee?«

»Nein danke.« Er war ohnehin schon aufgedreht genug, auch ohne einen Koffeinkick.

»Wie läuft dein Abend?«, erkundigte er sich. Eigentlich war er nicht allzu gesprächig, aber das Wartezimmer machte ihn verrückt.

»Besser als deiner, würde ich denken.« Ellie lächelte verständnisvoll und saß schon wieder auf ihrem Platz hinter dem Anmeldetresen. »Bis jetzt war nicht viel los. Was natürlich gut ist.«

Mace merkte, dass ihm der Gesprächsstoff ausging. Er setzte sich auf einen orangenfarbenen Plastikstuhl, schlug eine alte Ausgabe von *Field & Stream* auf, las einen Absatz über Forellenfischen in Montana und gab es auf.

Eine weitere Stunde verging, in der eine ältere Frau mit Atemproblemen hereingebracht wurde und das junge Paar mit einem Rezept aus dem Behandlungszimmer kam. Das Kind schlief nun, den Kopf auf der Schulter des Mannes. Mace nickte ihm freundlich zu, und der Mann nickte zurück.

Kurz darauf kam Sheila Draper aus dem Behandlungszimmer, entdeckte Mace und ging lächelnd auf ihn zu. Sie war eine gut aussehende Rothaarige, mit einer Figur, die ihre blaue Krankenhauskluft aufregend ausfüllte.

»Hey, Doc«, sagte Mace. Sheila war auf einer Nachbarranch aufgewachsen und die beiden Familien seit langer Zeit befreundet.

»Selber hey.« Sheila trug einen Tablet-Computer, sah aber nicht hinein. In ihren hellgrünen Augen lag ein Funkeln. »Du kannst dich entspannen, Sir Galahad«, sagte sie. »Kelly ist nicht ernstlich verletzt, nur ein bisschen durchgerüttelt und dehydriert. Ich behalte sie über Nacht hier, zur Beobachtung und zur Flüssigkeitszufuhr.«

Etwas in Mace entkrampfte sich, und er atmete tief durch. Und noch während die Frage in seinem Kopf entstand, staunte er darüber, dass er sie stellen musste. Er hatte doch für Kelly getan, was er konnte und wusste sie in guten Händen, hatte es von dem Moment an gewusst, als er sie hereingebracht hatte.

Trotzdem fragte er: »Kann ich sie sehen?«

Sheila schüttelte bedauernd den Kopf und berührte seinen Arm. »Nicht mehr heute Abend, Mace. Ich habe ihr ein

Beruhigungsmittel gegeben, und sie ist schon auf dem Weg nach oben. Vermutlich schläft sie schon, bevor sie in ihrem Zimmer angekommen ist.« Im Grunde verstand es sich von selbst – Kelly brauchte Schlaf, keinen Besuch.

Er nickte und seufzte.

Dann bedankte er sich bei Sheila, verabschiedete sich von Ellie und machte sich auf den Heimweg.

Mace Carson erinnerte sich also nicht an sie. Zumindest nur sehr vage.

Das war ja fürs Erste in Ordnung, fand Kelly, schon ein wenig benommen von dem Beruhigungsmittel, das man ihr gerade verabreicht hatte. Sie dagegen erinnerte sich umso besser.

Wegen der grellen Beleuchtung über ihr und wegen eines leichten Schwindelgefühls schloss sie die Augen, während sie auf einer Trage erst in einen Fahrstuhl und dann einen langen Gang entlanggeschoben wurde. In Gedanken kehrte sie in ein anderes Krankenhaus zurück, an einem anderen Abend, vor über zehn Jahren.

Bei der Erinnerung daran hätte sie sich am liebsten in die Embryonalstellung zusammengekrümmt, doch die Medikamente und die Infusionsnadel in ihrem Arm machten solche Bewegungen unmöglich. Es hätte auch zu viel Anstrengung gekostet.

Eine andere Erinnerung flutete ihren Verstand und wirkte beruhigend. Auch damals war Mace bei ihr gewesen. Er hatte sie ins Krankenhaus begleitet und ihre Hand gehalten. Er hatte ihr gut zugeredet, dass sie jetzt in Sicherheit sei und niemand ihr etwas antun würde. Er hatte ihr versprochen, da zu sein, wenn die Polizei käme, um sie zu befragen. Und er hatte sein Wort gehalten, als sie am nächsten Morgen entlassen wurde. Er hatte sie zum Polizeirevier gefahren und neben ihr gesessen, während zwei Detectives von der Spezialeinheit für Sexualverbrechen, der Special Victims Unit, kurz SVU, sie über die Ereignisse der vorangegangenen Nacht befragten, in der sie auf dem Weg zu ihrer Studentenunterkunft angegriffen und beinah vergewaltigt worden war.

Mace, der am gleichen College in Kalifornien studierte, hatte das Handgemenge gehört, den Mann von Kelly heruntergezerrt und bis zum Eintreffen der Polizei festgehalten.

Aber wie hatte Mace das alles vergessen können? Vielleicht war es eine Gewohnheit für ihn, Leute zu retten. Geschah das so häufig, dass er sich an die einzelnen Ereignisse schon gar nicht mehr erinnern konnte?

Bei der Vorstellung musste sie lachen.

Morgen oder möglicherweise erst übermorgen würde sie ihn wiedersehen. Falls ihm dann immer noch nicht eingefallen war, woher er sie kannte, würde sie seine Erinnerung eben ein wenig auffrischen. Oberste Priorität hatte das allerdings nicht.

Eigentlich war sie nach Mustang Creek gekommen, um mit diesem Mann Geschäfte zu machen, und nicht, um ihre lange zurückliegende – und sehr kurze – Bekanntschaft zu erneuern. Great Grapes International, das Unternehmen, für das sie arbeitete, strebte mit Mountain Winery eine Partnerschaft an, wie es sie bereits erfolgreich mit anderen Weinproduzenten eingegangen war.

Mit großen, dachte Kelly. Soweit sie es beurteilen konnte, hatte der Unternehmensvorstand keinerlei Zweifel daran, dass alles genau nach ihren Vorstellungen laufen würde; deren Selbstvertrauen grenzte ihrer Ansicht nach schon an Arroganz. Sie wusste über Mace Carson als Mensch nicht viel, nach einer dramatischen Begegnung damals und kurzen Treffen während der Gerichtsverhandlung gegen den Angreifer. Aber ihre Online-Recherche vor Kurzem hatte doch einige Lücken schließen können.

Es war höchst unwahrscheinlich, dass Carson sich von dem Geld, das GGI ihm anbieten würde, beeindrucken ließ, da die Carsons zu den reichsten Familien Wyomings gehörten. Mace' Firma schien eine Herzensangelegenheit zu sein, nicht bloß eine Einkommensquelle. Das Weingut war schuldenfrei, und der Reingewinn kam verschiedenen wohltätigen Zwecken zugute.

Kelly hatte diese Dinge der Führungsetage auseinandergesetzt oder es zumindest versucht. Und es hatte exakt zu nichts geführt.

Scheitern kommt nicht infrage, hatte ihre Chefin Dina sie fröhlich informiert. Wenn GGI ein Motto hätte, würde es »hipp, hipp, hurra« lauten.

Bei dem Gedanken daran stöhnte Kelly innerlich. Sie wusste um die Kraft einer positiven Einstellung, vor allem nach Jahren in von der Firma bezahlten Du-schaffst-das-Kursen. Die Themen reichten von Standard-Motivationsgesprächen und »Vertrauensübungen« (bei denen man sich rückwärts fallen ließ und aufgefangen wurde), bis zum Barfußgehen über glühende Kohlen.

Sie hatte all diese Dinge getan, und ja, es stimmte – die Erfahrung, über glühende Kohlen zu gehen, ließ sie ganz direkt erfahren, was alles möglich war.

Es stimmte aber auch, dass noch so viel positive Einstellung, Furchtlosigkeit oder Beharrlichkeit niemanden ins Wanken brachte, der fest zur Standhaftigkeit entschlossen war. Und Mace Carson, da war sie sich ganz sicher, gehörte in diese Kategorie. Er liebte seine Unabhängigkeit viel zu sehr …

Kellys Aufgabe war ziemlich aussichtslos, das wusste sie, nur hing von diesem Deal zu viel ab, um es nicht wenigstens zu versuchen. Ihr stand eine lebensverändernde Beförderung bevor, mit verlockenden Vergünstigungen wie Gewinnbeteiligung und Aktienoptionen, Zugang zu Firmenjets, arbeiten in Übersee, sechsstellige Bonuszahlungen und mehr als eine Verdopplung ihres bisherigen Gehaltes.

Die Gleichung war einfach: kein Deal, keine Beförderung.

Entweder, sie fing den Mond mit dem Lasso ein oder sie scheiterte grandios.

Durchgerüttelt und zerschrammt, benommen von Schmerzmitteln und einfach nur müde nach dem Abflauen des Adrenalinstoßes, schloss Kelly die Augen.

Sie konnte sich weiterhin Sorgen machen, oder sie konnte schlafen.

Sie wählte Letzteres.

2. Kapitel

Als Kelly die Augen wieder öffnete, war der Morgen längst da, und heller Sonnenschein hatte den gestrigen Regen vertrieben. Sie brauchte einen Moment, um sich zu orientieren – sie befand sich in einem Krankenhauszimmer in Mustang Creek, Wyoming. Es gab noch drei andere Betten, alle leer.

Dann überprüfte sie in Gedanken ihren Körper:

milder Kopfschmerz,

ein paar Wehwehchen,

mit anderen Worten: nichts Gravierendes.

Eine Krankenschwester erschien mit einem Frühstückstablett und einem fröhlichen Lächeln. Auf ihrem Namensschild stand »Millie«.

»Wenn ich Sie wäre«, sagte Millie, während sie das Tablett abstellte und den Nachttisch geschickt in Position brachte, »würde ich losgehen und mir ein Lotterielos kaufen. Wenn man mal bedenkt, wie viel Glück Sie gehabt haben.«

Kelly grinste. »Ja, vielleicht mache ich das.«

»Wie fühlen Sie sich?«, erkundigte Millie sich und hob die Metallhaube, sodass ein Teller mit zu weichem Rührei, schlaffem Toast und zwei Streifen transparentem Speck zum Vorschein kamen.

»Schon viel besser«, antwortete Kelly und betrachtete ihr

Frühstück mit, wie sie hoffte, nicht allzu offensichtlichem Misstrauen. Vor fünf Sekunden war sie noch hungrig gewesen.

Millie kicherte – anscheinend entging ihr nicht viel. »Erst flicken wir die Leute zusammen, und dann setzen wir ihnen unser Krankenhausessen vor. Schon schräg, oder?«

Kelly lächelte, nahm ein Stück Toast und knabberte an der Ecke herum. Ihre Kopfschmerzen verschwanden allmählich ganz. Die reine Anwesenheit dieser Frau war wohltuend. »Ich nehme nicht an, dass Sie wissen, wann ich entlassen werde?«

Millie hob den Plastikdeckel vom Kaffeebecher. »Nein, das kann ich Ihnen nicht sagen. Aber die Ärzte machen ihre Morgenvisite, und dann bekommen Sie sicher Ihre Antwort.«

Nach diesen Worten ging sie zur Tür, wo sie beinah mit einem großen dunkelhaarigen Mann in Jeans, einem langärmeligen weißen Hemd und Stiefeln zusammenstieß. Außerdem trug er ein Polizeiabzeichen. Er grüßte Millie freundlich, nahm den Hut ab und ließ sie hinaus, ehe er das Zimmer betrat.

»Miss Wright?«, fragte er.

Kelly nickte und stellte den Kaffeebecher ab.

»Mein Name ist Spence Hogan«, sagte der Mann, »und ich bin der Polizeichef dieses Ortes. Darf ich nähertreten?«

Kelly antwortete nur halb im Scherz: »Auf keinen Fall. Es sei denn, Sie sind hier, um mich wegen Verlassens des Unfallortes zu verhaften.«

Sein Lächeln würde vermutlich jedes Mal ein mittleres Erdbeben auslösen, sobald es auf seinem gebräunten, markanten Gesicht erschien. »Sie haben nichts zu befürchten, Miss Wright«, versicherte er ihr und trat an ihr Bett. »Ich bin nur hier, um Ihre Aussage zu Protokoll zu nehmen. Das ist alles. Und um Ihnen mitzuteilen, dass Ihr Mietwagen ein Totalverlust ist.«

»Das dachte ich mir schon«, sagte Kelly und fragte sich, weshalb er persönlich ins Krankenhaus kam, statt einen Deputy oder sonst wen aus dem Büro zu schicken.

Offenbar ahnte er ihre Gedanken, denn in seine Augen trat ein amüsierter Ausdruck. »Ich habe hier nach einem Freund geschaut, der sich einer Blinddarm-Notoperation unterziehen musste. Da wollte ich zwei Fliegen mit einer Klappe schlagen, sozusagen, und schnell bei Ihnen reinschauen.«

»Oh«, machte Kelly.

Er nahm ein Smartphone aus der Brusttasche seines Hemdes und tippte ein Icon an. »Ich benötige nur ein paar Details über das, was geschehen ist.« Seine Stimme war tief, seine Art lakonisch, was Kelly an Mace erinnerte. Das wiederum fand sie beruhigend und beunruhigend zugleich. Sein Blick war klar und direkt. »Zunächst einmal habe ich Neuigkeiten für Sie. Die Mietwagenfirma ist informiert, und die schicken einen Ersatzwagen aus Jackson. Müsste am späten Nachmittag hier sein.«

»Das ist gut.« Kelly zögerte, sie hatte fast Angst zu fragen. »Meine Sachen, Handtasche, Laptop und Koffer – konnte irgendetwas davon geborgen werden?«

»Handtasche und Laptop haben es geschafft – anscheinend wurden sie aus dem Wagen geschleudert, denn mein Deputy hat sie auf dem Abhang gefunden.« Spence Hogan machte eine Pause und verzog scherzhaft das Gesicht. »Ich fürchte, alles andere ist in Rauch aufgegangen, als der Wagen explodierte.«

Kelly schluckte. »Der Wagen ist *explodiert*?«

»Ja«, bestätigte Hogan, jetzt ernst. Wahrscheinlich dachte er daran, dass Kelly leicht in brennende Stückchen hätte gesprengt werden können; *sie* jedenfalls dachte daran.

»Aber er brannte nicht, als Mace – Mr. Carson – und ich wegfuhren. Außerdem regnete es noch heftig.«

Hogan hob leicht die eine Schulter und senkte sie wieder. »Muss wohl irgendeine verzögerte Reaktion gewesen sein. Kommt vor.«

Kelly erschauderte und spürte, wie sie blass wurde. Einen kurzen Moment glaubte sie sogar, sich übergeben zu müssen.

Der Polizeichef steckte mit besorgter Miene sein Telefon wieder ein. »Wir können uns später über den Unfall unterhalten. Soll ich eine Krankenschwester oder einen Arzt rufen?«

Kelly schluckte erneut und winkte ab. »Ich bin okay.«

Das war sie auch. Dank Mace Carson.

Apropos Déjà-vu.

Sie war nach Mustang Creek gekommen, um Mace wiederzusehen, wenn auch nicht aus persönlichen Gründen. Sie war auf einer wichtigen Mission für GGI, und er war ein Winzer mit einem Gespür für Innovationen. Mit anderen Worten, sie war geschäftlich hier.

Die Gelegenheit, ihm noch einmal für seine Hilfe vor zehn Jahren zu danken, war ein Bonus.

Chief Hogan nahm aus der gleichen Brusttasche, in der sich das Handy befand, eine Visitenkarte und legte sie auf den Nachttisch. »Rufen Sie mich an, wenn Sie sich besser fühlen.«

Kelly, noch immer geschockt von dem Beinahe-Szenario, versprach es. Dann verabschiedete Hogan sich.

Fünf Minuten später kam Dr. Draper herein, eine rotblonde Schönheit mit Müdigkeitsschatten unter den Augen. »Hallo, Kelly. Erinnern Sie sich an mich?«

Kelly erwiderte: »Ja. Sie hatten gestern Abend Dienst, als ich in die Notaufnahme gebracht wurde.« Nach einer kurzen Pause fragte sie: »War das ein Test?«

Dr. Draper lachte leise. »Nein, aber hätten Sie Nein gesagt, wäre ich doch besorgt gewesen.« Sie trat ans Bett und prüfte Kellys Puls. »Wie fühlen Sie sich heute? Sehen Sie Dinge doppelt? Haben Sie Schmerzen?«

»Kein Doppelsehen«, erwiderte Kelly, während Dr. Draper die Ohrbügel ihres Stethoskops in Position brachte und die Brust ihrer Patientin abhorchte. »Ich hatte leichte Kopfschmerzen beim Aufwachen, aber die sind jetzt verschwunden.«

Dr. Draper nickte, nahm das Stethoskop aus den Ohren und ließ es vom Hals baumeln wie eine Perlenschnur. »Schwindel?«

»Nein«, antwortete Kelly.

»Dann werde ich Sie entlassen«, erklärte die Ärztin. »Ich rate Ihnen dringend, in etwa einer Woche Ihren Hausarzt aufzusuchen. Sollten jedoch in der Zwischenzeit Symptome auftreten, müssen Sie umgehend einen Arzt konsultieren.«

»Okay«, stimmte Kelly zu. Diese Frau war nicht viel älter als sie. Was hatten Ärzte nur an sich, egal wie alt sie waren, dass erfolgreiche, selbstbewusste Erwachsene sich in ihrer Gegenwart wie Fünfjährige fühlten?

»Kann jemand Sie abholen?«, erkundigte Dr. Draper sich. »Ich sähe es lieber, wenn Sie für ein, zwei Tage nicht selbst fahren würden.« Da Kelly nicht antwortete, fügte sie hinzu: »Einige der Hotels in der Stadt bieten einen Fahrdienst an. Oder wir rufen Ihnen ein Taxi.«

»Das wird nicht nötig sein«, verkündete eine vertraute Stimme vom Türrahmen her.

Kellys Herz schlug schneller, als sie Mace dort stehen sah, unfassbar gut aussehend in seinem schlichten Baumwollhemd, Jeans und Stiefeln. Sein dunkelblondes Haar war noch feucht von der Dusche, und auf den markanten Wangen spross ein modischer Dreitagebart. Genau wie Chief Hogan hielt er in der einen Hand einen Stetson.

Dr. Draper drehte sich zu ihm um. »Mace Carson«, begrüßte sie ihn in ironischem Ton. »Was für eine Überraschung.«

Er lächelte arglos. »Ich wollte nur helfen, weil ich mir dachte, dass die Lady irgendwie zu ihrem Hotel kommen muss.«

Die Ärztin sah wieder zu Kelly. »Ist Ihnen das recht?«

Prompt errötete Kelly wie ein Teenager. »Ja.«

Dr. Draper nickte. »Na schön. Ich werde Ihre Entlassungspapiere vorbereiten, aber Sie müssen in der Verwaltung vorbeischauen, bevor Sie gehen.«

Mace salutierte der Ärztin, und sie verpasste ihm im Vorbeigehen einen Schulterrempler, der ihn zum Lachen brachte.

Dann herrschte Stille im Zimmer.

Kelly brach sie nach einer Minute. »Ich muss mich anziehen.« Sofort war ihr diese unnötige Feststellung peinlich.

»Ich warte auf der Schwesternstation.« Schon im Weggehen fügte er mit einem belustigten Funkeln in den Augen hinzu: »Brauchen Sie Hilfe?«

»Nein«, antwortete Kelly eine Spur zu schnell.

Mace grinste. »Andernfalls wäre eine der Krankenschwestern Ihnen sicher gern behilflich.«

»Verschwinden Sie«, blaffte sie ihn mit glühenden Wangen an.

Das Grinsen wurde breiter. »Rufen Sie mich, wenn Sie fertig sind.«

Und dann war er auch schon aus dem Zimmer.

Eine halbe Stunde später, nachdem sie die notwendigen Versicherungsformulare online ausgefüllt hatte, fuhr Kelly in Carsons Pick-up zu ihrem Hotel.

Kelly hatte ihre Handtasche – in der sich ihr Telefon befand – noch immer nicht zurückbekommen, ebenso wenig wie den Laptop. Durch den Verlust des Koffers war die Anzahl der Kleidungsstücke, die sie mit Sorgfalt für die Reise gepackt hatte, auf ein Minimum zusammengeschrumpft. Nach einem Moment der Trauer über ihren Armani-Hosenanzug, der sie ein Monatsgehalt gekostet hatte, konzentrierte sie sich auf das, was wirklich zählte: Sie war heil und lebendig.

Als Mace wieder sprach, verblüffte er sie. »Sie sind Kelly Allbright, nicht Kelly Wright. Zumindest hießen Sie damals so.« Er sah sie nicht an.

»Sie erinnern sich«, sagte sie leise.

»Ja. Es fiel mir erst wieder ein, als ich heute Morgen in meinen Terminkalender schaute und feststellte, dass meine Sekretärin Sie eingetragen hatte – ohne mir etwas davon zu sagen. Wanda ist Teilzeitkraft und neigt zur Vergesslichkeit. Als ich den Termin entdeckte, habe ich online recherchiert.«

Kelly lächelte ein wenig verträumt. Ihr fehlte nichts, wirklich, doch sie spürte noch sanft die Nachwirkungen der gestrigen Medikamente. »Tut mir leid, ich habe unser Treffen verpasst.«

»Kein Problem. Ich bin ziemlich flexibel.«

»Beeindruckend, für einen Superhelden.«

»Ich bin nur ein einfacher Mann, Kelly. Ich habe getan, was jeder getan hätte, vor zehn Jahren auf dem Campus und gestern Abend.«

Die Erinnerung an die Beinahe-Vergewaltigung vor zehn Jahren lauerte wie ein Rudel Wölfe in ihrem Unterbewusstsein. Sie war nach einem Abendkurs auf dem Weg in das Studentenwohnheim gewesen, als sie plötzlich aus dem Nichts angegriffen worden war. Sie hatte geschrien und sich gewehrt, überzeugt davon, sterben zu müssen. Und dann war auf einmal Mace aufgetaucht.

Er hatte den Angreifer von ihr heruntergezerrt und ihm

den Stiefel auf den Hals gesetzt, bis die Polizei eingetroffen war.

Mit einem entsetzten Laut war Kelly rückwärts gekrochen.

»Es ist vorbei«, hatte Mace sie zu beruhigen versucht. »Du bist jetzt in Sicherheit.«

Du bist jetzt in Sicherheit.

»Habe ich mich eigentlich jemals bedankt?«, fragte Kelly, als sie in die Straße einbogen, die zum Hotel führte.

»Ungefähr zehntausend Mal«, antwortete Mace.

»Ich war mir nicht sicher. Ich hatte solche Angst gestern Abend.«

»Ich weiß«, sagte er.

»Sie sind verschwunden.«

»Ich habe mein Studium beendet«, erklärte Mace. »Bin nach Napa gegangen, um bei meinem Großvater zu arbeiten. Ihm gehört das Weingut hier.«

»Ja, Sie haben mir damals von Ihrer Familie erzählt. Als Sie zur Gerichtsverhandlung nach L. A. kamen.« Dann fragte sie: »Haben Sie sich je gefragt, was aus mir geworden ist?«

Statt zu antworten, zuckte er nur mit den Schultern.

»Ich war eine Zeit lang verheiratet«, erzählte Kelly ihm, wobei ihr klar war, dass das ein wenig zusammenhanglos klang. »Nach meinem Studium, meine ich. Es hat nicht gehalten.«

»Tut mir leid, das zu hören.« Das Hotel kam in Sicht, weitläufig und elegant.

»Haben Sie geheiratet?«

»Nein«, antwortete Mace.

»Warum nicht?«

»Ich hatte zu viel zu tun.«

»Ich bin Ihnen jedenfalls dankbar für das, was Sie getan haben, Mace. Beide Male.«

»Ich kenne an die hundert Typen, die das Gleiche getan hätten.«

»Ich nicht«, entgegnete Kelly. »Also nochmals danke.«

Sie erreichten den Säulenvorbau. Mace hielt an, und ein Angestellter kam mit einem Lächeln im Gesicht angelaufen.

»Willkommen«, begrüßte er die beiden.

»Danke«, sagte Kelly, von einem eigenartigen Schwindel erfasst.

»Miss Wright hat reserviert«, erklärte Mace dem jungen Mann.

»Ja, Mr. Carson«, sagte der Hotelbedienstete.

»Mr. Carson?«, wiederholte Mace, milderte den schroffen Ton aber mit einem Lächeln ab. »Krieg dich ein, Jason. Ich kenne dich, seit du Windeln anhattest.«

Jason grinste. »Weiß ich. Aber wir sollen jeden mit ›Sir‹ oder ›Ma'am‹ anreden, egal wer es ist. Das sind die Dienstvorschriften.«

Mace schüttelte den Kopf, als sei er angewidert, doch Kelly bemerkte das Zucken eines Mundwinkels. »Na schön«, sagte er und öffnete die Tür. »Ich verschwinde wieder, sobald die Lady auf ihrem Zimmer ist. Kann ich den Wagen für ein paar Minuten bei dir lassen?«

»Jawohl, Sir«, erklärte Jason. »Ich werde bis zu Ihrer Rückkehr auf Ihr Fahrzeug achtgeben.« Während er sprach, half er Kelly beim Aussteigen.

»Den Rest schaffe ich allein«, sagte sie.

Mace ignorierte es.

Genau wie Jason.

Sie gestattete es Mace, sie ins Hotel zu begleiten.

Am Empfangstresen warteten ihre Handtasche und ihr Laptop auf sie.

»Miss Wright«, begrüßte die Rezeptionistin sie und tippte auf ihrer Computertastatur. »Da sind Sie ja. Wir haben Sie gestern Abend erwartet.«

Kelly griff nach ihrer feuchten, matschbeschmierten Handtasche, kramte darin nach ihrer Brieftasche und entnahm dieser ihre Firmenkreditkarte. »Mir kam etwas dazwischen«, sagte sie.

Seltsamerweise warf die blonde junge Frau im Studentenalter Mace einen fragenden Blick zu, bevor sie die Karte entgegennahm.

»Geben Sie der Lady einfach ein Zimmer«, forderte er die junge Frau auf.

Kelly war verwirrt, stellte jedoch keine Fragen, sondern hielt weiter ihre Karte hin.

Die Rezeptionistin nahm sie schließlich und gab sie ihr dann wieder zurück. »Wie viele Schlüssel hätten Sie gern?«, fragte sie Kelly, gefolgt von einem erneuten Blick zu Mace.

Jetzt war Kelly ein wenig genervt. *»Einen«*, antwortete sie mit Nachdruck.

»Selbstverständlich«, meinte die Rezeptionistin strahlend und überreichte ihr die Magnetkarte. »Genießen Sie Ihren Aufenthalt.«

»Danke«, sagte Kelly und merkte, wie wenig dankbar sie sich anhörte.

»Haben Sie Gepäck?«, erkundigte sich die junge Frau.

»Nein«, antwortete Kelly, dem Blick der anderen standhaltend. »Das ist in die Luft geflogen.«

Neben ihr lachte Mace leise.

»Oh«, sagte die Angestellte perplex. Dann hellte sich ihre Miene gleich wieder auf. »Wir haben einige gute Läden direkt hier auf dem Gelände. Kleidung, Make-up, Toilettenartikel, was immer Sie benötigen.«

»Da bin ich aber froh«, erwiderte sie und klang dabei überhaupt nicht froh. Was war denn los mit ihr? Diese arme Frau gab sich doch wirklich Mühe, ihr behilflich zu sein, da gab es gar keinen Grund zur Gereiztheit.

Trotzdem war sie gereizt.

Sie fühlte sich unruhig, fehl am Platz in diesem Hotel, mit diesem Mann.

Was in zweierlei Hinsicht verrückt war. Erstens hatte sie schon überall auf der Welt in guten Hotels gewohnt, und zwar wie selbstverständlich. Und zweitens verstand sie nicht, weshalb Mace Carsons Nähe sie beunruhigte. Sicher, er war attraktiv. Er hatte ihr das Leben gerettet, nicht nur einmal, sondern gleich zweimal.

Natürlich war sie ihm dankbar.

Was bewegte sie dann so sehr?

Sie wusste es nicht.

Kelly wandte sich vom Empfangstresen ab, die Magnetkarte in der Hand. Sie sehnte sich nach einer heißen Dusche und einer Mahlzeit vom Zimmerservice, aber zuerst musste sie den einen oder anderen der Hotelshops aufsuchen, ob es ihr nun gefiel oder nicht. Sie brauchte etwas zum Anziehen und eine neue Grundausstattung zur Körperpflege. Ihr Hosenanzug aus Leinen, in dem sie am Tag zuvor gereist war, war völlig zerknittert und wies an den Knien Flecken auf, weil sie aus dem Wagen und über den matschigen Asphalt gekrochen war, während Mace ihr die Tür aufgehalten hatte.

In diese praktischen Überlegungen vertieft, erschrak sie, als er sanft ihren Ellbogen umfasste.

»Lassen Sie mich wissen, falls Sie etwas brauchen«, sagte er.

»Was ist mit unserem Meeting …«

»Das können wir verschieben. Ich melde mich.«

Und damit drehte er sich um und ging.

Deutsche Erstveröffentlichung

Linda Lael Miller
Sehnsucht ist mein Wort für Dich

Hotelmanagerin Grace hätte nie gedacht, dass ein berühmter Filmemacher wie Slater Carson eines Tages ihr Ritter in schimmernder Rüstung sein könnte. Doch als der Sohn ihres Exmannes in Schwierigkeiten gerät, bietet Slater sofort an, sich um ihn zu kümmern und ihn auf seiner Ranch zu beschäftigen. Schnell stellt Grace fest: Slater tut es vor allem für sie - was sein heißer Kuss verrät. Das Glück scheint so nah ... aber plötzlich taucht ihr Ex in Mustang Creek auf.

ISBN: 978-3-95649-638-7
9,99 € (D)

Deutsche Erstveröffentlichung

Linda Lael Miller

Liebe ist mein Gefühl für dich

Wildpferde in der Nähe einer Ranch: Für Lucinda Hale ist das die perfekte Gelegenheit, die Tiere zu beobachten! Wenn bloß dieser ignorante Rancher Drake Carson nicht von ihr verlangen würde, dass die Herde möglichst schnell verschwindet. Bei jeder ihrer Begegnungen scheint die Luft zwischen Lucinda und Drake Funken zu sprühen. Und dann küsst er sie plötzlich überraschend zärtlich. Hat dieses Knistern zwischen ihnen etwa doch noch einen anderen Grund?

ISBN: 978-3-95649-706-3

9,99 € (D)

Linda Lael Miller

Der Traum in Weiß

ISBN: 978-3-95649-275-4
9,99 € (D)

In Bliss County ist das Heiratsfieber ausgebrochen! Nur Becca Stuart ist von dem märchenhaften Tag in Weiß noch weit entfernt. Fast zerbrochen ist sie an dem Schmerz, als ihre große Liebe starb und damit die Hoffnung auf das ewige Glück. Doch dann begegnet sie Tate Calder. Sein Lächeln lässt Beccas einsames Herz schneller schlagen - und zum ersten Mal seit langer Zeit spürt sie, dass es auch für sie ein Happy End geben könnte. Allerdings hat sich der verwitwete Single-Dad Tate geschworen, nie wieder den Bund fürs Leben zu schließen. Nicht gerade die optimalen Voraussetzungen für die Erfüllung des Hochzeitspakts ...

Linda Lael Miller

(K)ein Mann zum Heiraten

Dunkle Haare, blaue Augen und ein Lächeln, das jeden dahinschmelzen lässt – Spence Hogan schafft es immer noch, Melodys Puls in die Höhe zu treiben. Dabei weiß die erfolgreiche Schmuckdesignerin genau, dass der Polizeichef kein Mann zum Heiraten ist. Dazu liebt er die Frauen viel zu sehr – und zwar alle Frauen.

ISBN: 978-3-95649-205-1
9,99 € (D)

Spence hat alles getan, um sich einen Ruf als Womanizer zu erarbeiten. Denn nie würde der unerschrockene Cop zugeben, dass er sich davor fürchtet, sein Herz zu verschenken. Allerdings hat Melody etwas an sich, das er seit ihren ersten gemeinsamen Date in der Highschool nicht mehr vergessen kann ...